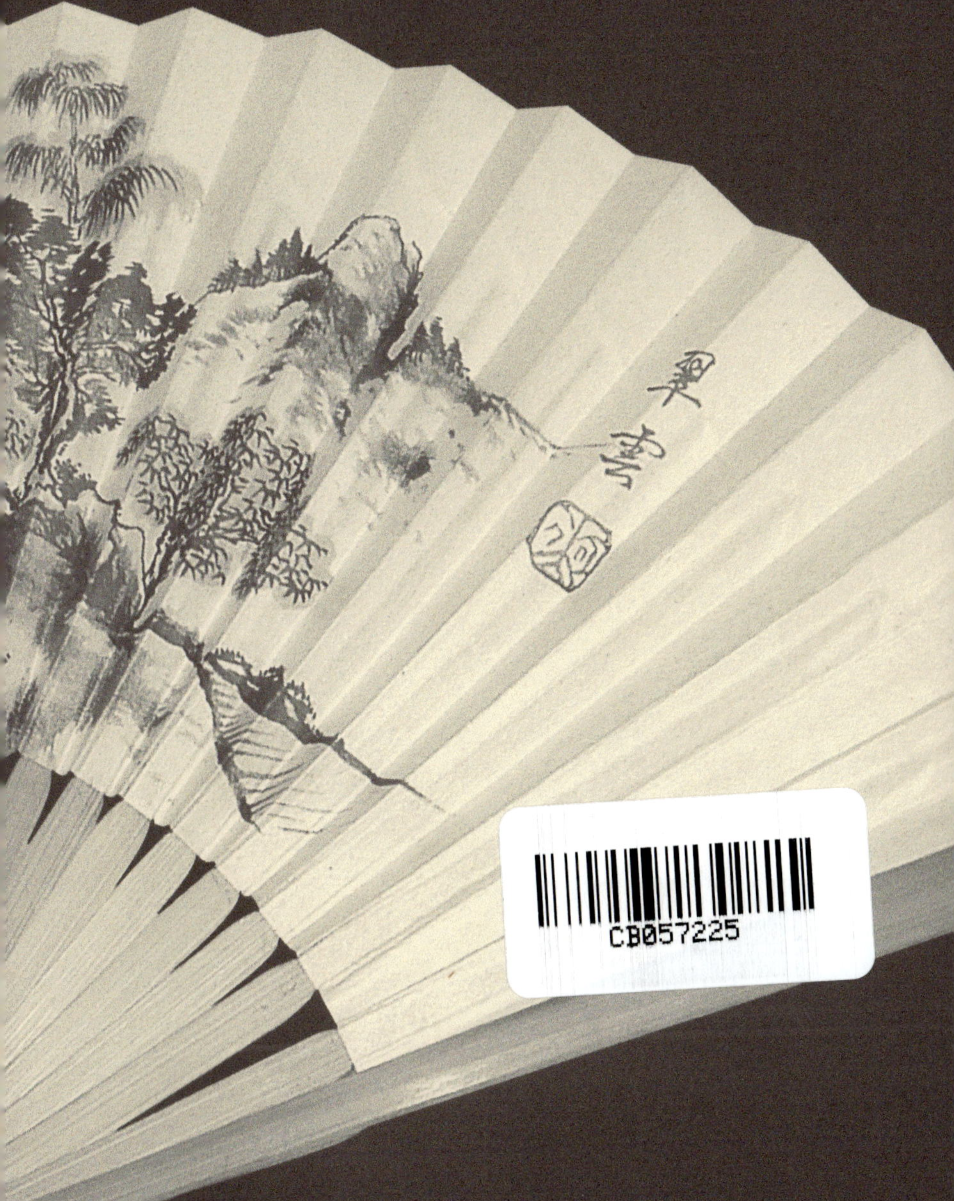

Stéphane Mallarmé

Rabiscado no teatro

TRADUÇÃO E NOTAS
Tomaz Tadeu

autêntica

Copyright da tradução e das notas © 2010 Tomaz Tadeu

TÍTULO ORIGINAL
Crayonné au théâtre

PROJETO GRÁFICO DA CAPA
Diogo Droschi

EDITORAÇÃO ELETRÔNICA
Conrado Estevès
Waldênia Alvarenga Santos Ataíde

REVISÃO
Graça Lima

EDITORA RESPONSÁVEL
Rejane Dias

Revisado conforme o Novo Acordo Ortográfico

Todos os direitos reservados pela Autêntica Editora. Nenhuma parte desta publicação poderá ser reproduzida, seja por meios mecânicos, eletrônicos, seja via cópia xerográfica, sem a autorização prévia da Editora.

AUTÊNTICA EDITORA LTDA.
Rua Aimorés, 981, 8º andar . Funcionários
30140-071 . Belo Horizonte . MG
Tel: (55 31) 3222 68 19
TELEVENDAS: 0800 283 13 22
www.autenticaeditora.com.br

Dados Internacionais de Catalogação na Publicação (CIP)
(Câmara Brasileira do Livro, SP, Brasil)

Mallarmé, Stéphane, 1842-1898.
　　Rabiscado no teatro / Stéphane Mallarmé ; tradução e notas Tomaz Tadeu. -- Belo Horizonte : Autêntica Editora, 2010. -- (Mimo ; 6)

Título original: Crayonné au théâtre
Bibliografia
ISBN 978-85-7526-458-4

1. Crítica teatral 2. Revue Indépendante (Revista) 3. Teatro - França I. Título. II. Série.

10-01920　　　　　　　　　　　　　　　　　　CDD-809.2

Índices para catálogo sistemático:
1. Dandismo na literatura 843.09

7
Apresentação

15
Rabiscado no teatro

29
Hamlet

39
Balés

49
Outro estudo de dança

57
Mímica

59
O Gênero ou os Modernos

81
Parêntese

87
Tábuas e folhas

101
Solenidade

115
Apêndice

127
Notas de leitura

285
Referências

Apresentação

O livro que ora publicamos, em edição bilíngue, sob o título *Rabiscado no teatro* é, na verdade, apenas uma das seções (de mesmo título) do livro *Divagações*, de Stéphane Mallarmé, publicado, pela primeira vez, em 1897, no qual ele reuniu o essencial de seus textos em prosa. A seção "Rabiscado no teatro" recolhe suas crônicas teatrais, publicadas anteriormente em revistas diversas e, depois, refeitas para publicação em livro.

A maioria desses textos tem origem nas crônicas que Mallarmé escreveu para a *Revue Indépendante*, entre novembro de 1886 e julho de 1887, a convite de seu amigo Édouard Dujardin, editor da revista. Foi apenas após muita insistência por parte de Dujardin que Mallarmé assumiu o compromisso de escrever crítica teatral para a revista do amigo. Diante de um último e desesperado apelo de Dujardin, Mallarmé responde-lhe, em 30 de agosto de 1886: "Quanto à *Revue*, está acertado, meu primeiro trabalho após a reabertura da temporada será para você. Mas vou colocar-lhe condições: é preciso [...] que eu esteja, no mínimo, admiravelmente aparelhado. Quero dizer, nada inferior quanto às minhas satisfações literárias aos repórteres de profissão, podendo ir ao teatro quando eu quiser, ver o que eu quiser; ou ler quando a brochura me for suficiente. Da mesma maneira, enfim, substituir, quando for o caso, uma porção notável da crônica por notas gerais, deixando entrever minha visão sem misturá-la a qualquer coisa do dia com a qual ela não tem nada a ver" (*Lettres sur la poésie*, p. 591). Como teremos a oportunidade de verificar, Mallarmé seguiu à risca suas condições: muitos de seus comentários estão baseados apenas na leitura de um livro ou de um libreto; era com certa resistência e a contragosto que ele ia ver certas peças; e, muito frequentemente, os comentários a uma peça, a uma pantomima ou a um balé não eram mais que pretextos para apresentar suas visões estéticas mais gerais, incluindo a preferência pelo seu "teatro íntimo" – o da mente. Em suma, são notas de um "crítico teatral" que não gostava muito de ir ao teatro e tinha sérias restrições ao que então passava por tal.

A prosa de Mallarmé não se lê facilmente. Ele aplicou à prosa muitos dos mesmos princípios estéticos que utilizou na sua obra poética e que tornam sua leitura tão difícil. Assim, os seus textos em prosa não são simplesmente textos *sobre* sua estética literária ou artística. Eles são esses princípios em ação. Fazem o que dizem. E é justamente isso que os torna tão difíceis, mas, ao mesmo tempo, tão fascinantes.

Como se sabe, o que caracteriza o texto literário é justamente o fato de que, contrariamente aos textos meramente informativos ou dissertativos, não se pode separar o material linguístico de que é feito do significado que ele supostamente veicula. Sua forma é sua substância. Os textos em prosa de Mallarmé são, nesse sentido, plenamente literários e, como tais, não é sem um alto custo que se submetem à simples paráfrase ou explicação.

Foi, pois, com certa hesitação, que acrescentei à presente tradução minhas "notas de leitura". Que elas não sejam tomadas como mais do que isso. Que sejam vistas como apontamentos que se emprestam a um amigo ou a uma amiga que vai ler, ou até já leu, o mesmo livro. Dispensáveis, talvez. Utilizáveis, se houver necessidade.

Fiz o possível para que elas permanecessem no nível superficial de leitura. Ou seja, elas não contêm nenhuma interpretação profunda, baseada em alguma teoria estética, literária ou filosófica particular, excetuando-se a visão estética ou filosófica mais geral do próprio Mallarmé. Para dar um exemplo simples, no caso do texto "Mímica", poderia ter facilmente incluído algum comentário retirado da famosa análise que dele fez Jacques Derrida em "*La double séance*" (no livro *La dissémination*), mas resisti a essa tentação, como resisti a outras do mesmo tipo. Minhas notas limitam-se a esclarecer torneios sintáticos particularmente complexos, a explicitar alusões mais obscuras, a fazer a conexão de certas expressões ou termos com a visão estética ou filosófica mais geral de Mallarmé, e a fornecer informações sobre as circunstâncias dos espetáculos ou textos comentados.

Por outro lado, elas não reivindicam qualquer tipo de autoridade. Gostaria que fossem lidas como se estivessem precedidas de um cauteloso "acho que...". Além disso, leve-se em conta que uma explicação é sempre uma escolha que elimina outras possibilidades. Não pretendi eliminá-las. Nem poderia. Algumas delas baseiam-se em notas de leitores anteriores e foram colhidas nas mais diferentes e inesperadas fontes. Em geral, eram apenas indícios, mas que me serviram como ponto de partida para um maior desenvolvimento. A maior parte delas, entretanto, resulta de minha própria e exclusiva leitura.

As dívidas estão devidamente referenciadas no local das notas respectivas. Registro, aqui, os livros e autores com os quais tenho uma dívida maior. Tudo começou com a leitura da tradução (comentada) de *Divagações* para o inglês feita por Robert Greer Cohn. Foi essa leitura que inspirou a presente tradução e que constituiu o principal auxílio na redação de minhas próprias notas. O trabalho de Cohn, entretanto, tem um formato que difere, sob muitos aspectos, do meu. Em primeiro lugar, Cohn insere seus comentários no interior do próprio texto traduzido, enquanto eu preferi separar tradução e notas (essas estão colocadas ao final do livro e indexadas, na mesma sequência do texto principal, pelas palavras ou frases a que se referem). Em segundo lugar, os comentários de Cohn limitam-se às passagens que ele considerou mais complexas ou importantes, enquanto as minhas notas cobrem quase que inteiramente o texto de Mallarmé. Encontrei muitos esclarecimentos para minhas dúvidas nos livros *La réligion de Mallarmé*, de Bertrand Marchal, e *Mallarmé and Circumstances*, de Roger Pearson, por comentarem amplamente várias das crônicas aqui traduzidas.

Acompanhei também outras traduções, em especial a tradução de *Divagações* para o espanhol, feita por Ricardo Silva-Santisteban, e a tradução para o inglês, feita por Barbara Johnson, mas, devo confessar, sem grande proveito.

Enquanto há uma quantidade imensa de obras de interpretação da poesia de Mallarmé, raríssimas são as que se dedicam ao comentário das características peculiares de sua prosa. Quanto a isso, aprendi muito com Norman Paxton (*The Development of Mallarmé's Prose Style*), com Jacques Scherer (*L'expression littéraire dans l'œuvre de Mallarmé*), e com Judy Kravis (*The prose of Mallarmé*).

Vários termos de ordem conceitual ou estética são recorrentes tanto na poesia quanto na prosa de Mallarmé e muitos deles aparecem nessas crônicas: "Ideia", "ficção", "paixão do homem", "drama solar", entre muitos outros, para não falar de palavras de uso corrente que, em Mallarmé, adquirem algum significado especial ("lustre", "ouro", "música"...). Tentei situá-los no contexto mais geral do pensamento de Mallarmé à medida que iam surgindo nas crônicas que traduzia. O tratamento que lhes dei é, entretanto, quase sempre sumário e limitado.

Finalmente, um breve comentário sobre a "gramática" ou a sintaxe particular de Mallarmé. Ela parece ter como princípios gerais: uma extrema economia e condensação da expressão; a utilização frequente de toda espécie de elipses (de ideia e de palavra); subversão da ordem sintática "normal"; inversão frequente de valores sintáticos esperados (o artigo definido pelo indefinido e vice-versa, por exemplo); subversão das regras "normais" de pontuação (vírgula entre sujeito e predicado; uso em locais inesperados dos dois pontos e do travessão; utilização do ponto de exclamação para outros fins que não os da exclamação propriamente dita), incluindo a sua versão pessoal das reticências (dois pontos em vez de três, indicando, talvez, uma reticência dentro da reticência ou, melhor, uma reticência da reticência). Todos esses torneios linguísticos parecem ter como objetivo forçar uma pausa, uma parada, uma suspensão da leitura, impor ao leitor um constante movimento de ida e volta, impedir, enfim, a leitura óbvia e fácil. Em suma, a estratégia de Mallarmé parece ser justamente a de provocar o surgimento do inesperado, evitando chavões, a ordem sintática esperada e o reconhecimento fácil.

É possível também enxergar nas estratégias estilísticas da prosa de Mallarmé uma aproximação, precursora dos modernismos literários das décadas posteriores à sua morte, do fluxo da linguagem oral e dos movimentos erráticos do pensamento. Marcas de hesitação ("não, não é isso!"), interrupções na progressão sintática, elipses, subentendidos, longas intercalações, combinações sintáticas invertidas ou incompletas, frases deixadas pelo meio parecem mais próximas da "normalidade" linguística do que as construções forçadas de uma sintaxe supostamente normal. O normal é que seria, assim, anormal. E vice-versa.

Era também muito pessoal o uso que Mallarmé fazia de certas palavras, que ele aproximava mais de sua origem etimológica que de seu significado corrente. É conhecido o uso extremamente peculiar que fazia da preposição *"selon"* ("segundo"), que pode assumir os mais diferentes valores ("pelo", "por causa de", etc.), além daquele que lhe é próprio.

A tradução guiou-se pelo princípio de reproduzir, na medida do possível, a sintaxe "anormal" de Mallarmé, sem buscar "corrigi-la". Tentou-se dar ao leitor de língua portuguesa a mesma sensação de um leitor de língua francesa ao ler a prosa de Mallarmé no original.

Considerando-se a atenção que Mallarmé dava aos aspectos gráficos, o texto original preserva as convenções tipográficas francesas: aspas francesas; espaço antes dos sinais de pontuação, excetuando-se o ponto final e a vírgula; e espaço após aspa de abertura e antes de aspa de fechamento. Naturalmente, preservou-se, tanto no texto original quanto na tradução, a preferência de Mallarmé pelos dois pontos, em vez dos três convencionais, para assinalar reticências.

Ler Mallarmé é sempre "gala íntima" – festa suprema do espírito.

Tomaz Tadeu

Crayonné au théâtre

*

Rabiscado no teatro

CRAYONNÉ AU THÉÂTRE

Le désespoir en dernier lieu de mon Idée, qui s'accoude à quelque balcon lavé à la colle ou de carton-pâte, regards perdus, traits à l'avance fatigués du néant, c'est que, pas du tout ! après peu de mots au tréteau par elle dédaigné si ne le bat sa seule voltige, immanquablement la voici qui chuchote dans un ton de sourde angoisse et me tendant le renoncement au vol, agité longtemps de son caprice. « Mais c'est très bien, c'est parfait — à quoi semblez-vous prétendre encore, mon ami ? » puis d'une main vide de l'éventail : « Allons-nous-en (signifie-t-elle) cependant — on ne s'ennuierait même pas et je craindrais de ne pouvoir rêver autre chose. — L'auteur ou son pareil, ce qu'ils voulaient faire, ils l'ont fait et je défierais qui que ce soit de l'exécuter mieux ou différemment. »

Que souhaitaient-ils donc accomplir, ô mon âme ? répliqué-je une fois et toujours interloqué puis éludant la responsabilité d'avoir conduit ici une si exquise dame anormale : car ce n'est pas elle, sûr ! s'il y faut voir une âme ou bien notre idée (à savoir la divinité présente à l'esprit de l'homme) qui despotiquement proposa : « Viens ».

Mais un habituel manque inconsidéré chez moi de prévoyance.

— « La chose qu'ils voulaient faire ? » ne prit-elle pas le soin de prolonger vis-à-vis d'une feinte curiosité « je ne sais pas, ou si.. » réprimant, la pire torture ne pouvoir que trouver très bien et pas même abominer ce au-devant de quoi l'on vint et se fourvoya ! un bâillement, qui est la suprême, presque ingénue et la plus solitaire protestation ou dont le lustre aux mille cris suspend comme un écho l'horreur radieuse et visible.

— « .. Peut-être ceci. »

RABISCADO NO TEATRO

O desespero em último lugar de minha Ideia, os cotovelos apoiados em algum balcão caiado ou de papel machê, olhar perdido, traços de antemão cansados do nada, é que, nada disso! após umas poucas palavras no tablado por ela desdenhado se não o golpeia unicamente seu volteio, infalivelmente ei-la que murmura num tom de surda angústia e estendendo-me a renúncia ao voo, longamente embalada por seu capricho. "Mas está muito bem, está perfeito – o que parece você pretender ainda, meu amigo?" depois com um gesto da mão livre do leque: "Vamo-nos (significa ela) contudo – nem sequer nos entediaríamos e eu temeria não poder sonhar outra coisa. – O autor ou seu igual, o que eles queriam fazer fizeram-no e eu desafiaria quem quer que seja a executá-lo melhor ou diferentemente".

Que desejavam eles entretanto conseguir, ó minha alma? repliquei eu uma vez e ainda desconcertado em seguida fugindo à responsabilidade de ter trazido aqui uma tão refinada dama anormal: pois não foi ela, certamente! se for preciso ver uma alma aí ou então nossa ideia (a saber a divindade presente no espírito do homem) que despoticamente propôs: "Vem".

Mas uma habitual e imprudente ausência em mim de previsão.

– "A coisa que queriam fazer?" não se preocupou ela em prolongar uma fingida curiosidade "não sei, ou sim.." reprimindo, a pior tortura não poder senão achar muito bom e nem sequer abominar isso ao encontro do qual viemos e nos extraviamos! um bocejo, que é o supremo, quase ingênuo e mais solitário protesto ou cujo horror radiante e visível o lustre com mil gritos suspende como um eco.

– ".. Talvez isso."

Elle expliqua et approuva en effet la tentative de gens qui avec un talent indiscuté et même de la bravoure si leur inanité était consciente, remplissent mais des éléments de médiocre puisés dans leur spéciale notion du public, le trou magnifique ou l'attente qui, comme une faim, se creuse chaque soir, au moment où brille l'horizon, dans l'humanité – ouverture de gueule de la Chimère méconnue et frustrée à grand soin par l'arrangement social.

Autre chose paraît inexact et en effet que dire ? Il en est de la mentale situation comme des méandres d'un drame et son inextricabilité veut qu'en l'absence là de ce dont il n'y a pas lieu de parler, ou la Vision même, quiconque s'aventure dans un théâtre contemporain et réel soit puni du châtiment de toutes les compromissions ; si c'est un homme de goût, par son incapacité à n'applaudir. Je crois, du reste, pour peu qu'intéresse de rechercher des motifs à la placidité d'un tel personnage, ou Nous, Moi, que le tort initial demeura se rendre au spectacle avec son Âme *with Psyché, my soul** : qu'est-ce ! si tout s'augmente selon le banal malentendu d'employer, comme par besoin sa pure faculté de jugement à l'évaluation de choses entrées déjà censément dans l'art ou de seconde main, bref à des œuvres..

La Critique, en son intégrité, n'est, n'a de valeur ou n'égale presque la Poésie à qui apporter une noble opération complémentaire, que visant, directement et superbement, aussi les phénomènes ou l'univers : mais, en dépit de cela, soit de sa qualité de primordial instinct placé au secret de nos replis (un malaise divin), cède-t-elle à l'attirance du théâtre qui montre seulement une représentation, pour ceux n'ayant point à voir les choses à même ! de la pièce écrite au folio du ciel et mimée avec le geste de ses passions par l'Homme.

* *Ulalume* (strophe II) EDGAR POE.

Ela explicou e com efeito aprovou a tentativa de pessoas que com um talento indiscutível e inclusive com bravura se sua inanidade fosse consciente, preenchem mas com elementos de medíocre extraídos de sua especial noção do público o buraco magnífico ou a expectativa que, como uma fome, se abre cada fim de tarde em que brilha o horizonte, na humanidade – abertura de goela da Quimera incompreendida e frustrada com grande zelo pelo arranjo social.

Coisa diferente parece inexata e com efeito o que dizer? O que se passa na situação mental é como os meandros de um drama e sua inextricabilidade demanda que na ausência daquilo sobre o qual não há necessidade de falar, ou a própria Visão, quem quer que se aventure num teatro contemporâneo e real é punido com o castigo de todas as contemporizações; se é um homem de gosto, por sua incapacidade de não aplaudir. Creio, de resto, por pouco que interesse buscar motivos para a placidez de uma tal personagem, ou Nós, Eu, que o erro inicial consistiu em acudir ao espetáculo com sua Alma *with Psyche, my soul:** o quê mais! se tudo se amplia segundo o banal mal-entendido de empregar como se fosse uma necessidade sua pura faculdade de julgamento na avaliação de coisas já sabidamente entradas na arte ou de segunda mão: em suma, de obras..

A Crítica, na sua integridade, não existe, não tem valor ou não iguala quase a Poesia à qual aportar uma nobre operação complementar, senão quando visa, direta e soberbamente, também os fenômenos ou o universo: mas, a despeito disso, a saber, de sua qualidade de instinto primordial localizado no segredo de nossas dobras (uma inquietação divina) cede ela à atração do teatro que mostra apenas uma representação, para aqueles que não têm como ver as coisas mesmo! da peça escrita no fólio do céu e mimetizada com o gesto de suas paixões pelo Homem.

* "Ulalume", EDGAR POE, estrofe II.

À côté de lasses erreurs qui se débattent, voyez ! déjà l'époque apprête telle transformation plausible ; ainsi ce qu'on appela autrefois la critique dramatique ou le feuilleton, qui n'est plus à faire, abandonne très correctement la place au reportage des premiers soirs, télégrammatique ou sans éloquence autre que n'en comporte la fonction de parler au nom d'une unanimité de muets. Ajoutez l'indiscrétion, ici les coulisses, riens de gaze ou de peau attrapés entre les châssis en canevas à la hâte mis pour la répétition (délice la primeur ne fût-ce que de redites) : ce qu'au théâtre consacrera la presse de fait divers. Le paradoxe chez l'écrivain supérieur longtemps fut, avec des fugues et points d'orgue imaginatifs, se le rappelle-t-on, d'occuper le genre littéraire créateur de quoi la prose relève, la Critique, à marquer les fluctuations d'un article d'esprit ou de mode.

Aussi quand le soir n'affiche rien, incontestablement, qui vaille d'aller de pas allègre se jeter en les mâchoires du monstre et par ce jeu perdre tout droit à le narguer, soi le seul ridicule ! n'y a-t-il pas occasion même de proférer quelques mots de coin du feu ; vu que si le vieux secret d'ardeurs et splendeurs qui s'y tord, sous notre fixité, évoque, par la forme éclairée de l'âtre, l'obsession d'un théâtre encore réduit et minuscule au lointain, c'est ici gala intime.

Méditatif :

Il est (tisonne-t-on), un art, l'unique ou pur qu'énoncer signifie produire : il hurle ses démonstrations par la pratique. L'instant qu'en éclatera le miracle, ajouter que ce fut cela et pas autre chose, même l'infirmera : tant il n'admet de lumineuse évidence sinon d'exister.

J'aurais aimé, avec l'injonction de circonstances, mieux qu'oisivement, ici noter quelques traits fondamentaux.

Ao lado de cansativos erros que se debatem, vejam! a época já prepara essa transformação plausível; assim o que se chamou outrora crítica dramática ou crítica de rodapé, que não se deve mais fazer, cede muito corretamente o lugar à reportagem das estreias, telegramático ou sem eloquência outra que não a admitida pela função de falar em nome de uma unanimidade de mudos. Acrescentem a indiscrição, aqui os bastidores, nadas de gaze ou de pele surpreendidos entre os cenários improvisados às pressas montados para o ensaio (delícia a novidade apesar das repetições): aquilo que no teatro a imprensa de *faits divers* consagrará. O paradoxo do escritor superior foi por muito tempo o de, com fugas e fermatas imaginativas, lembramo-nos disso, ocupar o gênero literário criador do qual a prosa se destaca, a Crítica, para assinalar as flutuações de um artigo de espírito ou de moda.

Assim quando a noite não anuncia nada, incontestavelmente, que compense ir a alegres passos atirar-se nas mandíbulas do monstro e com essa manobra perder todo o direito a ridicularizá-lo, você mesmo o único ridículo! não há sequer a oportunidade de proferir algumas palavras de ao pé do fogo; visto que se o antigo segredo de ardores e esplendores que ali se retorce, sob a nossa fixidez, evoca, pela forma iluminada da lareira, a obsessão de um teatro ainda reduzido e minúsculo ao longe, aqui é gala íntima.

Meditativo:

Há (aticemos o fogo) uma arte, a única ou pura, em que enunciar significa produzir: ela vocifera suas demonstrações pela prática. No instante em que explodir o milagre, acrescentar que foi isso e não outra coisa, irá na verdade fragilizá-la: a tal ponto ela não admite outra evidência luminosa que não a de existir.

Eu teria gostado, com a injunção de circunstâncias, em vez de ociosamente, de apontar aqui alguns traços fundamentais.

Le ballet ne donne que peu : c'est le genre imaginatif. Quand s'isole pour le regard un signe de l'éparse beauté générale, fleur, onde, nuée et bijou, etc., si, chez nous, le moyen exclusif de le savoir consiste à en juxtaposer l'aspect à notre nudité spirituelle afin qu'elle le sente analogue et se l'adapte dans quelque confusion exquise d'elle avec cette forme envolée – rien qu'au travers du rite, là, énoncé de l'Idée, est-ce que ne paraît pas la danseuse à demi l'élément en cause, à demi humanité apte à s'y confondre, dans la flottaison de rêverie ? L'opération, ou poésie, par excellence et le théâtre. Immédiatement le ballet résulte allégorique : il enlacera autant qu'animera, pour en marquer chaque rythme, toutes corrélations ou Musique, d'abord latentes, entre ses attitudes et maint caractère, tellement que la représentation figurative des accessoires terrestres par la Danse contient une expérience relative à leur degré esthétique, un sacre s'y effectue en tant que la preuve de nos trésors. À déduire le point philosophique auquel est situé l'impersonnalité de la danseuse, entre sa féminine apparence et un objet mimé, pour quel hymen : elle le pique d'une sûre pointe, le pose ; puis déroule notre conviction en le chiffre de pirouettes prolongé vers un autre motif, attendu que tout, dans l'évolution par où elle illustre le sens de nos extases et triomphes entonnés à l'orchestre, est, comme le veut l'art même, au théâtre, *fictif ou momentané*.

Seul principe ! et ainsi que resplendit le lustre c'est-à-dire, lui-même, l'exhibition prompte, sous toutes les facettes, de quoi que ce soit et notre vue adamantine, une œuvre dramatique montre la succession des extériorités de l'acte sans qu'aucun moment garde de réalité et qu'il se passe, en fin de compte, rien.

Le vieux Mélodrame occupant la scène, conjointement à la Danse et sous la régie aussi du poëte, satisfait à cette loi. Apitoyé, le perpétuel suspens d'une larme qui ne peut jamais

O balé não dá mais que pouco: é o gênero imaginativo. Quando se isola para o olhar um signo da dispersa beleza geral, flor, onda, nuvem e joia etc., se, em nós, o meio exclusivo de conhecê-lo consiste em justapor o seu aspecto à nossa nudez espiritual a fim de que ela o sinta análogo e a ele se adapte nalguma confusão rara dela com essa forma evanescente – nada mais que através do rito, ali, enunciado da Ideia, não parece a dançarina metade o elemento em causa, metade humanidade como apta a com ele se confundir, na flutuação de devaneio? A operação, ou poesia, por excelência e o teatro. Imediatamente o balé resulta alegórico: ele enlaçará tanto quanto animará, para marcar cada ritmo seu, todas as correlações ou Música, inicialmente latentes, entre suas atitudes e vários caracteres, de maneira que a representação figurativa dos acessórios terrestres pela Dança contém uma experiência relativa a seu grau estético, uma sagração aí se efetuando como prova de nossos tesouros. A ser deduzido o ponto filosófico no qual se situa a impessoalidade da dançarina, entre sua feminina aparência e um objeto mimetizado, para qual hímen: espeta-o com ponta segura, pousa-o; depois desfaz nossa convicção na cifra prolongada de piruetas em direção a um outro motivo, considerando que tudo, na evolução pela qual ela ilustra o sentido de nossos êxtases e triunfos entoados na orquestra, é, como exige a própria arte, no teatro, *fictício ou momentâneo*.

Único princípio! e tal como resplandece o lustre, quer dizer, ele próprio, a exibição pronta, sob todas as facetas, do que quer que seja e nossa visão adamantina, uma obra dramática mostra a sucessão das exterioridades do ato sem que nenhum momento mantenha qualquer realidade e sem que se passe, afinal de contas, nada.

O velho Melodrama que ocupa a cena, conjuntamente com a Dança e também sob a regência do poeta, satisfaz essa lei. Compassiva, a perpétua suspensão de uma lágrima que não toute se former ni choir (encore le lustre) scintille en mille regards, or, un ambigu sourire dénoue la lèvre par la perception de moqueries aux chanterelles ou dans la flûte refusant la complicité à quelque douleur emphatique de la partition et y perçant des fissures d'espoir et de jour : avertissement même si malicieusement il cesse et je consens d'attendre ou de suivre, au long du labyrinthe de l'angoisse que mène l'art – vraiment non pour m'accabler comme si ce n'était assez de mon sort, spectateur assistant à une fête ; mais me replonger, de quelque part, dans le peuple, que je sois, au saint de la Passion de l'Homme ici libéré selon quelque source mélodique naïve. Pareil emploi de la Musique la tient prépondérante comme magicienne attendu qu'elle emmêle et rompt ou conduit un fil divinatoire, bref dispose de l'intérêt : il éclairerait les compositeurs prodigues au hasard et sans le sens exact de leur sonorité. Nulle inspiration ne perdra à connaître l'humble et profonde loi qui règle en vertu d'un instinct populaire les rapports de l'orchestre et des planches dans ce genre génial français. Les axiomes s'y lisent, inscrits par personne ; un avant tous les autres ! que chaque situation insoluble, comme elle le resterait, en supposant que le drame fût autre chose que semblant ou piège à notre irréflexion, refoule, dissimule, et toujours contient le rire sacré qui le dénouera. La funèbre draperie de leur imagination, aux Bouchardy, ne s'obscurcit jamais d'ignorance – que l'énigme derrière ce rideau n'existe sinon grâce à une hypothèse tournante peu à peu résolue ici et là par notre lucidité : plus, que le sursaut du gaz ou de l'électricité, la gradue l'accompagnement instrumental, dispensateur du Mystère.

L'occasion de rien dire ne surgit et je n'allègue, pour la vacuité de cette étude ou de toutes, plaintes discrètes ! l'année nulle : mais plutôt le défaut préalable de coup d'œil apporté à pode nunca formar-se inteira nem cair (ainda o lustre) cintila em mil olhares, ora, um ambíguo sorriso descerra os lábios pela percepção de zombarias nas primas ou na flauta recusando a cumplicidade com alguma dor enfática da partitura e nela abrindo fissuras de esperança e luz do dia: advertência ainda que maldosamente ela se interrompa e eu consinta em esperar ou seguir, ao longo do labirinto da angústia que a arte conduz – verdadeiramente não para me acabrunhar como se não fora o bastante a minha sorte, espectador que assiste a uma festa; mas voltar a me jogar, por algum lado, no povo, para que eu seja, no santo da Paixão do Homem aqui liberado segundo alguma fonte melódica ingênua. Tal emprego da Música mantém-na preponderante como maga tendo em vista que ela enreda e rompe ou conduz um fio divinatório, em suma, dispõe do interesse: ele esclareceria os compositores pródigos com o acaso e sem o sentido exato de sua sonoridade. Nenhuma inspiração perderá em conhecer a humilde e profunda lei que rege em virtude de um instinto popular as relações entre orquestra e palco nesse genial gênero francês. Os axiomas nele se leem, inscritos por ninguém; um antes de todos os outros! que cada situação insolúvel, pois assim ela continuaria, supondo que o drama fosse outra coisa que dissimulação ou armadilha para nossa irreflexão, reflui, dissimula, e sempre contém o riso sagrado que o descerrará. O fúnebre pano de sua imaginação, nos Bourchardys, não se obscurece nunca pela ignorância – porque o enigma por detrás da cortina não existe senão graças a uma hipótese alternante pouco a pouco resolvida aqui e ali por nossa lucidez: mais que a oscilação do gás ou da eletricidade, gradua-a o acompanhamento instrumental, depositário do Mistério.

A ocasião de nada dizer não se apresenta e não alego, como causa da vacuidade deste estudo ou de todos, queixas discretas! o ano nulo: mas em vez disso a falta prévia de uma vista d'olhos

l'entreprise de sa besogne par le littérateur oublieux qu'entre lui et l'époque dure une incompatibilité. « Allez-vous au théâtre ? – Non, presque jamais » : à mon interrogation cette réponse, par quiconque, de race, singulier se suffit, femme ou homme du monde, avec la tenture de ses songes à même l'existence. « Au reste, moi non plus ! » aurais-je pu intervenir si la plupart du temps mon désintéressement ici ne le criait à travers les lignes jusqu'au blanc final.

Alors pourquoi..

Pourquoi ! autrement qu'à l'instigation du pas réductible démon de la Perversité que je résume ainsi « faire ce qu'il ne faut, sans avantage à tirer, que la gêne vis-à-vis de produits (à quoi l'on est, par nature, étranger) en feignant y porter un jugement : alors qu'un joint quant à l'appréciation échappe ou que s'oppose une pudeur à l'exposition, sous un jour faux, de suprêmes et intempestifs principes ». Risquer, dans des efforts vers une gratuite médiocrité, de ne jamais qu'y faillir, rien n'obligeant, du reste, à cette contradiction sauf le charme peut-être inconnu, en littérature, d'éteindre strictement une à une toute vue qui éclaterait avec pureté ; ainsi que de raturer jusqu'à de certains mots dont la seule hantise continue chez moi la survivance d'un cœur – en conséquence vilenie de les servir mal à propos. Le sot bavarde sans rien dire, et errer de même à l'exclusion d'un goût notoire pour la prolixité et précisément afin de ne pas exprimer quelque chose, re-présente un cas spécial, qui aura été le mien : je m'exhibe en l'exception de ce ridicule. Cela ne convient pas même de dénoncer par un verbiage le fonctionnement du redoutable Fléau omnipotent.. l'ère a déchaîné, légitimement vu qu'en la foule ou amplification majestueuse de chacun gît abscons le rêve ! chez une multitude la conscience de sa judicature ou de l'intelligence suprême, sans préparer de circonstances neuves ni le milieu mental identifiant la scène et la salle. Toujours est-il qu'avant la célébration des poèmes étouffés dans l'œuf de quelque future coupole manquant (si une date

aportada à execução de sua tarefa pelo literato esquecido de que entre ele e a época subsiste uma incompatibilidade. "Você vai ao teatro? – Não, quase nunca": à minha pergunta essa resposta, para quem quer que seja, de raça, singular, é suficiente, mulher ou homem do mundo, com o pano de fundo de seus sonhos na existência mesma. "De resto, tampouco eu!" poderia eu interpor se a maior parte do tempo meu desinteresse aqui não gritasse isso através das linhas até o branco final.

Então por quê..

Por quê! senão pela instigação do irredutível demônio da Perversidade que assim resumo "fazer o que não se deve, sem nada ganhar senão o constrangimento face a produtos (a que se é, por natureza, estrangeiro) ao fingir aportar-lhe um julgamento: enquanto um nexo relativo à apreciação foge ou enquanto um pudor impede a exposição, sob uma falsa luz, de supremos e intempestivos princípios." Arriscar, em esforços voltados a uma gratuita mediocridade, a sempre apenas fracassar, nada obrigando, de resto, a essa contradição exceto o atrativo talvez desconhecido, em literatura, de extinguir estritamente uma a uma toda visão que pudesse cintilar com pureza; bem como riscar até certas palavras cuja obstinação é a única coisa a prolongar em mim a sobrevivência de um coração – consequentemente a vilania de utilizá-las fora de propósito. O tolo tagarela sem nada dizer, e divagar da mesma maneira com a exclusão de um gosto notório pela prolixidade e precisamente a fim de não exprimir alguma coisa, representa um caso especial, que terá sido o meu: exibo-me na exceção desse ridículo. Nem sequer convém denunciar por uma verborreia o funcionamento do temível e onipotente Flagelo.. a era desencadeou, legitimamente visto que na multidão ou amplificação majestosa de cada um jaz obscuro o sonho! em um mundo a consciência de sua judicatura ou da inteligência suprema, sem preparar circunstâncias novas nem o ambiente mental que identifiquem a cena e a sala. Não é menos verdade que antes da celebração dos poemas alojados no ovo de alguma futura cúpula ausente (se uma data se acomodará ao estado atual

s'accommodera de l'état actuel ou ne doit poindre, doute) il a fallu formidablement, pour l'infatuation contemporaine, ériger, entre le gouffre de vaine faim et les générations, un simulacre approprié au besoin immédiat, ou l'art officiel qu'on peut aussi appeler vulgaire; indiscutable, prêt à contenir par le voile basaltique du banal la poussée de cohue jubilant si peu qu'elle aperçoive une imagerie brute de sa divinité. Machine crue provisoire pour l'affermissement de quoi ! institution plutôt vacante et durable me convainquant par son opportunité – l'appel a été fait à tous les cultes artificiels et poncifs ; elle fonctionne en tant que les salons annuels de Peinture et de Sculpture, quand chôme l'engrenage théâtral. Faussant, à la fois, comme au rebut chez le créateur, le jet délicat et vierge et une jumelle clairvoyance directe du simple; qui, peut-être, avaient à s'accorder encore. Héroïques, soit ! artistes de ce jour, plutôt que peindre une solitude de cloître à la torche de votre immortalité ou sacrifier devant l'idole de vous-mêmes, mettez la main à ce monument, indicateur énorme non moins que les blocs d'abstention laissés par quelques âges qui ne purent que charger le sol d'un vestige négatif considérable.

ou não deve surgir, dúvida) foi preciso formidavelmente, para a presunção contemporânea, erigir, entre o abismo de vã fome e as gerações, um simulacro apropriado à necessidade imediata, ou a arte oficial que se pode também chamar de vulgar; indiscutível, pronta a conter pelo véu basáltico do banal o impulso da turba jubilante por menos que ela perceba uma imagética bruta de sua divindade. Máquina acreditada provisória para o fortalecimento de quê! instituição em vez disso vacante e durável me convencendo por sua oportunidade – fez-se apelo a todos os cultos artificiais e chavões; ela funciona, como os salões anuais de Pintura e de Escultura, quando entra em recesso a engrenagem teatral. Falsificando, ao mesmo tempo, tal como um refugo pelo criador, o jorro delicado e virgem e uma gêmea clarividência direta do simples; que, talvez, tivessem ainda que se pôr de acordo. Heroicos, que seja! artistas deste dia, em vez de pintar uma solidão de claustro à luz de vossa imortalidade ou fazer um sacrifício diante do ídolo de vós mesmos, mãos à obra nesse monumento, indicador enorme não menos que os blocos de abstenção deixados por algumas épocas que não puderam mais do que sobrecarregar o solo com um vestígio negativo considerável.

HAMLET

Loin de tout, la Nature, en automne, prépare son Théâtre, sublime et pur, attendant pour éclairer, dans la solitude, de significatifs prestiges, que l'unique œil lucide qui en puisse pénétrer le sens (notoire, le destin de l'homme), un Poëte, soit rappelé à des plaisirs et à des soucis médiocres.

Me voici, oubliant l'amertume feuille-morte, de retour et prêt à noter, en vue de moi-même et de quelques-uns aussi, nos impressions issues de banals Soirs que le plus seul des isolés ne peut, comme il vêt l'habit séant à tous, omettre de considérer : pour l'entretien d'un malaise et, connaissant, en raison de certaines lois non satisfaites, que ce n'est plus ou pas encore l'heure extraordinaire.

>   ...
> *Et cependant, enfant sevré de gloire,*
> *Tu sens courir par la nuit dérisoire,*
> *Sur ton front pâle aussi blanc que du lait,*
> *Le vent qui fait voler ta plume noire*
> *Et te caresse, Hamlet, ô jeune Hamlet !*
>   (Théodore de Banville.)

L'adolescent évanoui de nous aux commencements de la vie et qui hantera les esprits hauts ou pensifs par le deuil qu'il se plaît à porter, je le reconnais, qui se débat sous le mal d'apparaître : parce qu'Hamlet extériorise, sur des planches, ce personnage unique d'une tragédie intime et occulte, son nom même affiché exerce sur moi, sur toi qui le lis, une fascination, parente de l'angoisse. Je sais gré aux hasards qui, contemplateur dérangé de la vision imaginative du théâtre de nuées et de la vérité pour en revenir à quelque scène humaine, me présentent, comme thème initial de causerie, la pièce que je crois celle par excellence ; tandis qu'il y avait lieu d'offusquer aisément des regards

HAMLET

Longe de tudo, a Natureza, no outono, prepara seu Teatro, sublime e puro, esperando para iluminar, na solidão, significativos prestígios, que o único olhar lúcido capaz de penetrar o seu sentido (notório, o destino do homem), um Poeta, seja convocado a prazeres e a preocupações medíocres.

Eis-me aqui, esquecendo a amargura folha-morta, de regresso e pronto a anotar, para mim mesmo e também para alguns outros, nossas impressões originadas de banais Fins de Tarde que o mais só dos isolados não pode, por vestir o traje que a todos se ajeita, deixar de considerar: para a manutenção de um mal-estar e, sabendo, em razão de certas leis não satisfeitas, que não é mais ou não ainda a hora extraordinária.

...
E contudo, criança privada de glória,
Sentes correr pela noite zombeteira,
Sobre tua fronte pálida, branca como o leite,
O vento que faz voar tua pluma negra
E te acaricia, Hamlet, ó jovem Hamlet!

(THÉODORE DE BANVILLE)

O adolescente de nós desaparecido nos primórdios da vida e que assombrará os espíritos elevados ou pensativos pelo luto que gosta de vestir, eu o reconheço, debatendo-se sob o mal de surgir: porque Hamlet exterioriza, nos palcos, esse personagem único de uma tragédia íntima e oculta, até o seu nome num cartaz exerce sobre mim, sobre ti que o lê uma fascinação, aparentada à angústia. Sou grato aos acasos que, contemplador desencaminhado da visão imaginativa do teatro de nuvens e da verdade para voltar a alguma cena humana, me apresentam, como tema inicial de conversação, a peça que considero aquela por excelência; quando teria sido possível ofuscar facilmente olhos muito rapidamente desabituados ao

trop vite déshabitués de l'horizon pourpre, violet, rose et toujours or. Le commerce de cieux où je m'identifiai cesse, sans qu'une incarnation brutale contemporaine occupe, sur leur paravent de gloire, ma place tôt renoncée (adieu les splendeurs d'un holocauste d'année élargi à tous les temps pour que ne s'en juxtapose à personne le sacre vain); mais avance *le seigneur latent qui ne peut devenir,* juvénile ombre de tous, ainsi tenant du mythe. Son solitaire drame ! et qui, parfois, tant ce promeneur d'un labyrinthe de trouble et de griefs en prolonge les circuits avec le suspens d'un acte inachevé, semble le spectacle même pourquoi existent la rampe ainsi que l'espace doré quasi moral qu'elle défend, car il n'est point d'autre sujet, sachez bien : l'antagonisme de rêve chez l'homme avec les fatalités à son existence départies par le malheur.

Toute la curiosité, il est vrai, dans le cas d'aujourd'hui, porte sur l'interprétation, mais en parler, impossible sans la confronter au concept.

L'acteur mène ce discours.[*]

À lui seul, par divination, maîtrise incomparable des moyens et aussi une foi de lettré en la toujours certaine et mystérieuse beauté du rôle, il a su conjurer je ne sais quel maléfice comme insinué dans l'air de cette imposante représentation. Non, je ne blâme rien à la plantation du magnifique site ni au port somptueux de costumes, encore que selon la manie érudite d'à-présent, cela date, trop *à coup sûr;* et que le choix exact de l'époque Renaissance spirituellement embrumée d'un rien de fourrures septentrionales, ôte du recul légendaire primitif, changeant par exemple les personnages en contemporains du dramaturge : Hamlet, lui, évite ce tort, dans sa traditionnelle presque nudité sombre un peu à

---

[*] Ou M. Mounet-Sully (Octobre 1886).

horizonte púrpura, violeta, rosa e sempre ouro. O comércio com céus com que me identificava se interrompe, sem que uma encarnação brutal contemporânea ocupe, em seu guarda-vento de glória, meu lugar cedo renunciado (adeus aos esplendores de um holocausto de ano estendido a todos os tempos para que a ninguém se justaponha a sua sagração vã); mas avança *o senhor latente que não é capaz de devir*, juvenil sombra de todos, fazendo assim parte do mito. Seu drama solitário! e que, por vezes, a tal ponto esse passeante de um labirinto de confusão e de queixumes prolonga os seus circuitos com a suspensão de um ato inacabado, parece o próprio espetáculo pelo qual existem a ribalta assim como o espaço dourado quase moral que ela protege, pois não existe outro tema, notai bem: o antagonismo entre o sonho no homem e as fatalidades de sua existência conferidas pelo infortúnio.

Toda a curiosidade, é verdade, no caso de hoje, está na interpretação, mas falar dela, impossível sem confrontá-la com o conceito.

O ator conduz esse discurso.*

Por ele só, por divinação, domínio incomparável dos meios e também uma fé de letrado na sempre certa e misteriosa beleza do papel, soube conjurar não sei qual malefício como que insinuado no ar dessa imponente representação. Não, não desaprovo nada na instalação do magnífico cenário nem no porte suntuoso de figurinos, ainda que segundo a mania erudita de agora, isso esteja datado, demasiado *precisamente*; e que a escolha exata da época da Renascença espiritualmente abrumada por um nada de peles setentrionais, afaste-se do recuo lendário primitivo, transformando por exemplo os personagens em contemporâneos do dramaturgo: Hamlet, este, evita esse erro, na sua tradicional quase nudez sombria à

---

* Ou o Sr. Mounet-Sully (outubro 1886).

la Goya. L'œuvre de Shakespeare est si bien façonnée selon le seul théâtre de notre esprit, prototype du reste, qu'elle s'accommode de la mise en scène de maintenant, ou s'en passe, avec indifférence. Autre chose me déconcerte que de menus détails infiniment malaisés à régler et discutables : un mode d'intelligence particulier au lieu parisien même où s'installe Elseneur et, comme dirait la langue philosophique, *l'erreur du Théâtre-Français*. Ce fléau est impersonnel et la troupe d'élite acclamée, dans la circonstance, multiplia son minutieux zèle : jouer Shakespeare, ils le veulent bien, et ils veulent le bien jouer, certes. À quoi le talent ne suffit pas, mais le cède devant certaines habitudes invétérées de comprendre. Ici Horatio, non que je le vise, avec, quelque chose de classique et d'après Molière dans l'allure : mais Laertes, j'aborde au sujet, joue au premier plan et pour son compte comme si voyages, double deuil pitoyable, comportaient un intérêt spécial. Les plus belles qualités (au complet), qu'importe dans une histoire éteignant tout ce qui n'est un imaginaire héros, à demi mêlé à de l'abstraction ; et c'est trouer de sa réalité, ainsi qu'une vaporeuse toile, l'ambiance, que dégage l'emblématique Hamlet. Comparses, il le faut ! car dans l'idéale peinture de la scène tout se meut *selon une réciprocité symbolique des types entre eux ou relativement à une figure seule*. Magistral, tel infuse l'intensité de sa verve franche à Polonius en une sénile sottise empressée d'intendant de quelque jovial conte, je goûte, mais oublieux alors d'un ministre tout autre qui égayait mon souvenir, figure comme découpée dans l'usure d'une tapisserie pareille à celle où il lui faut rentrer pour mourir : falot, inconsistant bouffon d'âge, de qui le cadavre léger n'implique, laissé à mi-cours de la pièce, pas d'autre importance que n'en donne l'exclamation brève et hagarde « un Rat ! » Qui erre autour d'un type exceptionnel comme Hamlet, n'est que lui, Hamlet : et le fatidique prince qui périra au premier pas dans la virilité, repousse mélancoliquement, d'une pointe vaine d'épée, hors de la route interdite à sa marche, le

maneira de Goya. A obra de Shakespeare está tão bem moldada segundo o único teatro de nosso espírito, protótipo do resto, que ela se acomoda à forma de encenação de agora, ou a dispensa, com indiferença. Outra coisa me desconcerta que não diminutos detalhes infinitamente difíceis de controlar e discutíveis – um modo de inteligência específico do próprio local parisiense em que Helsingor se instala e, como diria a linguagem filosófica, *o erro do Théâtre-Français*. Esse flagelo é impessoal e a tropa de elite aclamada, na circunstância, multiplicou seu minucioso zelo: encenar Shakespeare é o que muito desejam, e desejam encená-lo bem, certamente. Para o quê o talento não basta, rendendo-se diante de certos hábitos inveterados de compreender. Aqui Horácio, não que eu o vise, com algo de clássico e à maneira de Molière no porte: mas Laertes, chego ao ponto, atua no primeiro plano e por sua conta como se viagens, duplo luto lamentável, comportassem um interesse especial. As mais belas qualidades (em sua plenitude), que importam numa história que apaga tudo que não seja um herói imaginário, meio misturado à abstração; e isso significa romper com sua realidade, como se fosse uma vaporosa tela, a ambiência que o emblemático Hamlet exala. Comparsas, devem sê-lo! pois na ideal pintura da cena tudo se move *segundo uma reciprocidade simbólica dos tipos entre si ou relativamente a uma só figura*. Magistral, fulano infunde a intensidade de sua verve franca em Polônio numa senil e serviçal estupidez de mordomo de algum jovial conto, agrada-me, mas esquecido então de um ministro bem diferente que divertia minha lembrança, figura como que recortada no puído de uma tapeçaria igual à qual ele deve voltar para morrer: grotesco, inconsistente bufão envelhecido, cujo cadáver leve não implica, abandonado a meio caminho da peça, nenhuma outra importância que não a que lhe dá a exclamação breve e feroz "um Rato!". Quem erra em torno de um tipo excepcional como Hamlet não é senão ele, Hamlet: e o fatídico príncipe que perecerá ao primeiro passo na virilidade, afasta melancolicamente, com uma ponta vã de espada, da rota interditada para sua caminhada, o monte

tas de loquace vacuité gisant que plus tard il risquerait de devenir à son tour, s'il vieillissait. Ophélie, vierge enfance objectivée du lamentable héritier royal, reste d'accord avec l'esprit de conservatoires moderne : elle a du naturel, comme l'entendent les ingénues, préférant à s'abandonner aux ballades introduire tout le quotidien acquis d'une savante entre les comédiennes; chez elle éclate non sans grâce, quelque intonation parfaite, dans les pièces du jour ou la vie. Alors je surprends en ma mémoire, autres que les lettres qui groupent le mot Shakespeare, voleter de ces noms qu'il est sacrilège même de taire, car on les devine.

Quel est le pouvoir du Songe !

Le – je ne sais quel effacement subtil et fané et d'imagerie de jadis, qui manque à des maîtres-artistes aimant à représenter un fait comme il en arrive, clair, battant neuf! lui Hamlet, étranger à tous lieux où il poind, le leur impose à ces vivants trop en relief, par l'inquiétant ou funèbre envahissement de sa présence : l'acteur, sur quoi se taille un peu exclusive à souhait la version française, remet tout en place seul par l'exorcisme d'un geste annulant l'influence pernicieuse de la Maison en même temps qu'il épand l'atmosphère du génie, avec un tact dominateur et du fait de s'être miré naïvement dans le séculaire texte. Son charme tout d'élégance désolée accorde comme une cadence à chaque sursaut : puis la nostalgie de la prime sagesse inoubliée malgré les aberrations que cause l'orage battant la plume délicieuse de sa toque, voilà le caractère peut-être et l'invention du jeu de ce contemporain qui tire de l'instinct parfois indéchiffrable à lui-même des éclairs de scoliaste. Ainsi m'apparaît rendue la dualité morbide qui fait le cas d'Hamlet, oui, fou en dehors et sous la flagellation contradictoire du devoir, mais s'il fixe en dedans les yeux sur une image de soi qu'il y garde intacte autant qu'une Ophélie jamais noyée, elle ! prêt toujours à se ressaisir. Joyau intact sous le désastre.

de loquaz vacuidade estendido que mais tarde ele arriscaria tornar-se por sua vez, se envelhecesse. Ofélia, virgem infância objetivada do lamentável herdeiro real, mantém-se em acordo com o espírito de conservatório moderno: ela tem naturalidade, como a entendem as ingênuas, preferindo em vez de abandonar-se às baladas introduzir todo o cotidiano adquirido de uma experiente entre as atrizes; nela irrompe, não sem graça, alguma entonação perfeita, nas peças do dia ou da vida. Então surpreendo em minha memória, para além das letras que a palavra Shakespeare agrupa, esvoaçarem esses nomes que é até sacrilégio calar, pois adivinhamo-los.

Que poder o do Sonho!

O – não sei qual apagamento sutil e esmaecido e de imagística de outrora, que falta a mestres-artistas que gostam de representar um fato tal como ele acontece, cristalino, absolutamente novo! ele, Hamlet, estrangeiro em todos os lugares em que surge, impõe-no a esses viventes demasiadamente em evidência, pela inquietante ou fúnebre invasão de sua presença: o ator, em torno do qual se molda um pouco exclusivamente tal como desejável a versão francesa, repõe sozinho tudo no lugar pelo exorcismo de um gesto que anula a influência perniciosa da Casa ao mesmo tempo que difunde a atmosfera do gênio, com um tato dominador e em virtude de se ter mirado ingenuamente no secular texto. Seu charme todo de elegância desolada dá como que uma cadência a cada sobressalto: depois a nostalgia da préstina sabedoria inolvidável malgrado as aberrações causadas pela tormenta que fustiga a pena deliciosa de seu gorro, eis aí o caráter talvez e a invenção da atuação desse contemporâneo que extrai do instinto às vezes indecifrável para ele próprio iluminações de um escoliasta. Assim parece-me representada a dualidade mórbida que constitui o caso de Hamlet, sim, louco por fora e sob a flagelação contraditória do dever, mas se fixa para dentro o olhar sobre uma imagem de si que ali conserva intacta tanto quanto uma Ofélia jamais afogada, ela! pronto sempre a se recompor. Joia intata no desastre.

Mime, penseur, le tragédien interprète Hamlet en souverain plastique et mental de l'art et surtout comme Hamlet existe par l'hérédité en les esprits de la fin de ce siècle : il convenait, une fois, après l'angoissante veille romantique, de voir aboutir jusqu'à nous résumé le beau démon, au maintien demain peut-être incompris, c'est fait. Avec solennité, un acteur lègue élucidée, quelque peu composite mais très d'ensemble, comme authentiquée du sceau d'une époque suprême et neutre, à un avenir qui probablement ne s'en souciera mais ne pourra du moins l'altérer, une ressemblance immortelle.

Mímico, pensador, o trágico interpreta Hamlet como soberano plástico e mental da arte e sobretudo tal como Hamlet existe pela hereditariedade nos espíritos do fim deste século: era desejável, por uma vez, após a angustiante véspera romântica, ver chegar até nós resumido o belo daimon, em postura amanhã talvez incompreendida, está feito. Com solenidade, um ator lega elucidada, um tanto compósita, mas muito harmonicamente, como se autenticada com o selo de uma época suprema e neutra, a um futuro que provavelmente com ela não se importará mas ao menos não poderá alterá-la, uma semelhança imortal.

BALLETS

La Cornalba me ravit, qui danse comme dévêtue ; c'est-à-dire que sans le semblant d'aide offert à un enlèvement ou à la chute par une présence volante et assoupie de gazes, elle paraît, appelée dans l'air, s'y soutenir, du fait italien d'une moelleuse tension de sa personne.

Tout le souvenir, non ! du spectacle à l'Éden, faute de Poésie : ce qu'on nomme ainsi, au contraire, y foisonne, débauche aimable pour l'esprit libéré de la fréquentation des personnages à robes, habit et mots célèbres. Seulement le charme aux pages du livret ne passe pas dans la représentation. Les astres, eux-mêmes, lesquels j'ai pour croyance que, rarement, il faut déranger pas sans raisons considérables de méditative gravité (ici, selon l'explication, l'Amour les meut et les assemble) je feuillette et j'apprends qu'ils sont de la partie ; et l'incohérent manque hautain de signification qui scintille en l'alphabet de la Nuit va consentir à tracer le mot VIVIANE, enjôleurs nom de la fée et titre du poème, selon quelques coups d'épingle stellaires en une toile de fond bleue : car le corps de ballet, total ne figurera autour de l'*étoile* (la peut-on mieux nommer !) la danse idéale des constellations. Point ! de là on partait, vous voyez dans quels mondes, droit à l'abîme d'art. La neige aussi dont chaque flocon ne revit pas au va-et-vient d'un blanc ballabile ou selon une valse, ni le jet vernal des floraisons : tout ce qui est, en effet, la Poésie, ou nature animée, sort du texte pour se figer en des manœuvres de carton et l'éblouissante stagnation des mousselines lie et feu. Aussi dans l'ordre de l'action, j'ai vu un cercle magique par autre chose dessiné que le tour continu ou les lacs de la fée même : etc. Mille détails piquants d'invention, sans qu'aucun atteigne à une importance de fonctionnement avéré et normal, dans le rendu. Quelqu'un jamais, notamment au cas sidéral précité, avec plus d'héroïsme passa-t-il outre la tentation de reconnaître en même temps que des analogies solennelles, cette loi, que le premier sujet, hors cadre, de la danse soit une synthèse mobile, en son incessante

BALÉS

La Cornalba me extasia, que dança como despida; quer dizer que sem a aparência de ajuda dada a um salto ou à queda por uma presença esvoaçante e amaciada de gazes, ela parece convocada ao ar, aí sustentando-se, pelo fato italiano de uma medulosa tensão de sua pessoa.

Toda a lembrança, não! do espetáculo no Éden por falta de poesia: o que assim se chama, ao contrário, aí abunda, orgia adorável para o espírito liberado da frequentação de personagens com vestidos, trajes e palavras. Mas o charme nas páginas do libreto não chega à representação. Os próprios astros, nos quais tenho por crença que, raramente, é preciso mexer sem razões consideráveis de meditativa gravidade (aqui, segundo a explicação, o Amor movimenta-os e reúne-os) folheio e vejo que fazem parte do jogo; e a incoerente e elevada ausência de significação que cintila no alfabeto da Noite vai consentir em traçar a palavra VIVIANE, nome da fada e título do poema sedutores, segundo algumas alfinetadas estelares em uma tela de fundo azul: pois o corpo de balé, afinal não figurará em torno da *estrela* (possível denominá-la melhor!) a dança ideal das constelações. Não! daí partiríamos, veem para quais mundos, direto para o abismo de arte. A neve também cada floco da qual não revive pelo vai-e-vem de um branco *ballabile* ou segundo uma valsa, nem o rebento vernal das florações: tudo o que é, com efeito, a Poesia, ou natureza animada, sai do texto para se fixar em manobras de papelão e na ofuscante estagnação das musselinas rubro e fogo. Também na ordem da ação, vi um círculo mágico por outra coisa desenhada que não pelo volteio contínuo ou pelos laços da própria fada: etc. Mil detalhes picantes de invenção, sem que nenhum atinja uma importância de funcionamento comprovado e normal, na interpretação. Alguém, alguma vez, notadamente no caso sideral antes citado, com mais heroísmo foi além da tentação de reconhecer analogias solenes, reconhecendo também esta lei, de que o primeiro sujeito, fora do quadro, da dança é uma síntese móvel, em sua incessante ubiquidade, das atitudes ubiquité, des attitudes de chaque groupe : comme elles ne la font que détailler, en tant que fractions, à l'infini. Telle, une réciprocité, dont résulte l'*in*-individuel, chez la coryphée et dans l'ensemble, de l'être dansant, jamais qu'emblème point quelqu'un..

Le jugement, ou l'axiome, à affirmer en fait de ballet!

À savoir que la danseuse *n'est pas une femme qui danse*, pour ces motifs juxtaposés qu'elle *n'est pas une femme*, mais une métaphore résumant un des aspects élémentaires de notre forme, glaive, coupe, fleur, etc., et *qu'elle ne danse pas*, suggérant, par le prodige de raccourcis ou d'élans, avec une écriture corporelle ce qu'il faudrait des paragraphes en prose dialoguée autant que descriptive, pour exprimer, dans la rédaction : poème dégagé de tout appareil du scribe.

Après une légende, la Fable point comme l'entendit le goût classique ou machinerie d'empyrée, mais selon le sens restreint d'une transposition de notre caractère, ainsi que de nos façons, au type simple de l'animal. Un jeu aisé consistait à *re*-traduire à l'aide de personnages, il est vrai, plus instinctifs comme bondissants et muets que ceux à qui un conscient langage permet de s'énoncer dans la comédie, les sentiments humains donnés par le fabuliste à d'énamourés volatiles. La danse est ailes, il s'agit d'oiseaux et des départs en l'à-jamais, des retours vibrants comme flèche : à qui scrute la représentation des *Deux Pigeons* apparaît par la vertu du sujet, cela, une obligatoire suite des motifs fondamentaux du Ballet. L'effort d'imagination pour trouver ces similitudes ne s'annonce pas ardu, mais c'est quelque chose que d'apercevoir une parité médiocre même, et le résultat intéresse, en art. Leurre ! sauf dans le premier acte, une jolie incarnation des ramiers en l'humanité mimique ou dansante des protagonistes.

de cada grupo: assim como elas não fazem outra coisa senão detalhá-la, como frações, ao infinito. Isso, uma reciprocidade, da qual resulta o *in*-dividual, na corifeia e no conjunto, do ser dançante, nunca senão emblema não alguém...

O julgamento, ou o axioma, a ser afirmado em questão de balé!

A saber, que a dançarina *não é uma mulher que dança*, pelos motivos justapostos de que *ela não é uma mulher* mas uma metáfora que resume um dos aspectos elementares de nossa forma, gládio, taça, flor, etc., e de *que ela não dança*, sugerindo, pelo prodígio de *raccourcis* ou de elãs, com uma escrita corporal o que exigiria parágrafos em prosa dialogada bem como descritiva, para exprimir, na redação: poema liberado de todo aparato do escriba.

Após uma lenda, a Fábula não como a entendeu o gosto clássico ou a maquinaria do empíreo, mas segundo o sentido restrito de uma transposição de nosso caráter, assim como de nossas maneiras, ao tipo simples do animal. Uma representação natural consistiria em *re*-traduzir com a ajuda de personagens, é verdade que mais instintivas na qualidade de saltitantes e mudas do que aquelas às quais uma linguagem consciente permite que se expressem no drama, os sentimentos humanos atribuídos pelo fabulista a enamorados voláteis. A dança é asas, diz respeito a pássaros e a partidas para o nunca mais, a retornos vibrantes como flecha: para quem escruta a representação de *Os Dois Pombos* parece pela virtude do objeto, isso, uma obrigatória sequência de motivos fundamentais do Balé. O esforço de imaginação para encontrar essas similitudes não se anuncia árduo, mas é alguma coisa perceber uma paridade mesmo medíocre, e o resultado interessa, em arte. Engodo! exceto no primeiro ato, uma feliz encarnação dos pombos na humanidade mímica ou dançante dos protagonistas.

deux ou plusieurs, par paire, sur un toit, ainsi que la mer, vu en l'arceau d'une ferme thessalienne, et vivants, ce qui est, mieux que peints, dans la profondeur et d'un juste goût. L'un des amants à l'autre les montre puis soi-même, langage initial, comparaison. Tant peu à peu les allures du couple acceptent de l'influence du pigeonnier becquètements ou sursauts, pâmoisons, que se voit cet envahissement d'aérienne lasciveté sur lui glisser, avec des ressemblances éperdues. Enfants, les voici oiseaux, ou le contraire, d'oiseaux enfants, selon qu'on veut comprendre l'échange dont toujours et dès lors, lui et elle, devraient exprimer le double jeu : peut-être, toute l'aventure de la différence sexuelle ! Or je cesserai de m'élever à aucune considération, que suggère le Ballet, adjuvant et le paradis de toute spiritualité, parce qu'après cet ingénu prélude, rien n'a lieu, sauf la perfection des exécutants, qui vaille un instant d'arrière-exercice du regard, rien.. Fastidieux de mettre le doigt sur l'inanité quelconque issue d'un gracieux motif premier. Ici la fuite du vagabond, laquelle prêtait, du moins, à cette espèce d'extatique impuissance à disparaître qui délicieusement attache aux planchers la danseuse ; puis quand viendra, dans le rappel du même site ou le foyer, l'heure poignante et adorée du rapatriement, avec intercalation d'une fête à quoi tout va tourner sous l'orage, et que les déchirés, pardonnante et fugitif, s'uniront : ce sera.. Vous concevez l'hymne de danse final et triomphal où diminue jusqu'à la source de leur joie ivre l'espace mis entre les fiancés par la nécessité du voyage ! Ce sera.. comme si la chose se passait, madame ou monsieur, chez l'un de vous avec quelque baiser très indifférent en art, toute la Danse n'étant de cet acte que la mystérieuse interprétation sacrée. Seulement, songer ainsi, c'est à se faire rappeler par un trait de flûte le ridicule de son état visionnaire quant au contemporain banal qu'il faut, après tout, représenter, par condescendance pour le fauteuil d'Opéra.

Dois pombos amavam-se com um terno amor

dois ou vários, aos pares, sobre um telhado, assim como o mar, visto pela arcada de uma granja tessália, e vivos, o que está, melhor que pintados, na profundidade e com um justo gosto. Um dos amantes ao outro os mostra depois a si mesmo, linguagem inicial, comparação. De tal forma pouco a pouco as maneiras do casal entregam-se por causa da influência do pombal a bicadas ou pulinhos, desfalecimentos, que se vê essa invasão de aérea lascívia sobre ele se insinuar, com semelhanças extremadas. Crianças, agora são pássaros, ou o contrário, de pássaros a crianças, dependendo de como se quer compreender a troca, da qual sempre e desde logo, ele e ela, deveriam exprimir o duplo jogo: talvez, toda a aventura da diferença sexual! Mas deixarei de me elevar a qualquer consideração, que o Balé sugere, adjuvante e paraíso de toda espiritualidade porque após esse ingênuo prelúdio, nada tem lugar, exceto a perfeição dos executantes, que valha um instante de exercício retrospectivo do olhar, nada.. Fastidioso colocar o dedo numa inanidade qualquer surgida de um gracioso motivo primeiro. Aqui a fuga do vagabundo, a qual se prestaria, ao menos, a essa espécie de extática impotência a desaparecer que deliciosamente fixa ao soalho a dançarina; depois quando chegar, na recordação do mesmo lugar ou do lar, a hora pungente e adorada do repatriamento, com intercalação de uma festa na qual tudo vai virar sob a tempestade, e quando os rompidos, misericordiosa e fugitivo, se unirão: será.. Vós imaginais o hino final e triunfal de dança na qual diminui até à fonte de sua alegria inebriante o espaço instalado entre os noivos pela necessidade da viagem! Será.. como se a coisa se passasse, minha senhora ou meu senhor, numa de vossas casas com algum beijo muito indiferente em arte, toda a Dança não sendo desse ato senão a misteriosa interpretação sagrada. Mas sonhar assim é fazer-se lembrar por um trilo de flauta do ridículo de seu estado visionário relativamente ao contemporâneo banal que se deve, afinal, representar, por condescendência com a poltrona do *Opéra*.

À l'exception d'un rapport perçu avec netteté entre l'allure habituelle du vol et maints effets chorégraphiques, puis le transport au Ballet, non sans tricherie, de la Fable, demeure quelque histoire d'amour : il faut que virtuose sans pair à l'intermède du divertissement (rien n'y est que morceaux et placage) l'émerveillante Mademoiselle Mauri résume le sujet par sa divination mêlée d'animalité trouble et pure à tous propos désignant les allusions non mises au point, ainsi qu'avant un pas elle invite, avec deux doigts, un pli frémissant de sa jupe et simule une impatience de plumes vers l'idée.

Un art tient la scène, historique avec le Drame ; avec le Ballet, autre, emblématique. Allier, mais ne confondre; ce n'est point d'emblée et par traitement commun qu'il faut joindre deux attitudes jalouses de leur silence respectif, la mimique et la danse, tout à coup hostiles si l'on en force le rapprochement. Exemple qui illustre ce propos : a-t-on pas tout à l'heure, pour rendre une identique essence, celle de l'oiseau, chez deux interprètes, imaginé d'élire une mime à côté d'une danseuse, c'est confronter trop de différence ! l'autre, si l'une est colombe, devenant j'ignore quoi, la brise par exemple. Au moins, très judicieusement, à l'Éden, où selon les deux modes d'art exclusifs, un thème marqua l'antagonisme que chez son héros participant du double monde, homme déjà et enfant encore, installe la rivalité de la femme qui *marche* (même à lui sur des tapis de royauté) avec celle, non moins chère du fait de sa voltige seule, la primitive et fée. Ce trait distinct de chaque genre théâtral mis en contact ou opposé se trouve commander l'œuvre qui emploie la disparate à son architecture même : resterait à trouver une communication. Le librettiste ignore d'ordinaire que la danseuse, qui s'exprime par des pas, ne comprend d'éloquence autre, même le geste.

À exceção de uma relação percebida com nitidez entre a postura habitual do voo e vários efeitos coreográficos, depois o transporte ao Balé, não sem truques, da Fábula, subsiste alguma história de amor: é preciso que virtuose sem par no entreato do espetáculo (nada aí é mais que retalhos e remendo) a maravilhosa Senhorita Mauri resuma o tema por sua divinação misturada com animalidade turbada e pura a propósito de tudo designando as alusões não precisadas, assim como antes de um passo ela convoca, com dois dedos, uma prega tremulante de sua saia e simula uma impaciência de plumas em direção à ideia.

Uma arte ocupa a cena, histórica com o Drama; com o Balé, outra, emblemática. Aliar, mas não confundir; não é imediatamente e por tratamento comum que se devem juntar duas atitudes zelosas de seu silêncio respectivo, a mímica e a dança, repentinamente hostis se forçamos sua aproximação. Exemplo que ilustra esse propósito: não se pensou há pouco, – para traduzir uma idêntica essência, a do pássaro, nos dois intérpretes, escolher uma mímica ao lado de uma dançarina, isso seria confrontar demasiada diferença! o outro, se uma é pomba, tornando-se ignoro o quê, a brisa, por exemplo. Ao menos, muito judiciosamente, no Éden, ou segundo os dois modos de arte exclusivos, um tema marcou o antagonismo que no seu herói participante do duplo mundo, homem já e criança ainda, instala a rivalidade entre a mulher que *caminha* (inclusive em sua direção sobre tapetes de realeza) e aquela, não menos cara em virtude unicamente de seu torneio, a primitiva e fada. Esse traço distinto de cada gênero teatral posto em contato ou em oposição se vê comandando a obra que emprega a disparidade na sua arquitetura mesma: restaria encontrar uma comunicação. O libretista ordinariamente ignora que a dançarina, que se exprime por passos, não compreende outra eloquência, mesmo o gesto.

À moins du génie disant : « La Danse figure le caprice à l'essor rythmique – voici avec leur nombre, les quelques équations sommaires de toute fantaisie – or la forme humaine dans sa plus excessive mobilité, ou vrai développement, ne les peut transgresser, en tant, je le sais, qu'incorporation visuelle de l'idée » : cela, puis un coup d'œil jeté sur un ensemble de chorégraphie ! personne à qui ce moyen s'impose d'établir un ballet. Connue la tournure d'esprit contemporaine, chez ceux mêmes, aux facultés ayant pour fonction de se produire miraculeuses : il y faudrait substituer je ne sais quel impersonnel ou fulgurant regard absolu, comme l'éclair qui enveloppe, depuis quelques ans, la danseuse d'Édens, fondant une crudité électrique à des blancheurs extra-charnelles de fards, et en fait bien l'être prestigieux reculé au delà de toute vie possible.

L'unique entraînement imaginatif consiste, aux heures ordinaires de fréquentation dans les lieux de Danse sans visée quelconque préalable, patiemment et passivement à se demander devant tout pas, chaque attitude si étranges, ces pointes et taquetés, allongés ou ballons. « Que peut signifier ceci » ou mieux, d'inspiration, le lire. A coup sûr on opérera en pleine rêverie, mais adéquate : vaporeuse, nette et ample, ou restreinte, telle seulement que l'enferme en ses circuits ou la transporte par une fugue la ballerine illettrée se livrant aux jeux de sa profession. Oui, celle-là (serais-tu perdu en une salle, spectateur très étranger, Ami) pour peu que tu déposes avec soumission à ses pieds d'inconsciente révélatrice ainsi que les roses qu'enlève et jette en la visibilité de régions supérieures un jeu de ses chaussons de satin pâle vertigineux, la Fleur d'abord *de ton poétique instinct*, n'attendant de rien autre la mise en évidence et sous le vrai jour des mille imaginations latentes : alors, par un commerce dont paraît son sourire verser le secret, sans tarder elle te livre à travers le voile dernier qui toujours reste, la nudité de tes concepts et silencieusement écrira ta vision à la façon d'un Signe, qu'elle est.

A não ser o gênio que diga: "A Dança figura o capricho pela progressão rítmica – eis aqui com seu número, certas equações sumárias de toda fantasia – ora a forma humana na sua mais excessiva mobilidade, ou verdadeiro desenvolvimento, não pode transgredi-las, à medida que são, eu o sei, incorporação visual da ideia": isso, depois um rápido olhar lançado ao conjunto de coreografia! ninguém a quem esse meio se imponha de estabelecer um balé. Sabida a feição mental contemporânea, até mesmo naqueles com as faculdades que têm por função se mostrarem miraculosas: seria preciso substituí-las por não sei qual olhar absoluto impessoal ou fulgurante, como o raio que envolve, desde alguns anos, a dançarina dos Édens, fundindo uma crueza elétrica com brancuras extracarnais de maquiagens, e dela faz o ser prestigioso situado para além de toda vida possível.

O único exercício imaginativo consiste, nas horas ordinárias de frequentação dos lugares de Dança sem qualquer objetivo prévio, paciente e passivamente interrogar-se diante de todo passo, de cada atitude por mais estranhos, dessas pontas e sapateados, alongamentos ou balões. "Que pode isso significar" ou melhor, com inspiração, lê-lo. Seguramente operar-se-á em pleno devaneio, mas adequado: vaporoso, límpido e amplo, ou contido, tal como unicamente o encerra em seus circuitos ou o transporta por uma fuga a bailarina iletrada que se entrega aos jogos de sua profissão. Sim, o tal (caso te encontres perdido em uma sala, espectador muito estrangeiro, Amigo) desde que deposites com submissão a seus pés de inconsciente reveladora, tal como as rosas que um meneio de suas sapatilhas de cetim pálido vertiginoso levanta e lança na visibilidade de regiões superiores, a Flor sobretudo *de teu poético instinto*, não esperando nada mais que o destaque e sob a verdadeira luz de mil imaginações latentes: então, por um comércio cujo segredo seu sorriso parece verter, sem tardar ela te entrega através do véu último que ainda resta, a nudez de teus conceitos e silenciosamente escreverá tua visão à maneira de um Signo, que ela é.

AUTRE ÉTUDE DE DANSE
LES FONDS DANS LE BALLET
D'APRÈS UNE INDICATION RÉCENTE

Relativement à la Loïe Fuller en tant qu'elle se propage, alentour, de tissus ramenés à sa personne, par l'action d'une danse, tout a été dit, dans des articles quelques-uns des poèmes.

L'exercice, comme invention, sans l'emploi, comporte une ivresse d'art et, simultané un accomplissement industriel.

Au bain terrible des étoffes se pâme, radieuse, froide la figurante qui illustre maint thème giratoire où tend une trame loin épanouie, pétale et papillon géants, déferlement, tout d'ordre net et élémentaire. Sa fusion aux nuances véloces muant leur fantasmagorie oxyhydrique de crépuscule et de grotte, telles rapidités de passions, délice, deuil, colère : il faut pour les mouvoir, prismatiques, avec violence ou diluées, le vertige d'une âme comme mise à l'air par un artifice.

Qu'une femme associe l'envolée de vêtements à la danse puissante ou vaste au point de les soutenir, à l'infini, comme son expansion –

La leçon tient en cet effet spirituel –

Don avec ingénuité et certitude fait par l'étranger fantôme au Ballet ou la forme théâtrale de poésie par excellence : le reconnaître, entier, dans ses conséquences, tard, à la faveur du recul.

Toujours une banalité flotte entre le spectacle dansé et vous.

OUTRO ESTUDO DE DANÇA
OS FUNDOS NO BALÉ
SEGUNDO UMA INDICAÇÃO RECENTE

Relativamente à Loïe Fuller à medida que ela se espalha, ao redor, com tecidos reconduzidos à sua pessoa, pela ação de uma dança, tudo foi dito, em artigos alguns deles poemas.

O exercício, como invenção, sem a aplicação, comporta uma embriaguez de arte e, simultâneo um feito industrial.

No banho formidável dos panos desfalece, radiante, fria a figurante que ilustra muito tema giratório no qual se estende uma trama ao longe desabrochada, pétala e borboleta gigantes, rebentação, tudo com ordem límpida e elementar. Sua fusão com as nuances velozes transmutando sua fantasmagoria oxidrílica de crepúsculo e de gruta, essas celeridades de paixões, delícia, pesar, raiva: é preciso para movê-las, prismáticas, com violência ou diluídas, a vertigem de uma alma como que posta no ar por um artifício.

Que uma mulher associa o revoar de vestidos com a dança potente ou vasta ao ponto de sustentá-los, ao infinito, como sua expansão –

A lição reside nesse efeito espiritual –

Dom com ingenuidade e certeza produzido pelo estrangeiro fantasma no Balé ou a forma teatral de poesia por excelência: reconhecê-lo, inteiro, nas suas consequências, tarde, graças à distância.

Uma banalidade sempre flutua entre o espetáculo dançado e você.

La défense que cet éblouissement satisfasse une pensive délicatesse comme y atteint par exemple le plaisir trouvé dans la lecture des vers, accuse la négligence de moyens subtils inclus en l'arcane de la Danse. Quelque esthétique restaurée outrepassera des notes à côté, où, du moins, je dénonce, à un point de vue proche, une erreur ordinaire à la mise en scène : aidé comme je suis, inespérément, soudain par la solution que déploie avec l'émoi seul de sa robe ma très peu consciente ou volontairement ici en cause inspiratrice.

Quand, au lever du rideau dans une salle de gala et tout local, apparaît ainsi qu'un flocon d'où soufflé ? furieux, la danseuse : le plancher évité par bonds ou dur aux pointes, acquiert une virginité de site pas songé, qu'isole, bâtira, fleurira la figure. Le décor gît, latent dans l'orchestre, trésor des imaginations ; pour en sortir, par éclat, selon la vue que dispense la représentante çà et là de l'idée à la rampe. Or cette transition de sonorités aux tissus (y a-t-il, mieux, à une gaze ressemblant que la Musique !) est, uniquement, le sortilège qu'opère la Loïe Fuller, par instinct, avec l'exagération, les retraits, de jupe ou d'aile, instituant un lieu. L'enchanteresse fait l'ambiance, la tire de soi et l'y rentre, par un silence palpité de crêpes de Chine. Tout à l'heure va disparaître comme dans ce cas une imbécillité, la traditionnelle plantation de décors permanents ou stables en opposition avec la mobilité chorégraphique. Châssis opaques, carton cette intrusion, au rancart ! voici rendue au Ballet l'atmosphère ou rien, visions sitôt éparses que sues, leur évocation limpide. La scène libre, au gré de fictions, exhalée du jeu d'un voile avec attitudes et gestes, devient le très pur résultat.

Si tels changements, à un genre exempt de quelque accessoire sauf la présence humaine, importés par cette création : on rêve de scruter le principe.

Toute émotion sort de vous, élargit un milieu ; ou sur vous fond et l'incorpore.

O obstáculo a que esse deslumbramento satisfaça uma pensativa delicadeza como aquela a que se chega por exemplo pelo prazer na leitura de versos acusa a negligência de meios sutis incluídos no arcano da Dança. Alguma estética restaurada ultrapassará notas à margem, nas quais, ao menos, denuncio, de um ponto de vista próximo, um erro ordinário na encenação: ajudado que sou, inesperadamente, de súbito pela solução fornecida apenas com a agitação de seu vestido pela minha muito pouco consciente ou voluntariamente aqui em causa inspiradora.

Quando, ao abrir das cortinas numa sala de gala e qualquer local, surge tal como um floco de onde soprado? furioso, a dançarina: o soalho evitado por saltos ou resistente às pontas, adquire uma virgindade de lugar não sonhado, que a figura isola, edificará, fará florir. O *décor* jaz, latente na orquestra, tesouro das imaginações; para daí sair por explosão, segundo a visão que a representante da ideia dispensa aqui e ali à ribalta. Ora essa transição de sonoridades para os tecidos (há, mais, o que a uma gaze se assemelhe do que a Música!) é, unicamente, o sortilégio que a Loïe Fuller opera, por instinto, com o exagero, os recolhimentos, de saia ou de asa, instituindo um lugar. A feiticeira cria a ambiência, tira-o de si e a si o retrai, por um silêncio palpitante de crepes da China. Logo vai desaparecer como neste caso uma imbecilidade, a tradicional instalação de cenários permanentes ou estáveis em oposição à mobilidade coreográfica. Armações opacas, papelão essa intrusão, fora com isso! eis aqui devolvida ao Balé a atmosfera ou nada, visões imediatamente dispersadas assim que conhecidas, sua evocação límpida. A cena livre, ao sabor de ficções, exalada pelo jogo de um véu com atitudes e gestos, torna-se o muito puro resultado.

Se essas mudanças, num gênero isento de algum acessório exceto a presença humana, importadas por essa criação: sonha-se com escrutinar o princípio.

Toda emoção vem de você, amplia um entorno; ou com você se funde e o incorpora.

Ainsi ce dégagement multiple autour d'une nudité, grand des contradictoires vols où celle-ci l'ordonne, orageux, planant l'y magnifie jusqu'à la dissoudre : centrale, car tout obéit à une impulsion fugace en tourbillons, elle résume, par le vouloir aux extrémités éperdu de chaque aile et darde sa statuette, stricte, debout – morte de l'effort à condenser hors d'une libération presque d'elle des sursautements attardés décoratifs de cieux, de mer, de soirs, de parfum et d'écume.

Tacite tant ! que proférer un mot à son sujet, durant qu'elle se manifeste, très bas et pour l'édification d'un voisinage, semble impossible, à cause que, d'abord, cela confond. Le souvenir peut-être ne sera pas éteint sous un peu de prose ici. A mon avis, importait, où que la mode disperse cette éclosion contemporaine, miraculeuse, d'extraire le sens sommaire et l'explication qui en émane et agit sur l'ensemble d'un art.

*

Le seul, il le fallait fluide comme l'enchanteur des *Vies Encloses* et aigu – qui, par exception, ait, naguères, traité de Danse, M. Rodenbach, écrit aisément des phrases absolues, sur ce sujet vierge comme les mousselines et même sa clairvoyance – à propos d'une statue exposant, déshabillée, une danseuse – les accumule, les allonge, les tend par vivants plis ; puis constate le soin propre aux ballerines depuis les temps « de compliquer de toutes sortes d'atours vaporeux l'ensorcellement des danses, *où leur corps n'apparaît que comme le rythme d'où tout dépend mais qui le cache* ».

Lumineux à l'éblouissement.

Une armature, qui n'est d'aucune femme en particulier, d'où instable, à travers le voile de généralité, attire sur tel fragment révélé de la forme et y boit l'éclair qui le divinise ; ou exhale, de retour, par l'ondulation des tissus, flottante,

Assim esse desdobramento múltiplo em torno de uma nudez, grande de contraditórios voos no qual aquela o comanda, tempestuoso, aí planando magnifica-a até dissolvê-la: central, pois tudo obedece a um impulso fugaz em turbilhões, ela resume, pelo querer nas extremidades desvairado de cada asa e dardeja sua estatueta, estrita, ereta – morta pelo esforço de condensar a partir de uma liberação quase dela sobressaltos retardados decorativos de céus, de mar, de fins de tarde, de perfume e de espuma.

Tácita tanto! que proferir uma palavra a respeito enquanto ela se manifesta, muito baixinho e para a edificação de uma vizinhança, parece impossível, porque, sobretudo, isso confunde. A recordação talvez não se apagará sob um pouco de prosa aqui. Em minha opinião, importava, onde quer que a moda disperse essa eclosão contemporânea, miraculosa, extrair o sentido sumário e a explicação que dela emana e age sobre o conjunto de uma arte.

*

O único, era preciso que ele fosse fluido como o feiticeiro de *Vies Encloses* e agudo – que, por exceção, tratou, recentemente, de Dança, o Sr. Rodenbach, escreve facilmente frases absolutas, sobre esse tema virgem como as musselinas e inclusive sua clarividência – a propósito de uma estátua expondo, desvestida, uma dançarina – acumula-as, alonga-as, estende-as em dobras vivas; depois registra a preocupação própria das bailarinas desde o começo dos tempos "em complicar com todo tipo de atavios vaporosos o feitiço das danças, *nas quais seu corpo não aparece senão como o ritmo de que tudo depende mas que o oculta*".

Luminoso ao ponto do ofuscamento.

Uma armadura, que não é de nenhuma mulher em particular, daí instável, através do véu de generalidade, atrai para um ou outro fragmento revelado da forma e dele bebe o raio que o diviniza; ou exala, de volta, pela ondulação dos tecidos,

palpitante, éparse cette extase. Oui, le suspens de la Danse, crainte contradictoire ou souhait de voir trop et pas assez, exige un prolongement transparent.

Le poëte, par une page riche et subtile*, a, du coup, restitué à l'antique fonction son caractère, qu'elle s'étoffe ; et, sans retard, invoque la Loïe Fuller, fontaine intarissable d'elle-même – près le développement de qui ou les trames imaginatives versées comme atmosphère, les coryphées du Ballet, court-vêtues à l'excès, manquent d'ambiance sauf l'orchestre et n'était que le costume simplifié, à jamais, pour une spirituelle acrobatie ordonnant de suivre la moindre intention scripturale, existe, mais invisible, dans le mouvement pur et le silence déplacé par la voltige. La presque nudité, à part un rayonnement bref de jupe, soit pour amortir la chute ou, à l'inverse, hausser l'enlèvement des pointes, montre, pour tout, les jambes – sous quelque signification autre que personnelle, comme un instrument direct d'idée.

Toujours le théâtre altère à un point de vue spécial ou littéraire, les arts qu'il prend : musique n'y concourant pas sans perdre en profondeur et de l'ombre, ni le chant, de la foudre solitaire et, à proprement parler, pourrait-on ne reconnaître au Ballet le nom de Danse; lequel est, si l'on veut, hiéroglyphe.

Ce me plaît, rattacher, l'une à l'autre, ces études, par une annotation : quand y invite un sagace confrère qui consent à regarder le rendu plastique, sur la scène, de la poésie – d'autres évitent-ils de trahir, au public ou à soi, que jamais, avec la métamorphose adéquate d'images, ils ne disposent qu'un Ballet, représentable ; quels élans et si plus spacieux, que multiplie à la vision leur strophe.

* *Figaro* (5 Mai 1896.)

flutuante, palpitante, disperso esse êxtase. Sim, a suspensão da Dança, temor contraditório ou desejo de ver demais e não o bastante, exige um prolongamento transparente.

O poeta, por uma página rica e sutil*, restituiu, assim, à antiga função seu caráter, que se enriquece; e, sem demora, invoca a Loïe Fuller, manancial inesgotável de si mesma – perto de cujo desenvolvimento ou de cujas tramas imaginativas vertidas como atmosfera, as corifeias do Balé, em demasia sumariamente vestidas, carecem de ambiência exceto a orquestra e não fosse o fato de que a vestimenta simplificada, para sempre, para uma espiritual acrobacia ordenando seguir a mínima intenção escritural, existe, mas invisível, no movimento puro e no silêncio deslocado pelo volteio. A quase nudez, à parte uma irradiação breve de saia, seja para amortecer a queda ou, inversamente, aumentar a elevação das pontas, mostra, não mais que isso, as pernas – com alguma significação que não a pessoal, como um instrumento direto de ideia.

O teatro sempre altera de um ponto de vista especial ou literário, as artes de que se apropria: a música para isso concorrendo não sem perder em profundidade e certa sombra, nem o canto, certo raio solitário e, propriamente falando, poder-se-ia não atribuir ao Balé o nome de Dança; o qual é, se assim se prefere, hieróglifo.

Apraz-me ligar, um ao outro, estes estudos, por uma observação: quando a isso convida um sagaz confrade que consentiu em olhar a tradução plástica, na cena, da poesia – ainda que outros evitem admitir, para o público ou para si, que nunca, com a metamorfose adequada de imagens, compõem senão um Balé, representável; quantos elãs e tão mais amplos, que a sua estrofe multiplica para a visão.

---

* *Figaro* (5 de maio de 1896).

MIMIQUE

Le silence, seul luxe après les rimes, un orchestre ne faisant avec son or, ses frôlements de pensée et de soir, qu'en détailler la signification à l'égal d'une ode tue et que c'est au poëte, suscité par un défi, de traduire ! le silence aux après-midi de musique ; je le trouve, avec contentement, aussi, devant la réapparition toujours inédite de Pierrot ou du poignant et élégant mime Paul Margueritte.

Ainsi ce Pierrot Assassin de sa Femme composé et rédigé par lui-même, soliloque muet que, tout du long à son âme tient et du visage et des gestes le fantôme blanc comme une page pas encore écrite. Un tourbillon de raisons naïves ou neuves émane, qu'il plairait de saisir avec sûreté : l'esthétique du genre situé plus près de principes qu'aucun ! rien en cette région du caprice ne contrariant l'instinct simplificateur direct.. Voici – « La scène n'illustre que l'idée, pas une action effective, dans un hymen (d'où procède le Rêve), vicieux mais sacré, entre le désir et l'accomplissement, la perpétration et son souvenir : ici devançant, là remémorant, au futur, au passé, *sous une apparence fausse de présent*. Tel opère le Mime, dont le jeu se borne à une allusion perpétuelle sans briser la glace : il installe, ainsi, un milieu, pur, de fiction. » Moins qu'un millier de lignes, le rôle, qui le lit, tout de suite comprend les règles comme placé devant un tréteau, leur dépositaire humble. Surprise, accompagnant l'artifice d'une notation de sentiments par phrases point proférées – que, dans le seul cas, peut-être, avec authenticité, entre les feuillets et le regard règne un silence encore, condition et délice de la lecture.

MÍMICA

O silêncio, único luxo após as rimas, uma orquestra não fazendo com seu ouro, seus raspões de pensamento e de fim de tarde senão detalhar-lhe a significação igual a uma ode calada e que cabe ao poeta, suscitado por um desafio, traduzir! o silêncio nas tardes de música; encontro-o, com contentamento, também, diante da reaparição sempre inédita de Pierrot ou do pungente e elegante mímico Paul Margueritte.

Assim esse PIERRÔ ASSASSINO DE SUA MULHER composto e redigido por ele mesmo, solilóquio mudo que, o tempo todo com sua alma sustenta pelo rosto e também pelos gestos o fantasma branco como uma página ainda não escrita. Um turbilhão de razões ingênuas ou novas emana, que lhe agradaria apreender com segurança: a estética do gênero situada mais próxima de princípios que nenhum! nada nessa região do capricho contrariando o instinto simplificador direto. Eis aqui – "A cena não ilustra senão a ideia, não uma ação efetiva, num hímen (de onde procede o Sonho), vicioso mas sagrado, entre o desejo e a consumação, a perpetração e a sua lembrança: aqui antecipando, ali rememorando, no futuro, no passado, *sob uma aparência falsa de presente*. Assim opera o Mímico, cuja atuação limita-se a uma alusão perpétua sem quebrar o espelho: ele instala, assim, um entorno, puro, de ficção." Menos de um milhar de linhas, o papel, quem o lê, logo compreende as regras como se colocado à frente de um tablado, seu depositário humilde. Surpresa, acompanhando o artifício de uma notação de sentimentos por frases não proferidas – que, no único caso, talvez, com autenticidade, entre as folhas e o olhar reina um silêncio ainda, condição e delícia da leitura.

LE GENRE OU DES MODERNES[*]

Ici, succincte, une parenthèse.

Le Théâtre est d'essence supérieure.

Autrement, évasif desservant du culte qu'il faut l'autorité d'un dieu ou un acquiescement entier de foule pour installer selon le principe, s'attarderait-on à lui dédier ces notes !

Nul poëte jamais ne put à une telle objectivité des jeux de l'âme se croire étranger : admettant qu'une obligation traditionnelle, par temps, lui blasonnât le dos de la pourpre du fauteuil de critique, ou très singulièrement sommé au fond d'un exil, incontinent d'aller voir ce qui se passe chez lui, dans son palais.

L'attitude, d'autrefois à cette heure, diffère.

Mis devant le triomphe immédiat et forcené du monstre ou Médiocrité qui parada au lieu divin, j'aime Gautier appliquant à son regard las la noire jumelle comme une volontaire cécité et « *C'est un art si grossier.. si abject,* » exprimait, devant le rideau; mais comme il ne lui appartenait point, à cause d'un dégoût, d'annuler chez soi des prérogatives de voyant, ce fut encore, ironique, la sentence : « *Il ne devrait y avoir qu'un vaudeville – on ferait quelques changements de temps en temps.* »[**] Remplacez Vaudeville par Mystère, soit une tétralogie multiple elle-même se déployant parallèlement à un cycle d'ans recommencé et tenez que le texte en soit incorruptible comme la loi : voilà presque !

Maintenant que suprêmement on ouït craquer jusque dans sa membrure définitive la menuiserie et le cartonnage

---

[*] Incomplet : sans Augier, Dumas, etc.
[**] Lire le précieux *Journal des Goncourt*, tome 1er.

O GÊNERO OU OS MODERNOS*

Aqui, sucinto, um parêntese.

O Teatro é por essência superior.

Caso contrário, evasivo ministrante do culto que exige a autoridade de um deus ou uma aquiescência inteira de multidão para instalar segundo o princípio, iríamos nos deter em dedicar-lhe estas notas!

Nunca poeta algum pôde a uma tal objetividade dos jogos da alma acreditar-se estrangeiro: admitindo que uma obrigação tradicional, por vezes, brasonava-lhe as costas com a púrpura da poltrona de crítico, ou muito singularmente intimado no fundo de um exílio, a ir incontinênti ver o que se passa em seu chão, no seu palácio.

A atitude, de outrora a este momento, difere.

Colocado diante do triunfo imediato e alucinado do monstro ou Mediocridade que desfilava no lugar divino, adoro Gautier pondo nos seus olhos cansados os óculos escuros como uma cegueira voluntária e "É uma arte tão grosseira.. tão abjeta", exprimia ele, diante da cortina; mas como não era próprio dele, por causa de um aborrecimento, anular em si prerrogativas de vidente, houve ainda, irônica, a sentença: "Não deveria haver senão um único vaudeville – submetido a algumas mudanças de tempos em tempos".** Substituam Vaudeville por Mistério, ou seja, uma tetralogia ela própria múltipla desdobrando-se paralelamente a um ciclo recomeçado de anos e garantam que o texto seja incorruptível como a lei: aí está quase!

Agora que supremamente ouve-se desabar até ao seu arcabouço definitivo a carpintaria e a cartonagem da besta, é

---

* Incompleto: sem Augier, Dumas, etc.
** Ler o precioso *Journal des Goncourt*, volume 1.

de la bête, il est vrai, fleurie, comme en un dernier affolement, de l'éblouissant paradoxe de la chair et du chant; ou qu'imagination pire et sournoise pour leur communiquer l'assurance que rien n'existe qu'eux, demeurent sur la scène seulement des gens pareils aux spectateurs : maintenant, je crois qu'en évitant de traiter l'ennemi de face vu sa feinte candeur et même de lui apprendre par quoi ce devient plausible de le remplacer (car la vision neuve de l'idée, il la vêtirait pour la nier, comme le tour perce déjà dans le Ballet), véritablement on peut harceler la sottise de tout cela ! avec rien qu'un limpide coup d'œil sur tel point hasardeux ou sur un autre. A plus vouloir, on perd sa force qui gît dans l'obscur de considérants tus sitôt que divulgués à demi, où la pensée se réfugie, or décréter abject un milieu de sublime nature, parce que l'époque nous le montra dégradé : non, je m'y sentirais trop riche en regrets de ce dont il restait beau et point sacrilège de simplement suggérer la splendeur.

Notre seule magnificence, la scène, à qui le concours d'arts divers scellés par la poésie attribue selon moi quelque caractère religieux ou officiel, si l'un de ces mots a un sens, je constate que le siècle finissant n'en a cure, ainsi comprise; et que cet assemblage miraculeux de tout ce qu'il faut pour façonner de la divinité, sauf la clairvoyance de l'homme, sera pour rien.

Au cours de la façon d'interrègne pour l'Art, ce souverain, où s'attarde notre époque tandis que doit le génie discerner mais quoi ? sinon l'afflux envahisseur et inexpliqué des forces théâtrales exactes, mimique, jonglerie, danse et la simple acrobatie, il ne se passe pas moins que des gens adviennent, vivent, séjournent en la ville : phénomène qui ne couvre, apparemment, qu'une intention d'aller quelquefois au spectacle.

La scène est le foyer évident des plaisirs pris en commun, aussi et tout bien réfléchi, la majestueuse ouverture sur le mystère dont on est au monde pour envisager la grandeur, cela

verdade, florida, como num último desvario, com o ofuscante paradoxo da carne e do canto; ou que imaginação pior e dissimulada para comunicar-lhes a garantia de que nada mais existe senão eles, permanecem na cena apenas pessoas iguais aos espectadores: agora, creio que ao evitar lidar com o inimigo de frente visto sua fingida candura e até mesmo mostrar-lhe com que é plausível substituí-lo (pois a visão nova da ideia, ele a vestiria para negá-la, pois o truque já penetra no Balé), verdadeiramente pode-se fustigar a tolice de tudo isso! com nada mais que uma límpida olhadela a algum ponto arriscado ou outro. Ao querer-se mais, perde-se a sua força que jaz no obscuro de considerandos silenciados tão logo divulgados pela metade, em que o pensamento se refugia, ora decretar como abjeto um meio de sublime natureza porque a época no-lo mostrou degradado: não, eu me sentiria demasiadamente rico de arrependimentos por aquilo pelo qual ele permanecia belo e nenhum sacrilégio em simplesmente sugerir o esplendor.

 Nossa única magnificência, a cena, à qual o concurso de artes diversas sancionadas pela poesia confere penso eu algum caráter religioso ou oficial se alguma dessas palavras tem um sentido, constato que o século que termina pouco se importa com ela, assim compreendida; e que essa combinação miraculosa de tudo o que é preciso para moldar alguma divindade, exceto a clarividência do homem, servirá para nada.

 No curso da espécie de interregno para a Arte, essa soberana, em que se retarda nossa época enquanto o gênio deve discernir mas o quê? senão o afluxo invasor e inexplicável de forças teatrais exatas, mímica, malabar, dança e a simples acrobacia, pessoas não deixam de chegar, viver, passar um tempo na cidade: fenômeno que não encobre aparentemente senão uma intenção de ir às vezes ao espetáculo.

 A cena é o foco evidente de prazeres usufruídos em comum, também e tudo considerado, a majestosa abertura para o mistério cuja grandeza estamos no mundo para contemplar,

même que le citoyen, qui en aura idée, fonde le droit de réclamer à un État, comme compensation de l'amoindrissement social. Se figure-t-on l'entité gouvernante autrement que gênée (eux, les royaux pantins du passé, à leur insu répondaient par le muet boniment de ce qui crevait de rire en leur personnage enrubanné; mais de simples généraux maintenant) devant une prétention de malappris, à la pompe, au resplendissement, à quelque solennisation auguste du Dieu qu'il sait être ! Après un coup d'œil regagne le chemin qui t'amena dans la cité médiocre et sans compter ta déception ni t'en prendre à personne, fais-toi, hôte présomptueux de l'heure, reverser par le train dans quelque coin de rêverie insolite ; ou bien reste, nulle part ne seras-tu plus loin qu'ici : puis commence à toi seul, selon la somme amassée d'attente et de songes, ta nécessaire représentation. Satisfait d'être arrivé dans un temps où le devoir qui lie l'action multiple des hommes, existe mais à ton exclusion (ce pacte déchiré parce qu'il n'exhiba point de sceau).

Que firent les Messieurs et les Dames issus à leur façon pour assister, en l'absence de tout fonctionnement de majesté et d'extase selon leur unanime désir précis, à une pièce de théâtre : il leur fallait s'amuser nonobstant ; ils auraient pu, tandis que riait en train de sourdre la Musique, y accorder quelque pas monotone de salons. Le jaloux orchestre ne se prête à rien d'autre que signifiances idéales exprimées par la scénique sylphide. Conscients d'être là pour regarder, sinon le prodige de Soi ou la Fête ! du moins eux-mêmes ainsi qu'ils se connaissent dans la rue ou à la maison, voilà, au piteux lever d'aurorale toile peinte, qu'ils envahirent, les plus impatients, le proscénium, agréant de s'y comporter ainsi que quotidiennement et partout : ils salueraient, causeraient à voix superficielle de riens dont avec précaution est faite leur

exatamente aquilo que o cidadão, que disso terá uma ideia, tem o direito de exigir de um Estado, como compensação pelo apequenamento social. Pode-se imaginar a entidade governante a não ser como constrangida (eles, os fantoches reais do passado, contra a vontade reagiam com a surda conversa fiada àquilo que fazia rebentar de rir sua personagem engalanada; mas simples generais agora) diante de uma pretensão de iletrado à pompa, ao resplendor, a alguma solenização augusta do Deus que ele sabe ser! Após olhar em volta retoma o caminho que te levou à cidade medíocre e sem levar em conta a tua decepção nem recriminar ninguém, deixa-te, hóspede presunçoso do momento, levar pelo trem até algum canto insólito de devaneio; ou então fica, em nenhum lugar estarás mais longe do que aqui: depois começa sozinho, segundo a soma acumulada de expectativa e de sonhos, tua necessária representação. Satisfeito de ter chegado a um tempo em que o dever que une a ação múltipla dos homens, existe mas com a tua exclusão (o pacto rompido porque não exibiu sinete algum).

Que fizeram os Senhores e as Senhoras que vieram à sua maneira assistir, na ausência de todo funcionamento de majestade e de êxtase segundo seu unânime desejo preciso, a uma peça de teatro: precisavam divertir-se não obstante; teriam podido, enquanto ria irrompendo a Música, ensaiar aí algum passo monótono de salões. A zelosa orquestra não se presta a nada mais que significâncias ideais expressas pela cênica sílfide. Conscientes de estarem aqui para contemplar, se não o prodígio de Si ou a Festa! ao menos eles próprios tal como se conhecem na rua ou em casa, eis ao lastimável levantar do auroral pano de fundo pintado, que invadiram, os mais impacientes, o proscênio, satisfeitos em se comportarem aí tal como cotidianamente e em qualquer lugar: cumprimentar-se-iam, conversariam com voz superficial sobre nadas dos quais com

existence, durant quoi les autres demeurés en la salle se plairaient, détournant leur tête la minute de laisser scintiller des diamants d'oreilles qui babillent *Je suis pure de cela qui se passe ici* ou la barre de favoris couper d'ombre une joue comme par un *Ce n'est pas moi dont il est question*, conventionnellement et distraitement à sourire devant l'intrusion sur le plancher divin : lequel, lui, ne la pouvait endurer avec impunité, à cause d'un certain éclat subtil, extraordinaire et brutal de véracité que contiennent ses becs de gaz mal dissimulés et aussitôt illuminant, dans des attitudes générales de l'adultère ou du vol, les imprudents acteurs de ce banal sacrilège.

Je comprends.

La danse seule, du fait de ses évolutions, avec le mime me paraît nécessiter un espace réel, ou la scène.

A la rigueur un papier suffit pour évoquer toute pièce : aidé de sa personnalité multiple chacun pouvant se la jouer en dedans, ce qui n'est pas le cas quand il s'agit de pirouettes.

Ainsi je fais peu de différence, prenant un exemple insigne, entre l'admiration que garde ma mémoire d'une lecture de M. Becque, et le plaisir tiré de quelque reprise hier. Que le comédien réveille le beau texte ou si c'est ma vision de liseur à l'écart, voilà (comme les autres ouvrages de ce rare auteur) un chef-d'œuvre moderne dans le style de l'ancien théâtre. La phrase chante sur les voix si bien d'accord que sont celles du Théâtre-Français un motif amer et franc, je ne l'en perçois pas moins écrite, dans l'immortalité de la brochure : mais avec un délice d'amateur à constater que la notation de vérités ou de sentiments pratiquée avec une justesse presque abstraite, ou simplement littéraire dans le vieux sens du mot, trouve, à la rampe, vie.

Si ce tarde d'en venir à rassembler à propos de gestes et de pas, quelques traits d'esthétique nouveaux, je ne laisserai precaução é feita sua existência, durante o que os outros remanescentes na sala se divertiriam, virando a cabeça o tempo exato para deixar cintilar brincos de diamantes que tagarelam *Sou inocente do que se passa aqui* ou a faixa das suíças cortar com sombra um lado do rosto à guisa de um *Não é de mim que se trata*, convencionalmente e distraidamente sorrindo diante da intrusão no tablado divino: o qual, por sua vez, não a podia suportar com impunidade, por causa de um certo raio sutil, extraordinário e brutal de veracidade que seus bicos de gás mal dissimulados contêm e que logo iluminam, nas atitudes gerais do adultério ou do roubo, os imprudentes atores desse banal sacrilégio.

Compreendo.

Apenas a dança, em virtude de suas evoluções, juntamente com a mímica, parece-me necessitar um espaço real, ou a cena.

A rigor um papel basta para evocar qualquer peça: com a ajuda de sua personalidade múltipla cada um é capaz de representá-la para si no interior, o que não é o caso quando se trata de piruetas.

Assim faço pouco diferença, tomando um exemplo insigne, entre a admiração que conserva minha memória de uma leitura do Sr. Becque, e o prazer extraído de alguma reprise ontem. Quer seja o ator a reanimar o belo texto ou se é minha visão de leitor à distância, eis aqui (tal como as outras obras desse raro autor) uma obra-prima moderna no estilo do antigo teatro. A frase canta nas vozes tão perfeitamente afinadas quanto as do *Théâtre-Français* um motivo amargo e franco, não a percebo menos escrita, na imortalidade da brochura: mas com uma delícia de apreciador que constata que a notação de verdades ou de sentimentos praticada com uma justeza quase abstrata, ou simplesmente literária no velho sentido da palavra, encontra, na ribalta, vida.

Se demoro a chegar a reunir a propósito de gesto e de passos, alguns traços novos de estética, não abandonarei por par exemple tel acte*** parfait dans une manière, sans marquer qu'il a, comme le doit tout produit même exquisement moyen et de fiction plutôt terre à terre, par un coin, aussi sa puissante touche de poésie inévitable : dans l'instrumentale conduite des timbres du dialogue, interruptions, répétitions, toute une technique qui rappelle l'exécution en musique de chambre de quelque fin concert de tonalité un peu neutre ; et (je souris) du fait du symbole. Qu'est-ce, sinon une allégorie bourgeoise, délicieuse et vraie, prenez la pièce ou voyez-la ! que cette apparition à l'homme qui peut l'épouser, d'une jeune fille parée de beaux enfants d'autrui, hâtant le dénouement par un tableau de maternité future.

A tout le théâtre faussé par une thèse ou aveuli jusqu'à des chromolithographies, le contraire, cet auteur dramatique par excellence (pour devancer la mention des bustes de foyer) oppose comme harmonie les types et l'action. Ainsi aux ameublements indiquant l'intimité de notre siècle, louches, quels, prétentieux ! vient se substituer le ton bourgeois et pur du style dernier, le Louis XVI. Analogie qui me prend : à ne revoir rien de mieux et de contemporain que les soieries de robe aux bergères avec alignement d'acajou discret, cela noble, familier, où le regard jamais trompé par les similitudes de quelque allusion décorative aveuglante, ne risque d'accrocher à leur crudité, puis d'y confondre selon des torsions le bizarre luxe de sa propre chimère. Je sens une sympathie pour l'ouvrier d'un œuvre restreint et parfait, mais d'un œuvre parce qu'un art y tient, lequel me charme par une fidélité à tout ce qui fut une simple et superbe tradition, et ne gêne ni ne masque l'avenir.

Le malentendu qui toutefois peut s'installer entre la badauderie et le maître, si quelqu'un n'y coupe court en vertu d'une admiration, provient de ce que, dans un souhait trouble

---

*** *Les Honnêtes Femmes.*

exemplo esse ato*** perfeito de alguma maneira, sem ressaltar que ele tem, como deve todo produto ainda que extraordinariamente médio e de ficção mais terra a terra, por um lado, também seu potente toque de poesia inevitável: na instrumental condução dos timbres do diálogo, interrupções, repetições, toda uma técnica que lembra a execução em música de câmara de algum refinado concerto de tonalidade um pouco neutra; e (sorrio) por causa do símbolo. Que é isso senão uma alegoria burguesa, deliciosa e verdadeira, peguem a peça ou vejam-na! essa aparição ao homem que pode esposá-la, de uma jovem ornamentada com belos filhos de outrem, precipitando o desenlace por um quadro de maternidade futura.

A todo o teatro falsificado por uma tese ou rebaixado ao nível das cromolitografias, o contrário, esse autor dramático por excelência (para antecipar-se à menção de bustos de lareira) opõe como harmonia os tipos e a ação. Assim os mobiliários que indicam a intimidade de nosso século, duvidosos, esses, pretensiosos! vêm a ser substituídos pelo tom burguês e puro do estilo último, o Luís XVI. Analogia que me capta: em não voltar a ver nada de melhor e de contemporâneo do que as sedas de vestido nas *bergères* com alinhamento discreto de mogno, tudo isso nobre, familiar, em que o olhar jamais iludido pelas similitudes de alguma alusão decorativa ofuscante, não corre o risco de ficar preso em sua crueza, e depois de ali confundir segundo torções o bizarro luxo de sua própria quimera. Sinto uma simpatia pelo artesão de uma obra restrita e perfeita, mas de uma obra porque há aí uma arte, que me encanta por uma fidelidade a tudo o que foi uma simples e soberba tradição, e não obstrui nem mascara o futuro.

O mal-entendido que todavia pode se estabelecer entre a basbaquice e o mestre, se alguém não o desfaz imediatamente em virtude de uma admiração, deve-se a que, num desejo

---

*** *Les Honnêtes Femmes.*

de nouveau, on attende cet art inventé de toutes pièces : tandis que voici un aboutissement imprévu, glorieux et neuf de l'ancien genre classique, en pleine modernité, avec notre expérience ou je ne sais quel désintéressement cruel qu'on n'a pas employé tout à nu, avant le siècle. Autre chose que la *Parisienne* notamment, c'est présumer mieux qu'un chef-d'œuvre, tant le savoir de l'écrivain brille en cette production de verte maturité ; ou surpassera-t-il les *Corbeaux* ? je ne le désire, presque et me défierais. Une à une reprenez sur quelque scène officielle et comme exprès rétrospective les pièces qui, du premier soir, furent évidentes, pour que le travailleur groupe à l'entour maint exemplaire du genre dont il a, par un fait historique très spécial, dégagé, sur le tard de notre littérature, la vive ou sobre beauté. Ne pas feindre l'impatience d'une surprise; quand le fait a eu lieu, achevant ainsi avec un plus strict éclat qu'un des génies antérieurs eût pu l'allumer, sa révélation ou notre comédie de mœurs française.

Comme je goûte, encore et différemment, la farce claire, autant que profonde sans prendre jamais un ton soucieux vu que c'est trop si la vie l'affecte envers nous, rien n'y valant que s'enfle l'orchestration des colères, du blâme ou de la plainte ! partition ici tue selon un rythmique équilibre dans la structure, elle se répond, par opposition de scènes contrastées et retournées, d'un acte à l'autre où c'est une voltige, allées, venues, en maint sens, de la Fantaisie, qui efface d'un pincement de sa jupe, ou montre, une transparence d'allusions à tout ridicule ; par exemple, avec M. Meilhac.

Quelques romans ont, de pensée qu'ils étaient, en ces temps repris corps, voix et chair, et cédé leurs fonds de coloris immatériel, à la toile, au gaz.

confuso por novidade, espera-se essa arte inventada inteiramente: enquanto que aqui está um resultado imprevisto, glorioso e novo do antigo gênero clássico, em plena modernidade, com a nossa experiência ou não sei qual desinteresse cruel que não foi empregado inteiramente a nu, antes do século. Outra coisa que não a *Parisiense* notavelmente é presumir coisa melhor que uma obra-prima, tanto brilha o saber do escritor nessa produção de verde maturidade; ou superará ele *Os Corvos*? não o desejo, quase e me provocaria suspeita. Uma a uma retomem nalgum palco oficial e como que propositadamente em retrospectiva as peças que, desde a primeira noite, foram evidentes, para que o labutador reúna em torno muitos exemplares do gênero do qual ele tem, por um fato histórico muito especial, extraído, no ocaso de nossa literatura, a viva ou sóbria beleza. Não fingir a impaciência de uma surpresa; quando o fato teve lugar, arrematando assim com um clarão mais estrito do que um dos gênios anteriores pudera iluminá-lo, sua revelação ou nossa comédia francesa de costumes.

Como aprecio, também e diferentemente, a farsa clara, tanto quanto profunda sem assumir nunca um tom preocupado visto que é demasiado se a vida no-lo impinge, nada aí justificando que se infle a orquestração das raivas, da culpa ou da queixa! partitura aqui calada segundo um rítmico equilíbrio na estrutura, ela a si mesma responde, por oposição de cenas contrastadas e invertidas, de um ato ao outro em que há um volteio, idas, vindas, em vários sentidos, da Fantasia, que esconde com um estreitamento da saia, ou mostra, uma transparência de alusões a todo ridículo; por exemplo, com o Sr. Meilhac.

Alguns romances têm, de pensamento que eram, nesses tempos retomado corpo, voz e carne, e cedido seu patrimônio de colorido imaterial, ao pano, à luz do gás.

Le roman, je ne sais le considérer au pouvoir des maîtres ayant apporté à sa forme un changement si vaste (quand il s'agissait naguère d'en fixer l'esthétique), sans admirer qu'à lui seul il débarrasse la scène de l'intrusion du moderne, désastreux et nul comme se gardant d'agir plus que de tout.

Quoi ! le parfait écrit récuse jusqu'à la moindre aventure, pour se complaire dans son évocation chaste, sur le tain de souvenirs, comme l'est telle extraordinaire figure, à la fois éternel fantôme et le souffle ! quand il ne se passe rien d'immédiat et en dehors, dans un présent qui joue à l'effacé pour couvrir de plus hybrides dessous. Si notre extérieure agitation choque, en l'écran de feuillets imprimés, à plus forte raison sur les planches, matérialité dressée dans une obstruction gratuite. Oui, le Livre ou cette monographie qu'il devient d'un type (superposition des pages comme un coffret, défendant contre le brutal espace une délicatesse reployée infinie et intime de l'être en soi-même) suffit avec maints procédés si neufs analogues en raréfaction à ce qu'a de subtil la vie. Par une mentale opération et point d'autre, lecteur je m'adonne à abstraire la physionomie, sans le déplaisir d'un visage exact penché, hors la rampe, sur ma source ou âme. Ses traits réduits à des mots, un maintien le cédant à l'identique disposition de phrase, tout ce pur résultat atteint pour ma délectation noble, s'effarouche d'une interprète, qu'il sied d'aller voir en tant que public, quelque part, si l'on n'aime rouvrir, comme moi, chaque hiver, un des exquis et poignants ouvrages de MM. de Goncourt; car vous apprenez, quoique traîne et recule au plus loin de la cadence d'une phrase ma conclusion relative à l'un des princes des lettres contemporaines, tout cet artifice dilatoire de respect vise la si intéressante, habile et quasi originale adaptation qu'il fait lui-même du chef-d'œuvre. Au manque de goût, aisé de chuchoter des vérités que mieux trompette l'œuvre éclatant du romancier, cette atténuation : je réclame, point selon une vue théâtrale – pour l'intégrité du génie

O romance, não sei considerá-lo em poder dos mestres que trouxeram à sua forma uma mudança tão vasta (quando se tratava recentemente de fixar-lhe a estética), sem admirar que sozinho ele limpa a cena da intrusão do moderno, desastroso e nulo bem como abstendo-se de agir mais que tudo.

O quê! o perfeito escrito recusa até a menor aventura, para se comprazer na sua evocação casta, no estanho das lembranças, tal como o é uma certa extraordinária figura, ao mesmo tempo eterno fantasma e o sopro! quando não se passa nada de imediato e fora, num presente que se faz de apagado para encobrir mais híbridos lados-de-baixo. Se nossa agitação exterior choca, na tela de folhas impressas, com maior razão nos tablados, materialidade erguida numa obstrução gratuita. Sim, o Livro ou essa monografia em que ele se torna de um tipo (superposição de páginas como um estojo, protegendo contra o brutal espaço uma delicadeza redobrada infinita e íntima do ser em si mesmo) é suficiente com vários procedimentos tão novos análogos em rarefação ao que a vida tem de sutil. Por uma mental operação e nenhuma outra, leitor entrego-me a abstrair a fisionomia, sem o desprazer de um rosto exato inclinado, para além da ribalta, sobre minha fonte ou alma. Seus traços reduzidos a palavras, uma postura dando lugar à idêntica disposição de frase, todo esse puro resultado atingido para meu deleite nobre, intimida-se diante de um intérprete, que convém ir ver na qualidade de público, em algum lugar, quando não se gosta de reabrir, como eu, cada inverno, uma das refinadas e pungentes obras dos Senhores de Goncourt; pois você descobre, embora arraste-se e estenda-se para bem além da cadência de uma frase minha conclusão relativa a um dos príncipes das letras contemporâneas, todo esse artifício dilatório de respeito visa a tão interessante, hábil e quase original adaptação que ele próprio faz da obra-prima. Diante da falta de gosto, fácil cochichar verdades que são mais bem anunciadas pela obra deslumbrante do romancista, esta atenuante: advogo, não segundo uma visão teatral – em favor da integridade do

littéraire – à cause du milieu peut-être plus grossier encore, quand restitué, scéniquement, à l'existence d'où, auparavant, tiré par le stratagème délicieux, fuyant, de l'analyse.

Et.. et – je parle d'après quelque perception d'atmosphère chez un poëte transposé dans le monde – répondez si demeure un rapport satisfaisant, ici, entre la façon de paraître ou de dire forcément soulignée des comédiens en exercice et le caractère tout insaisissable finesse de la vie. Conventions ! et vous implanterez, au théâtre, avec plus de vraisemblance les paradis, qu'un salon.

M. Daudet, je crois, sans préconception, interroge à mesure que paraît l'éveil du roman à la scène, des dons, pour servir tel effet, dans le sens apparu et selon pas de loi qu'un impeccable tact. Art qui inquiète, séduit comme vrai derrière une ambiguïté entre l'écrit et le joué, des deux aucun ; elle verse, le volume presque omis, le charme inhabituel à la rampe. Si le présent perfide et cher d'un asservissement à la pensée d'autrui, plus ! à une écriture – que le talisman de la page; on ne se croit, ici, d'autre part, captif du vieil enchantement redoré d'une salle, le spectacle impliquant je ne sais quoi de direct ou encore la qualité de provenir de chacun à la façon d'une vision libre. L'acteur évite de scander le pas à la ritournelle dramatique, mais enjambe un silencieux tapis, sur le sonore tremplin rudimentaire de la marche et du bond. Morcellement, infini, jusqu'au délice – de ce qu'il faudrait, par contradiction avec une formule célèbre, appeler *la scène à ne pas faire* du moins à l'heure actuelle où personne ne choie qu'une préoccupation, rayant tous les codes passés, « jamais rien accomplir ou proférer qui puisse exactement se copier au théâtre ». Le choc d'âme sans qu'on s'y abandonne comme dans le seul poème, a lieu par brefs moyens, un cri, ce sursaut la minute

gênio literário – por causa do ambiente talvez mais tosco ainda, quando restituído, cenicamente, à existência da qual, anteriormente, extraído pelo estratagema delicioso, fugidio, da análise.

E.. e – falo de acordo com alguma percepção de atmosfera num poeta transposto ao mundo – respondam se subsiste uma relação satisfatória, aqui, entre a maneira de aparecer ou de dizer forçosamente sublinhada dos atores em exercício e o caráter todo de inapreensível fineza da vida. Convenções! e vocês implantarão, no teatro, com mais verossimilhança os paraísos, do que uma sala.

O Sr. Daudet, creio, sem pré-concepção, invoca à medida que surge o despertar do romance na cena, dons, para obter determinado efeito, no sentido surgido e segundo nenhuma lei senão a de um impecável tato. Arte que inquieta, seduz como verdadeira por detrás de uma ambiguidade entre o escrito e o interpretado, dos dois nenhum; ela verte, o volume quase omitido, o encanto incomum na ribalta. Se o talismã da página é o presente pérfido e prezado de um assujeitamento ao pensamento de outrem, mais! a uma escrita; não é possível imaginar-se, aqui, por outro lado, cativo do velho encantamento redourado de uma sala, o espetáculo implicando não sei o quê de direto ou ainda a qualidade de provir de cada um à maneira de uma visão livre. O ator evita escandir o passo conforme o ritornelo dramático, mas cavalga um silencioso tapete, no sonoro trampolim rudimentar do passo e do salto. Estilhaçamento, infinito, ao ponto da delícia – daquilo que seria preciso, em contradição com uma fórmula célebre, chamar *a cena a não fazer* pelo menos na hora atual em que ninguém acalenta senão uma preocupação, riscando todos os códigos passados, "nunca nada realizar ou proferir que possa ser copiado exatamente no teatro". O choque d'alma sem a que isso se abandone tal como unicamente no poema, dá-se por breves meios, um grito, esse

d'y faire allusion, avec une légèreté de touche autant que la clairvoyance d'un homme qui a, exceptionnellement, dans le regard, notre monde.

Nouveaux, concis, lumineux traits, que le Livre dût-il y perdre, enseigne à un théâtre borné.

L'intention, quand on y pense, gisant aux sommaires plis de la tragédie française ne fut pas l'antiquité ranimée dans sa cendre blanche mais de produire en un milieu nul ou à peu près les grandes poses humaines et comme notre plastique morale.

Statuaire égale à l'interne opération par exemple de Descartes et si le tréteau significatif d'alors avec l'unité de personnage, n'en profita, joignant les planches et la philosophie, il faut accuser le goût notoirement érudit d'une époque retenue d'inventer malgré sa nature prête, dissertatrice et neutre, à vivifier le type abstrait. Une page à ces grécisants, ou même latine, servait, dans le décalque. La figure d'élan idéal ne dépouilla pas l'obsession scolaire ni les modes du siècle.

Seul l'instinctif jet survit, qui a dressé une belle musculature des fantômes.

Si je précise le dessin contraire ou pareil de cet homme de vue si simple, M. Zola, acceptant la modernité pour l'ère définitive (au-dessus de quoi s'envola, dans l'héroïque encore, le camaïeu Louis XIV), il projette d'y établir comme sur quelque terrain, général et stable, le drame sur soi et hors d'aucune fable que les cas de notoriété. Le moyen de sublimation de poëtes nos prédécesseurs avec un vieux vice charmant, trop de facilité à dégager la rythmique élégance d'une synthèse, approchait la formule cherchée, qui diffère par une brisure analytique, multipliant la vraisemblance ou les heurts du hasard.

sobressalto no momento de fazer-lhe alusão, com uma leveza de toque bem como a clarividência de um homem que tem, excepcionalmente, no olhar, nosso mundo.

Novos, concisos, luminosos traços, que o Livro, ainda que com isso devesse perder, ensina a um teatro limitado.

A intenção, quando sobre isso se pensa, jacente nas sumárias dobras da tragédia francesa não foi a antiguidade reanimada na sua cinza branca mas produzir num meio nulo ou quase as grandes poses humanas e como que nossa plástica moral.

Estatuária igual à interna operação por exemplo de Descartes e se o palco significativo de então com a unidade de personagem, não tirou proveito disso, juntando o tablado e a filosofia, deve-se culpar o gosto notoriamente erudito de uma época impedida de inventar malgrado sua natureza pronta, dissertativa e neutra, para vivificar o tipo abstrato. Uma página para esses helenizantes, ou até mesmo latina, servia, para o decalque. A figura de elã ideal não se desfez da obsessão escolar nem dos modos do século.

Apenas o instintivo jorro sobrevive, o qual ergueu uma bela musculatura dos fantasmas.

Se destaco o desenho contrário ou igual desse homem de visão tão simples, o Sr. Zola, que aceita a modernidade como a era definitiva (anteriormente à qual ergueu-se, no heroico ainda, o camafeu Luís XIV), ele projeta estabelecer aí como que sobre um terreno, geral e estável, o drama sobre si e para além de qualquer fábula que não o caso de notoriedade. O meio de sublimação de poetas nossos predecessores com um velho vício sedutor, excesso de facilidade em liberar a rítmica elegância de uma síntese, chegava perto da fórmula buscada, que difere por uma fenda analítica, multiplicando a verossimilhança ou os choques do acaso.

Vienne le dénouement d'un orage de vie, gens de ce temps rappelons-nous avec quel souci de parer jusqu'à une surprise de geste ou de cri dérangeant notre sobriété nous nous asseyons pour un entretien. Ainsi et selon cette tenue, commence en laissant s'agiter chez le spectateur le sourd orchestre d'en dessous et me subjugue sa Phèdre, *Renée*.. Chaque état sensitif à demi-mot, se résout posément par les personnages même su, le propre de l'attitude maintenant, ou celle humaine suprême, étant de ne parler jamais qu'après décision, loin de fournir la primauté au motif sentimental même le plus cher : alors, en nous l'impersonnalité des grandes occasions.

Loi, exclusive de tout art traditionnel, non ! elle dicta le théâtre classique à l'éloquent débat ininterrompu : aussi par ce rapport mieux que par les analogies du sujet même avec un, dix-septième siècle, le théâtre de mœurs récent confine à l'ancien !

Voyez que vous-même, après coup ou d'avance mais sciemment, toujours traitez la situation : un contemporain essaye de l'élucider par un appel pur à son jugement, comme à propos de quelque autre sans se mettre en jeu. Le triple combat entre Saccard et le père de l'héroïne, puis Renée, résolvant en affaire le sinistre préalable, illustre cela, au point que ne m'apparaisse d'ouverture dramatique plus strictement moderne, à cause d'une maîtrise pour chacun anticipée et nette de soi.

Ce volontaire effacement extérieur qui particularise notre façon, toutefois, ne peut sans des éclats se prolonger et la succincte foudre qui servira de détente à tant de contrainte et d'inutiles précautions contre l'acte magnifique de vivre, marque d'un jour violent le malheureux comme pris en faute dans une telle interdiction de se montrer à même.

Voilà une théorie tragique actuelle ou, pour mieux dire, la dernière : le drame, latent, ne se manifeste que par une déchirure affirmant l'irréductibilité de nos instincts.

Caso advenha o desfecho de uma tempestade de vida, pessoas deste tempo recordemo-nos com que zelo em evitar uma surpresa de gesto ou de grito que estivesse perturbando nossa sobriedade nós nos sentamos para uma conversa. Assim e segundo essa postura, começa ao deixar agitar-se no espectador a surda orquestra lá em baixo e me subjuga sua Fedra, *Renée*.. Cada estado sensitivo por meias palavras, resolve-se calmamente pelos personagens mesmo sabido, o próprio da atitude agora, ou a humana suprema, sendo não falar nunca senão após decisão, longe de dar a primazia ao motivo sentimental mesmo o mais caro: então, em nós a impessoalidade das grandes ocasiões.

Lei, exclusiva de toda arte tradicional, não! ela ditou o teatro clássico com o eloquente debate ininterrupto: assim por essa relação melhor que pelas analogias entre o sujeito e outro, século dezessete, o teatro de costumes recente confina com o antigo!

Veja que até você, pós-fato ou antecipadamente mas cientemente, sempre trata a situação – um contemporâneo tenta elucidá-la por um apelo puro a seu julgamento, como se a propósito de algum outro sem se colocar em jogo. O triplo combate entre Saccard e o pai da heroína, depois Renée, resolvendo comercialmente a sinistra preliminar, ilustra isso, a tal ponto que não vejo abertura dramática mais estritamente moderna, por causa de um controle para cada um antecipado e nítido de si.

Esse voluntário apagamento exterior que particulariza nosso modo, contudo, não pode sem estrondos prolongar-se e o sucinto raio que servirá como distensão para tanta restrição e inúteis precauções contra o ato magnífico de viver, marca com uma luz violenta o infeliz como que apanhado em flagrante numa tal interdição de se mostrar como é.

Eis aí uma teoria trágica atual ou, para melhor dizê-lo, a última: o drama, latente, não se manifesta senão por um rasgão que afirma a irredutibilidade de nossos instintos.

L'adaptation, par le romancier, d'un tome de son œuvre, cause, sur qui prend place très désintéressé, un effet de pièce succédant à celles fournies par le théâtre dit de genre, sauf la splendeur à tout coup de qualités élargies jusqu'à valoir un point de vue : affinant la curiosité en intuition qu'existe de cela aux choses quotidiennement jouées et pas d'aspect autres, une différence –

Absolue..

Ce voile conventionnel qui, ton, concept, etc., erre dans toute salle, accrochant aux cristaux perspicaces eux-mêmes son tissu de fausseté et ne découvre que banale la scène, il a comme flambé au gaz ! et ingénus, morbides, sournois, brutaux, avec une nudité d'allure bien dans la franchise classique, se montrent des caractères.

A adaptação, pelo romancista, de um tomo de sua obra, causa, naquele que toma assento muito desinteressado, um efeito de peça que segue aquelas fornecidas pelo teatro dito de gênero, exceto o esplendor a cada instante de qualidades ampliadas ao ponto de valer um ponto de vista: refinando a curiosidade em intuição de que existe entre isso e as coisas quotidianamente encenadas e sem outros aspectos, uma diferença –

Absoluta..

Esse véu convencional que, tom, conceito, etc., erra em toda sala, pendurando nos cristais eles próprios perspicazes seu tecido de falsidade e não faz mais do que revelar como banal a cena, como que incendiou-se na chama do gás! e ingênuos, mórbidos, fingidos, brutais, com uma nudez de porte bem na franqueza clássica, desfilam caracteres.

PARENTHÈSE

Cependant non loin, le lavage à grande eau musical du Temple, qu'effectue devant ma stupeur, l'orchestre avec ses déluges de gloire ou de tristesse versés, ne l'entendez-vous pas ? dont la Danseuse restaurée mais encore invisible à de préparatoires cérémonies, semble la mouvante écume suprême.

Il fut un théâtre, le seul où j'allais de mon gré, l'Eden, significatif de l'état d'aujourd'hui, avec son apothéotique résurrection italienne de danses offerte à notre vulgaire plaisir, tandis que par derrière attendait le monotone promenoir. Une lueur de faux cieux électrique baigna la récente foule, en vestons, à sacoche ; puis à travers l'exaltation, par les sons, d'un imbécile or et de rires, arrêta sur la fulgurance des paillons ou de chairs l'irrémissible lassitude muette de ce qui n'est pas illuminé des feux d'abord de l'esprit. Parfois j'y considérai, au sursaut de l'archet, comme sur un coup de baguette légué de l'ancienne Féerie, quelque cohue multicolore et neutre en scène soudain se diaprer de graduels chatoiements ordonnée en un savant ballabile, effet rare véritablement et enchanté ; mais de tout cela et de l'éclaircie faite dans la manœuvre des masses selon de subtils premiers sujets ! le mot restait aux finales quêteuses mornes de là-haut entraînant la sottise polyglotte éblouie par l'exhibition des moyens de beauté et pressée de dégorger cet éclair, vers quelque reddition de comptes simplificatrice : car la prostitution en ce lieu, et c'était là un signe esthétique, devant la satiété de mousselines et de nu abjura jusqu'à l'extravagance puérile de plumes et de la traîne ou le fard, pour ne triompher, que du fait sournois et brutal de sa présence parmi d'incomprises merveilles. Oui, je me retournais à cause de ce cas flagrant qui occupa toute ma rêverie comme l'endroit; en vain! sans la musique telle que nous la savons égale des silences et le jet d'eau de la voix, ces revendicatrices d'une idéale fonction, la Zucchi, la Cornalba, la Laus avaient de la jambe écartant le banal conflit,

PARÊNTESE

Entretanto não longe, a lavagem com grande água musical do Templo, que efetua ante meu estupor, a orquestra com seus dilúvios de glória ou de tristeza despejados, não a ouvem? nos quais a Dançarina restaurada mas ainda invisível em cerimônias preparatórias, parece a movente espuma suprema.

Ele foi um teatro, o único a que ia por minha vontade, o Éden, significativo do estado de agora, com sua apoteótica ressurreição italiana de danças oferecida ao nosso vulgar prazer, enquanto atrás esperava a monótona galeria. Um clarão de falsos céus elétrico banhou a recente multidão, encasacada, bolsas a tiracolo; depois através da exaltação, pelos sons, de um imbecil ouro e de risos, deteve-se sobre o fulgor de lentejoulas ou de carnes a irremissível lassidão muda do que não é iluminado pelos fogos sobretudo do espírito. Às vezes considerei ali, no sobressalto do arco, como que por um toque de varinha de condão recebida do antigo Teatro Feérico, alguma massa multicolorida e neutra em cena subitamente se matizar com graduais furta-cores organizada em um hábil *ballabile*, efeito raro verdadeiramente e encantado; mas de tudo isso e do raio de luz produzido na manobra das massas segundo sutis primeiros sujeitos! a palavra ficava com as finais aliciadoras sombrias lá em cima arrastando a estupidez poliglota ofuscada pela exibição de meios de beleza e ansiosa por vomitar esse clarão, com vistas a algum acerto de contas simplificador pois a prostituição nesse lugar, e tratava-se de um signo estético, diante da saciedade de musselinas e de nu abjurou até a extravagância pueril de plumas e da cauda ou do fardo, para não triunfar, senão pelo fato dissimulado brutal de sua presença no meio de incompreendidas maravilhas. Sim, virei-me por causa desse caso flagrante que ocupou todo o meu devaneio assim como o local; em vão! sem a música tal como a conhecemos equivalente aos silêncios e o jorro de água da voz, essas reivindicadoras de uma ideal função, a Zucchi, a Cornalba, a Laus tinham com as pernas

neuves, enthousiastes, désigné avec un pied suprême au delà des vénalités de l'atmosphère, plus haut même que le plafond peint quelque astre.

Très instructive exploitation adieu.

À défaut du ballet y expirant dans une fatigue de luxe, voici que ce local singulier deux ans déjà par des vêpres dominicales de la symphonie purifié bientôt intronise, non pas le cher mélodrame français agrandi jusqu'à l'accord du vers et du tumulte instrumental ou leur lutte (prétention aux danses parallèle chez le poète) ; mais un art, le plus compréhensif de ce temps, tel que par l'omnipotence d'un total génie encore archaïque il échut et pour toujours aux commencements d'une race rivale de nous : avec *Lohengrin* de Richard Wagner.

Ô plaisir et d'entendre, là, dans un recueillement trouvé à l'autel de tout sens poétique, ce qui est, jusque maintenant, la vérité ; puis, de pouvoir, à propos d'une expression même étrangère à nos propres espoirs, émettre, cependant et sans malentendu, des paroles.

Jamais soufflet tel à l'élite soucieuse de recueillement devant des splendeurs, que celui donné par la crapule exigeant la suppression, avec ou sans le gouvernement, du chef-d'œuvre affolé lui-même : ce genre de honte possible n'avait encore été envisagé par moi et acquis, au point que quelque tempête d'égout qui maintenant s'insurge contre de la supériorité et y crache, j'aurai vu pire, et rien ne produira qu'indifférence.

Certaine incurie des premières représentations pour ne pas dire un éloignement, peut-être, de leur solennité, où une présence avérée parmi tout l'éclat scénique commande, au

que afastavam o banal conflito, novas, entusiastas, designado com um pé supremo para além das venalidades da atmosfera, mais elevado ainda que o teto pintado algum astro.

Muito instrutiva exploração adeus.

Na falta do balé que aí expira numa fadiga de luxo, eis que esse local singular dois anos já – por vésperas dominicais da sinfonia purificado logo entroniza, não o caro melodrama francês ampliado até ao acordo entre o verso e o tumulto instrumental ou à sua luta (pretensão nas danças paralela no poeta); mas uma arte, a mais compreensiva deste tempo, tal que pela onipotência de um total gênio ainda arcaico sobreveio e para sempre nos começos de uma raça rival da nossa: com *Lohengrin* de Richard Wagner.

Ó prazer de escutar, aí, num recolhimento encontrado no altar de todo sentido poético, aquilo que é, até agora, a verdade; e depois, de poder, a propósito de uma expressão mesmo estrangeira a nossas próprias esperanças, emitir, contudo e sem mal-entendido, palavras.

Nunca bofetada tal à elite desejosa de recolhimento diante de esplendores, como a dada pela canalha exigindo a supressão, com ou sem o governo, da obra-prima desvairada ela própria: esse gênero de vergonha possível não havia ainda sido por mim contemplado e aprendido, a tal ponto que alguma tempestade de esgoto que agora se insurge contra a superioridade e nela cospe, eu terei visto pior, e nada produzirá senão indiferença.

Certa incúria as primeiras representações para não dizer um distanciamento, talvez, de sua solenidade, nas quais uma presença comprovada em meio a todo o brilho cênico dirige, em

lieu de ces légères Notes d'un coin prises par côté et n'importe quand à l'arrière vibration d'un soir, mon attention pleine et de face, orthodoxe, à des plaisirs que je sens médiocrement ; aussi d'autres raisons diffuses, même en un cas exceptionnel me conduisirent à négliger les moyens d'être de ce lever angoissant du rideau français sur Wagner. Mal m'en a pris ; on sait le reste et comment c'est en fuyant la patrie que dorénavant il faudra satisfaire de beau notre âme.

Voilà, c'est fini, pour des ans.

Que de sottise et notamment au sens politique envahissant tout, si bien que j'en parle ! d'avoir perdu une occasion élémentaire, tombée des nuages et sur quoi s'abattre, nous, de manifester à une nation hostile la courtoisie qui déjoue le hargneux fait divers ; quand il s'agissait d'en saluer le Génie dans son aveuglante gloire.

Tous, de nouveau nous voici, quiconque recherche le culte d'un art en rapport avec le temps (encore à mon avis que celui d'Allemagne accuse de la bâtardise pompeuse et neuve), obligés de prendre matériellement, le chemin de l'étranger non sans ce déplaisir subi, par l'instinct simple de l'artiste, à quitter le sol du pays ; dès qu'il y a lieu de s'abreuver à un jaillissement voulu par sa soif.

vez destas ligeiras Notas num canto tomadas à margem e em qualquer momento na posterior vibração de uma noite, minha atenção plena e de frente, ortodoxa, relativamente a prazeres que sinto medianamente; também outras razões difusas, até em um caso excepcional me levaram a negligenciar os meios de participar desse levantar angustiante de cortina francesa sobre Wagner. Custou-me caro; sabe-se o resto e que é fugindo da pátria que doravante se deverá satisfazer com beleza nossa alma.

Aí está, acabou, por anos.

Quanta estupidez e notadamente no sentido político invadindo tudo, tanto que eu falo sobre isso! ter perdido uma ocasião elementar, caída das nuvens e sobre a qual jogar-se, nós, de manifestar a uma nação hostil a cortesia que desfaz o belicoso *fait divers*; quando se tratava de saudar seu Gênio em sua ofuscante glória.

Todos, novamente aqui estamos, quem quer que busque o culto de uma arte em conexão com o tempo (ainda em minha opinião que a da Alemanha revele bastardia pomposa e nova), obrigados a tomar materialmente, o caminho do estrangeiro não sem esse desprazer experimentado, pelo instinto simples do artista, em deixar o solo do país; sempre que haja oportunidade de se abeberar numa fonte cobiçada por sua sede.

PLANCHES ET FEUILLETS

L'occasion depuis peu se présenta d'étudier, à la fois, une œuvre dramatique neuve et certaines dispositions secrètes à lui-même du public parisien : avec la proclamation de sentiments supérieurs, rien ne me captive tant que lire leur reflet en l'indéchiffrable visage nombreux formé par une assistance.

Je me reporte au récent gala littéraire donné par M. Edouard Dujardin pour produire la *Fin d'Antonia*.

L'auteur montre une des figures intéressantes d'aujourd'hui. Celle du lettré, une flamme continue et pure le distingue (romancier avec *les Hantises, Les Lauriers sont coupés,* poëte *À la Gloire d'Antonia, Pour la Vierge du roc ardent* et dans *La réponse de la Bergère au Berger*) ; mais pas professionnel, homme du monde, sportsman comme naguère le fondateur et l'inspirateur des Revues *Indépendante* et *Wagnérienne* : il gréerait demain la voilure autrement qu'en vélin de quelque remarqua ble yacht. Je le veux voir, pour cette heure, costumé du soir, une pluie d'orchidées au revers de l'habit – ombre de trois quarts selon la rampe éteinte, avec une jolie inclinaison de toute l'attitude – mystérieux, scrutant du monocle le manuscrit de son prologue ; whistlérien. Trois étés, consécutifs, il invita Paris à connaître les diverses parties, ou, chaque une tragédie moderne, de la *Légende d'Antonia. Cette* fois-ci spécialement et pour la conclusion il usa de faste. La très courue, élégante salle du Vaudeville louée exceptionnellement, les dégagements plantés en serre et drapés de fête, vers la rue, au point d'y retarder la circulation.. À mon sens, une erreur ! encore que je ne l'impute à de l'ostentation personnelle chez l'impresario, il me frappe comme désintéressé de toute facile gloire, ou crédule à la seule vertu de l'œuvre, candidement : pour l'effusion de celle-ci et en faire, avec sincérité, la preuve, il convoqua devant une vision de primitif, lointaine et nue, outre des amateurs, le boulevard.

TÁBUAS E FOLHAS

A ocasião há pouco se apresentou de estudar, ao mesmo tempo, uma obra dramática nova e certas disposições secretas para ele próprio do público parisiense: com a proclamação de sentimentos superiores, nada me cativa tanto quanto ler seu reflexo no indecifrável rosto numeroso formado por um público.

Refiro-me à recente gala literária dada pelo Sr. Édouard Dujardin para exibir *O Fim de Antônia*.

O autor mostra uma das figuras interessantes de hoje. A do letrado, uma chama contínua e pura o distingue (romancista com as *Obsessões*, *Os Louros são cortados*, poeta À *glória de Antônia*, *Para a virgem da rocha ardente* e em *A resposta da Pastora ao Pastor*); mas não profissional, homem do mundo, desportista bem como recentemente o fundador e inspirador das revistas *Indépendante* e *Wagnérienne*: ele armaria amanhã o velame não de velino de algum notável iate. Quero vê-lo, nessa hora, traje de noite, uma chuva de orquídeas na lapela – sombra de três quartos segundo a ribalta apagada, com uma bela inclinação de toda a atitude – misterioso, escrutando com o monóculo o manuscrito de seu prólogo; whisteleriano. Três verões, consecutivos, ele convidou Paris a conhecer as diversas partes, ou, cada uma tragédia moderna, da *Lenda de Antônia*. Desta vez especialmente e para a conclusão utilizou-se de fausto. A muito concorrida, elegante sala do Vaudeville locada excepcionalmente, os corredores de saída plantados como estufa e enfeitados para festa, em direção à rua, ao ponto de atrasar o tráfego.. Em minha opinião, um erro! ainda que eu não o impute à ostentação pessoal do empresário, ele me impressiona como desinteressado de qualquer fácil glória, ou crédulo apenas na virtude da obra candidamente: para a efusão dessa e para tirar, com sinceridade, a prova, ele convocou diante de uma visão de primitivo, longínqua e nua, além dos aficionados, o bulevar.

L'aventure aurait pu tourner autrement qu'avec quelques rires épars mais exaltés jusqu'au malaise, interrompant la belle attention, respectueuse, probe décernée par une chambrée magnifique et ses francs applaudissements. De fait, on commence, à l'endroit de ces suprêmes ou intactes aristocraties que nous gardions, littérature et arts, la feinte d'un besoin presque un culte : on se détourne, esthétiquement, des jeux intermédiaires proposés au gros du public, vers l'exception et tel moindre indice, chacun se voulant dire à portée de comprendre quoi que ce soit de rare. J'y perçois le pire état; et la ruse propre à étouffer dès le futur la délicate idée (il ne restera plus rien de soustrait) ; enfin, je m'apitoie hypocritement, un danger, pour cette artificielle élite. La stupéfaction, aiguë autrement que l'ennui et laquelle tord les bouches sans même que le bâillement émane, car on sent qu'il n'y a pas lieu et que c'est délicieux, certes, mais au delà de soi, très loin. A ce nouveau supplice la détente viendrait de quelque possibilité de rire, abondamment, avec une salle entière, si un incident y aidait, par exemple le faux pas de l'actrice dans sa traîne ou une double entente tutélaire d'un mot. J'ai pu, concurremment à l'intelligence prompte de la majorité, noter l'instauration, en plusieurs, de ce phénomène cruel contemporain, *être quelque part où l'on veut et s'y sentir étranger* : je l'indique à la psychologie.

Un argument ou programme d'avance en main, la coutume dans les concerts, le spectateur n'allait-il pas reconnaître comme une musicale célébration et figuration aussi de la vie, confiant le mystère au langage seul et à l'évolution mimique ?

Transcrire le feuillet :

« Dans la première partie de la légende, l'amante s'est rencontrée avec l'amant; l'amant est mort; et, dans la seconde partie (*Le Chevalier du passé*), l'amante est devenue la courtisane ; mais, au milieu de son triomphe, le passé est réapparu et lui a appris la vanité de sa gloire ; et elle est partie.

A aventura poderia ter resultado em outra coisa que não em alguns risos esparsos mas exaltados ao ponto do incômodo, interrompendo a bela atenção, respeitosa, proba outorgada por um público magnífico e seus francos aplausos. De fato, começa-se, relativamente a essas supremas ou intatas aristocracias que conservamos, literatura e artes, a simulação de uma necessidade quase um culto: as pessoas afastam-se, esteticamente, dos jogos intermediários propostos ao grosso do público, em direção à exceção e a um certo mínimo índice, cada um pretendendo dizer-se em condições de compreender o que quer que seja de raro. Percebo aí o pior estado; e o ardil adequado para sufocar desde o futuro a delicada ideia (não restará mais nada de substrato); enfim, compadeço-me hipocritamente, um perigo, por essa artificial elite. A estupefação, aguda não como o enfado e a qual torce as bocas sem que nem mesmo o bocejo emane, pois percebe-se que é inoportuno e que é delicioso, certamente, mas para além de si, muito longe. Para esse novo suplício a distensão viria de alguma possibilidade de rir, abundantemente, com uma sala inteira, se um incidente para isso contribuísse, por exemplo o falso passo de uma atriz em cima da cauda ou um duplo sentido tutelar de uma palavra. Pude, concorrentemente à inteligência pronta da maioria, observar a instauração, em vários, desse fenômeno cruel contemporâneo, *estar em algum lugar que se deseja e aí sentir-se estrangeiro*: indico-o à psicologia.

Um argumento ou programa antecipadamente em mãos, o costume nos concertos, o espectador não iria reconhecer como uma musical celebração e figuração também da vida, confiando o mistério à linguagem unicamente e à evolução mímica?

Transcrever a folha:

"Na primeira parte da lenda, a amante reencontrou-se com o amante; o amante morre; e, na segunda parte (*O Cavaleiro do passado*), a amante tornou-se a cortesã; mas, em meio a seu triunfo, o passado ressurgiu e mostrou-lhe a vaidade de sua glória; e ela vai embora.

« Maintenant, c'est une mendiante. Elle a renoncé les anciens désirs ; elle ne veut plus rien que le silence et la solitude de la retraite; une vie spirituelle en dehors du monde et au-dessus de la nature (comme autrefois la vie religieuse) est la fin qu'elle a crue possible. Ainsi son orgueil d'ascète a accepté d'être la mendiante qui tend la main pour le pain quotidien. »

Je ne saurais dire mieux des personnages sinon qu'ils dessinent les uns relativement aux autres, à leur insu, en une sorte de danse, le pas où se compose la marche de l'œuvre. Très mélodiquement, en toute suavité ; mus par l'orchestre intime de leur diction. La modernité s'accommode de ces lacs et tours un peu abstraits, vraiment d'une façon inattendue si déjà on ne savait ce que de général et de neutre prévaut, ou d'apte à exprimer le style, dans notre vêtement même la redingote, comme il parut aux deux représentations d'ans préalables : la troisième ne requit pas cette réflexion. Ici l'accord d'un art naïf s'établira, selon le site et le costume devenus agrestes, sans peine avec des émotions et des vérités amples, graves, primordiales.

Cette parenthèse –

Je ne me refuse par goût à aucune simplification et en souhaite, à l'égal de complexités parallèles : mais le théâtre institue des personnages agissant et en relief précisément pour qu'ils négligent la métaphysique, comme l'acteur omet la présence du lustre ; ils ne prieront, vers rien hors d'eux, que par le cri élémentaire et obscur de la passion. Sans cette règle, on arriverait, au travers d'éclairs de la scolastique ou par l'analyse, à dénommer l'absolu : l'invocation, que lui adressent, en la finale, des bûcherons, me paraît à cet égard procéder trop directement. La cime d'un saint mont appuyé en fond, elle-même aux frises coupée par une bande de ciel, indéniablement pour suggérer un au-delà, suffisait, invisible ; et rabattue en la pureté d'âmes, elle en pouvait jaillir, comme

"Agora, é uma mendiga. Renunciou aos antigos desejos; não quer nada mais do que o silêncio e a solidão do recolhimento; uma vida espiritual para além do mundo e acima da natureza (como outrora a vida religiosa) é o fim que ela acreditou possível. Assim seu orgulho de asceta aceitou ser a mendiga que estende a mão para o pão cotidiano."

Não saberia dizer nada melhor sobre os personagens senão que eles desenham uns relativamente aos outros, à sua revelia, numa espécie de dança, o passo em que se compõe o andamento da obra. Muito melodicamente, com toda a suavidade; movidos pela orquestra íntima de sua dicção. A modernidade acomoda-se a esses laços e torneios um pouco abstratos, verdadeiramente de uma maneira inesperada se já não se soubesse o que de geral e de neutro prevalece, ou de apto a exprimir o estilo, em nossa vestimenta inclusive no redingote, como mostrou-se nas duas representações de anos anteriores: a terceira não exigiu essa reflexão. Aqui o acordo de uma arte ingênua se estabelecerá, segundo o lugar e o vestuário tornados agrestes, sem dificuldade com as emoções e as verdades amplas, graves, primordiais.

Este parêntese –

Não me recuso por gosto a alguma simplificação e a busco, tanto quanto complexidades paralelas: mas o teatro institui personagens que agem e em relevo precisamente para que eles negligenciem a metafísica, tal como o ator omite a presença do lustre; não suplicarão, por nada, além deles, senão através do grito elementar e obscuro da paixão. Sem essa regra, chegar-se-ia, através de iluminações da escolástica ou pela análise, a denominar o absoluto: a invocação, que lhe dirigem, na cena final, lenhadores, parece-me a esse respeito proceder diretamente demais. O cimo de uma sagrada montanha apoiada no fundo, ele próprio nos frisos cortado por uma faixa de céu, inegavelmente para sugerir um além, bastava, invisível; e multiplicado na pureza de almas, poderia jorrar,

hymne inconscient au jour qui se délivre.. À quoi bon le décor, s'il ne maintient l'image : le traducteur humain n'a, poétiquement, qu'à subir et à rendre cette hantise.

L'attrait majeur qu'exerce sur moi la tentative de M. Dujardin vient incontestablement de son vers. Je veux garder, à un emploi extraordinaire de la parole qui, pour une ouïe inexperte, se diluerait, quelquefois, en prose, cette appellation. Le vers, où sera-t-il ? pas en rapport toujours avec l'artifice des blancs ou comme marque le livret : tout tronçon n'en procure un, par lui-même : et, dans la multiple répétition de son jeu seulement, je saisis l'ensemble métrique nécessaire. Ce tissu transformable et ondoyant pour que, sur tel point, afflue le luxe essentiel à la versification où, par places, il s'espace et se dissémine, précieusement convient à l'expression verbale en scène : un bonheur, davantage ; je touche à quelque instinct. Voici les rimes dardées sur de brèves tiges, accourir, se répondre, tourbillonner, coup sur coup, en commandant par une insistance à part et exclusive l'attention à tel motif de sentiment, qui devient nœud capital. Les moyens traditionnels notoires se précipitent ici, là, évanouis par nappes, afin de se résumer, en un jet, d'altitude extrême. Aisément, on parlera d'un recours à la facture wagnérienne ; plutôt tout peut se limiter chez nous. Dans l'intervalle que traverse la poésie française, attendu que c'était l'heure, certes et tout au moins, de lui accorder ce loisir, il me semble jusqu'à l'évidence que les effets anciens et parfaits, pièce à pièce par M. Dujardin, comme par aucun, démontés et rangés selon l'ordre, se soient, chez lui, très spontanément retrempés en vertu de leurs sympathies d'origine, pour y improviser quelque état ingénu ; et je me plais à rester sur cette explication qui désigne un cas rythmique mémorable.

Tout, la polyphonie magnifique instrumentale, le vivant geste ou les voix des personnages et de dieux, au surplus

como, hino inconsciente à luz do dia que se liberta.. Para que serve o cenário, se não sustenta a imagem: o tradutor humano não tem, poeticamente, senão que sentir e transmitir essa visão.

A atração maior que exerce sobre mim a tentativa do Sr. Dujardin vem incontestavelmente de seu verso. Quero reservar, para um emprego extraordinário da palavra que, num ouvido inexperiente se diluiria, algumas vezes, em prosa, essa denominação. O verso, onde estará ele? não em relação sempre com o artifício dos espaços em branco ou como indica o libreto: cada segmento não garante um, por si mesmo; e, na múltipla repetição de seu jogo apenas, apreendo o conjunto métrico necessário. Esse tecido transformável e ondulante para que, para tal ponto, aflua o luxo essencial à versificação na qual, por regiões, ele se espaça e se dissemina, preciosamente convém à expressão verbal em cena: uma sorte, mais; roço algum instinto. Eis aqui as rimas dardejadas sobre curtos talos, acorrendo, respondendo-se, turbilhonando, ininterruptamente, dirigindo por uma insistência à parte e exclusiva a atenção para este ou aquele motivo de sentimento, que se torna nó capital. Os meios tradicionais notórios precipitam-se aqui, ali, desvanecidos por camadas, para se resumirem, em um jorro, de altitude extrema. Facilmente, falar-se-á de um apelo ao feitio wagneriano; mas não tudo pode se restringir ao nosso solo. No intervalo que a poesia francesa atravessa, dado que era a hora, certamente e no mínimo, de conceder-lhe essa folga, parece-me beirar a evidência que os efeitos antigos e perfeitos, peça por peça pelo Sr. Dujardin, como por mais ninguém, desmontados e arredados pela ordem, foram, na sua obra, muito espontaneamente retemperados em virtude de suas simpatias de origem, para ali improvisar algum estado ingênuo; e agrada-me ficar com essa explicação que designa um caso rítmico memorável.

Tudo, a polifonia magnífica instrumental, o vivo gesto ou as vozes de personagens e de deuses, além disso um excesso

un excès apporté à la décoration matérielle, nous le considérons, dans le triomphe du génie, avec Wagner, éblouis par une telle cohésion, ou un art, qui aujourd'hui devient la poésie : or va-t-il se faire que le traditionnel écrivain de vers, celui qui s'en tient aux artifices humbles et sacrés de la parole, tente, selon sa ressource unique subtilement élue, de rivaliser ! Oui, en tant qu'un opéra sans accompagnement ni chant, mais parlé ; maintenant le livre essaiera de suffire, pour entr'ouvrir la scène intérieure et en chuchoter les échos. Un ensemble versifié convie à une idéale représentation : des motifs d'exaltation ou de songe s'y nouent entre eux et se détachent, par une ordonnance et leur individualité. Telle portion incline dans un rythme ou mouvement de pensée, à quoi s'oppose tel contradictoire dessin : l'un et l'autre, pour aboutir et cessant, où interviendrait plus qu'à demi comme sirènes confondues par la croupe avec le feuillage et les rinceaux d'une arabesque, la figure, que demeure l'idée. Un théâtre, inhérent à l'esprit, quiconque d'un œil certain regarda la nature le porte avec soi, résumé de types et d'accords ; ainsi que les confronte le volume ouvrant des pages parallèles. Le précaire recueil d'inspiration diverse, c'en est fait; ou du hasard, qui ne doit, et pour sous-entendre le parti pris, jamais qu'être simulé. Symétrie, comme elle règne en tout édifice, le plus vaporeux, de vision et de songes. La jouissance vaine cherchée par feu le Rêveur-roi de Bavière dans une solitaire présence aux déploiements scéniques, la voici, à l'écart de la foule baroque moins que sa vacance aux gradins, atteinte par le moyen ou restaurer le texte, nu, du spectacle. Avec deux pages et leurs vers, je supplée, puis l'accompagnement de tout moi-même, au monde ! ou j'y perçois, discret, le drame.

Cette moderne tendance soustraire à toutes contingences de la représentation, grossières ou même exquises jusqu'à présent, l'œuvre par excellence ou poésie, régit de très strictes

trazido à decoração material, nós o consideramos, no triunfo do gênio, com Wagner, ofuscados por uma certa coesão, ou uma arte, que hoje torna-se a poesia: ora será possível que o tradicional escritor de verso, aquele que se atém aos artifícios humildes e sagrados da palavra, tente, segundo seu recurso, único sutilmente escolhido, rivalizar! Sim, como ópera sem acompanhamento nem canto, mas falada; agora o livro tentará ser suficiente, para entreabrir a cena interior e murmurar os seus ecos. Um conjunto versificado convida a uma ideal representação: motivos de exaltação ou de sonho aí se entrelaçam e se separam, por um ordenamento e sua individualidade. Tal ou qual porção tende a um ritmo ou movimento de pensamento, a que se opõe tal ou qual contraditório desenho: um e outro, para chegar ao ápice e aí deter-se, ponto em que interviria mais que até à metade como sereias confundidas pela cauda com a folhagem e as ramagens de um arabesco, a figura que a ideia continua sendo. Um teatro, inerente ao espírito, quem quer que com um olhar preciso olhou a natureza carrega-o consigo, resumo de tipos e de acordos; tal como os confronta o volume em que se abrem páginas paralelas. A precária compilação de inspiração diversa está terminada; ou acaso, que não deve, e para subentender a parcialidade, nunca ser senão simulado. Simetria, tal como reina em todo edifício, o mais vaporoso, entre visão e sonhos. O gozo vão buscado pelo falecido Sonhador-rei da Baviera numa solitária presença nos desenvolvimentos cênicos, ei-lo aqui, longe da multidão barroca menos que por sua vacância nas arquibancadas, obtido pelo meio ou restaurar o texto, nu, do espetáculo. Com duas páginas e seus versos, eu supro, depois o acompanhamento de todo o meu eu sozinho, o mundo! ou aí percebo, discreto, o drama.

Essa moderna tendência subtrair de todas as contingências da representação, grosseiras ou mesmo refinadas até o presente, a obra por excelência ou poesia, rege muito estritas inteligências,

intelligences, celle, en premier lieu, de M. de Régnier ainsi que le suggère une vue de ses *Poèmes*. Installer, par la convergence de fragments harmoniques à un centre, là même, une source de drame latente qui reflue à travers le poème, désigne la manière et j'admire, pas moins, le jeu où insista M. Ferdinand Herold, il octroie l'action ouvertement et sans réticence : acteurs le port noté par la déclamation, ou le site, des chants, toute une multiple partition avec l'intègre discours.

Autre, l'art de M. Maeterlinck qui, aussi, inséra le théâtre au livre !

Non cela symphoniquement comme il vient d'être dit, mais avec une expresse succession de scènes, à la Shakespeare ; il y a lieu, en conséquence, de prononcer ce nom quoique ne se montre avec le dieu aucun rapport, sauf de nécessaires. M. Octave Mirbeau qui sauvegarde certainement l'honneur de la presse en faisant que toujours y ait été parlé ne fût-ce qu'une fois, par lui, avec quel feu, de chaque œuvre d'exception, voulant éveiller les milliers d'yeux soudain, eut raison, à l'apparition d'invoquer Shakespeare, comme un péremptoire signe littéraire, énorme; puis il nuança son dire de sens délicats.

Lear, Hamlet lui-même et Cordélie, Ophélie, je cite des héros reculés très avant dans la légende ou leur lointain spécial, agissent en toute vie, tangibles, intenses : lus, ils froissent la page, pour surgir, corporels. Différente j'envisageai la *Princesse Maleine*, une après-midi de lecture restée l'ingénue et étrange que je sache ; où domina l'abandon, au contraire, d'un milieu à quoi, pour une cause, rien de simplement humain ne convenait. Les murs, un massif arrêt de toute réalité, ténèbres, basalte, en le vide d'une salle – les murs, plutôt de quelque épaisseur isolées les tentures, vieillies en la raréfaction locale ; pour que leurs hôtes déteints avant d'y devenir les trous, étirant, une tragique fois, quelque

aquela, em primeiro lugar, do Sr. de Régnier tal como o sugere um exame de seus *Poemas*. Instalar, pela convergência de fragmentos harmônicos num centro, ali mesmo, uma fonte de drama latente que reflui através do poema, designa a maneira e eu admiro, não menos, a encenação em que insistiu o Sr. Ferdinand Herold, ele subministra a ação abertamente e sem reticência: atores o porte notado pela declamação, ou o lugar, cantos, toda uma múltipla partitura com o íntegro discurso.

Outra, a arte do Sr. Maeterlinck que, também, inseriu o teatro no livro!

Não isso sinfonicamente como acaba de ser dito, mas com uma rápida sucessão de cenas, à maneira de Shakespeare; é oportuno, como consequência, pronunciar esse nome ainda que não se mostre com o deus nenhuma relação, exceto as necessárias. O Sr. Octave Mirbeau que salvaguarda a honra da imprensa ao fazer com que sempre se tenha falado ainda que por uma vez, por ele, com que ardor, de cada obra de exceção, querendo despertar os milhares de olhos subitamente, estava certo, quando do surgimento em invocar Shakespeare, como um peremptório signo literário, enorme; depois ele matizou seu dizer com sentidos delicados.

Lear, o próprio Hamlet e Cordélia, Ofélia, cito heróis situados bem atrás na lenda ou em seu recuo especial, agem plenos de vida, tangíveis, intensos: lidos, rompem a página, para surgirem, corporais. Diferente considerei a *Princesa Maleine*, uma tarde de leitura continuava a ingênua e estranha que conheço; na qual dominou o abandono, ao contrário, de um ambiente ao qual, por uma causa, nada de simplesmente humano convinha. As paredes, um maciço bloqueio de toda realidade, trevas, basalto, no vazio de uma sala — as paredes, antes com alguma espessura isoladas as forrações, envelhecidas pela rarefação local; para que seus habitantes desbotados antes de ali se tornarem os buracos, estirando,

membre de douleur habituel, et même souriant, balbutiassent ou radotassent, seuls, la phrase de leur destin. Tandis qu'au serment du spectateur vulgaire, il n'aurait existé personne ni rien ne se serait passé, sur ces dalles. Bruges, Gand, terroir de primitifs, désuétude.. on est loin, par ces fantômes, de Shakespeare.

Pelléas et *Mélisande* sur une scène exhale, de feuillets, le délice. Préciser? Ces tableaux, brefs, suprêmes : quoi que ce soit a été rejeté de préparatoire et machinal, en vue que paraisse, extrait, ce qui chez un spectateur se dégage de la représentation, l'essentiel. Il semble que soit jouée une variation supérieure sur l'admirable vieux mélodrame. Silencieusement presque et abstraitement au point que dans cet art, où tout devient musique dans le sens propre, la partie d'un instrument même pensif, violon, nuirait, par inutilité. Peut-être que si tacite atmosphère inspire à l'angoisse qu'en ressent l'auteur ce besoin souvent de proférer deux fois les choses, pour une certitude qu'elles l'aient été et leur assurer, à défaut de tout, la conscience de l'écho. Sortilège fréquent, autrement inexplicable, entre cent; qu'on nommerait à tort procédé.

Le Poëte, je reviens au motif, hors d'occasions prodigieuses comme un Wagner, éveille, par l'écrit, l'ordonnateur de fêtes en chacun ; ou, convoque-t-il le public, une authenticité de son intime munificence éclate avec charme.

uma trágica vez, algum membro com dor habitual, e até sorrindo, balbuciassem ou disparatassem, sozinhos, a frase de seu destino. Enquanto no juramento do espectador vulgar, não teria existido ninguém nem nada teria se passado, sobre essas lajes. Bruges, Gand, solo de primitivos, decadência.. está-se longe, com esses fantasmas, de Shakespeare.

Pelléas et Mélisande numa cena exala, das folhas, a delícia. Precisar? Estes quadros, breves, supremos: o que quer que seja preparatório e maquinal foi rejeitado, de maneira que surja, extraído, aquilo que num espectador se liberta da representação, o essencial. Parece que se encena uma variação superior do admirável velho melodrama. Silenciosamente quase e abstratamente a tal ponto que nessa arte, onde tudo se torna música no sentido próprio, a participação de um instrumento até mesmo pensativo, violino, prejudicaria, por inutilidade. Talvez tão tácita atmosfera inspire à angústia que sente o autor essa necessidade frequente de proferir duas vezes as coisas, por uma certeza de que elas o tenham sido e assegurar-lhes, na falta de tudo, a consciência do eco. Sortilégio frequente, sem isso inexplicável, entre cem; que se denominaria erradamente procedimento.

O Poeta, volto ao motivo, fora de ocasiões prodigiosas como um Wagner, desperta, pelo escrito, o promotor de festas em cada um; ou, caso convoque o público, uma autenticidade de sua íntima munificência explode com encanto.

SOLENNITÉ

Mais où poind, je l'exhibe avec dandysme, mon incompétence, sur autre chose que l'absolu, c'est le doute qui d'abord abominer, un intrus, apportant sa marchandise différente de l'extase et du faste ou le prêtre vain qui endosse un néant d'insignes pour, cependant, officier.

Avec l'impudence de faits divers en trompe l'œil emplir le théâtre et exclure la Poésie, ses jeux sublimités (espoir toujours chez un spectateur) ne me semble besogne pire que la montrer en tant que je ne sais quoi de spécial au bâillement; ou instaurer cette déité dans tel appareil balourd et vulgaire est peut-être méritoire à l'égal de l'omettre.

La chicane, la seule que j'oppose à tout faux temple, vainement s'appelât-il Odéon, n'est pas qu'il tienne pour une alternative plutôt que l'autre, la sienne va à ses pseudo-attributions et dépend d'une architecture : mais fronton d'un culte factice, entretenant une vestale pour alimenter sur un trépied à pharmaceutique flamme *le grand art quand même* ! de recourir méticuleusement et sans se tromper à la mixture conservant l'inscription quelconque *Ponsard* comme à quelque chose de fondamental et de vrai. Un déni de justice à l'an qui part ou commence, ici s'affirme, en tant que la constatation, où je ne vois sans déplaisir mettre un cachet national, que le présent soit infécond en produits identiques, comme portée et vertu par exemple, c'est-à-dire à combler avec ce qui simule exister le vide de ce qu'il n'y a pas. Au contraire, en mes Notes d'abord, nous sommes aux grisailles et vous n'aviez, prêtresse d'une crypte froide, pas à mettre la main sur une des fioles avisées qui se parent en naissant, une fois pour toutes par économie, de la poussière de leur éternité. Ce Ponsard, plus qu'aucun, n'agite mon fiel, si ce n'est que, sa gloire vient de là, il paya d'effronterie inouïe, hasardée, extravagante et presque belle en persuadant à une clique,

SOLENIDADE

Mas onde desponta, exibo-a com dandismo, minha incompetência, em outra coisa que não o absoluto, é na dúvida quem primeiro abominar, um intruso, trazendo sua mercadoria diferente do êxtase e do fasto ou o sacerdote vão que se cobre com um nada de insígnias para, contudo, oficiar.

Com a impudência de *faits divers* em *trompe-l'œil* inflar o teatro e excluir a Poesia, seus jogos sublimidades (esperança sempre num espectador) não me parece esforço pior que mostrá-la como não sei o quê de especial para bocejo; ou instaurar essa deidade num tal aparato grosseiro e vulgar é talvez meritório tanto quanto omiti-la.

O questionamento, o único que oponho a todo falso templo, em vão chame-se Odéon, não é que ele se incline por uma alternativa em vez da outra, a dele abrange suas pseudoatribuições e depende de uma arquitetura: mas frontão de um culto factício, sustentando uma vestal para alimentar num tripé com farmacêutica chama *a grande arte apesar de tudo*! de recorrer meticulosamente e sem se enganar à mistura que conserva a inscrição qualquer *Ponsard* como a algo de fundamental e de verdadeiro. Uma denegação de justiça para o ano que se vai ou começa, aqui se afirma, como a constatação, em que vejo não sem desgosto ser dada uma chancela nacional, de que o presente é infecundo em produtos idênticos, tal como alcance e virtude, por exemplo, quer dizer para preencher com aquilo que simula existir o vazio daquilo que não há. Ao contrário, em minhas Notas, sobretudo, estamos em grisalhas e vós não tivestes, sacerdotisa de uma cripta fria, que colocar a mão sobre um dos frascos com rótulos de alerta que se cobrem ao nascerem, de uma vez por todas por economia, com a poeira de sua eternidade. Esse Ponsard, mais do que outro, não agita meu fel, a não ser pelo fato de que, sua glória vem disso, ele pagou com atrevimento

qu'il représentait, dans le manque de tout éclat, au théâtre la Poésie, quand en resplendissait le dieu. Je l'admire pour cela, avoir sous-entendu Hugo, dont il dut, certes, s'apercevoir, à ce point que né humble, infirme et sans ressources, il joua l'obligation de frénétiquement surgir faute de quelqu'un; et se contraignit après tout à des efforts qui sont d'un vigoureux carton. Malice un peu ample, et drôle ! dont nous sommes plusieurs nous souvenant; mais en commémoration de quoi il n'importe de tout à coup sommer la génération nouvelle. Combien, à part moi au contraire ayant l'âme naïve et juste, je nourris de prédilection, sans désirer qu'on les ravive au détriment d'aucun contemporain, pour les remplaçants authentiques du Poëte qui encourent notre sourire, ou le leur peut-être s'ils en feignent un, à seule fin pudiquement de nier, au laps d'extinction totale du lyrisme, – comme les Luce de Lancival, Campistron ou d'autres ombres – cette vacance néfaste : ils ont, à ce qu'était leur âme, ajusté pour vêtement une guenille usée jusqu'aux procédés et à la ficelle plutôt que d'avouer le voile de la Déesse en allé dans une déchirure immense ou le deuil. Ces larves demeureront touchantes et je m'apitoie à l'égal sur leur descendance pareille à des gens qui garderaient l'honneur d'autels résumés en le désespoir de leurs poings fermés aussi par somnolence. Tous, instructifs, avant que grotesques, imitateurs ou devanciers, d'un siècle ils reçoivent, en manière de sacré dépôt et le transmettent à un autre, ce qui précisément n'est pas, ou, si c'était, mieux vaudrait ne pas le savoir ! un résidu de l'art, axiomes, formule, rien.

Un soir vide de magnificence ou de joie j'ouvrais, en quête de compensation, le radieux écrit *Le Forgeron* pour y apprendre de solitaires vérités.

Que tout poème composé autrement qu'en vue d'obéir au vieux génie du vers, n'en est pas un. On a pu, antérieurement à l'invitation de la rime ici extraordinaire parce

inaudito, temerário, extravagante e quase belo ao persuadir um grupinho, de que ele representava, na falta de qualquer brilho, no teatro a Poesia, quando seu deus resplandecia. Admiro-o por isso, ter subentendido Hugo, o qual ele teve, certamente, que considerar, à medida que nascido humilde, enfermo e sem recursos, sentiu a obrigação de freneticamente se apresentar na falta de alguém; e se restringiu afinal a esforços que são de um forte papelão. Malícia um tanto ampla, e divertida! de que vários nos lembramos; mas para cuja comemoração não é preciso repentinamente convocar a geração nova. Quanto, em meu íntimo ao contrário tendo a alma ingênua e justa, nutro predileção, sem desejar que se os ressuscite em detrimento de algum contemporâneo, pelos substitutos autênticos do Poeta que suscitam nosso sorriso, ou o seu talvez se eles fingem um, com o único fim pudicamente de negar, no lapso de extinção total do lirismo, – como os Luces de Lancival, Campistrons ou outras sombras essa vacância nefasta: eles, no que era sua alma adaptaram como vestimenta um trapo gasto até à confecção e ao fio em vez de admitir o véu da Deusa desaparecido num rasgo imenso ou o luto. Essas larvas continuarão tocantes e me compadeço igualmente de sua descendência como pessoas que guardariam a honra de altares resumidos no desespero de seus punhos cerrados também pela sonolência. Todos, instrutivos antes que grotescos, imitadores ou precursores, de um século eles recebem, em forma de sagrado depósito e o transmitem a um outro, aquilo que precisamente não existe, ou, se existir, melhor seria não sabê-lo! um resíduo da arte, axiomas, fórmula, nada.

Uma noite vazia de magnificência ou de alegria abri, em busca de compensação, o radioso escrito *Le Forgeron* para aí aprender solitárias verdades.

Que todo poema composto de outra forma que não com o objetivo de obedecer ao velho gênio do verso, não é um.. Pôde-se, anteriormente ao convite da rima aqui extraordinária

qu'elle ne fait qu'un avec l'alexandrin qui, dans ses poses et la multiplicité de son jeu, semble par elle dévoré tout entier comme si cette fulgurante cause de délice y triomphait jusqu'à l'initiale syllabe ; avant le heurt d'aile brusque et l'emportement, on a pu, cela est même l'occupation de chaque jour, posséder et établir une notion du concept à traiter, mais indéniablement pour l'oublier dans sa façon ordinaire et se livrer ensuite à la seule dialectique du Vers. Lui en rival jaloux, auquel le songeur cède la maîtrise, il ressuscite au degré glorieux ce qui, tout sûr, philosophique, imaginatif et éclatant que ce fût, comme dans le cas présent, une vision céleste de l'humanité ! ne resterait, à son défaut que les plus beaux discours émanés de quelque bouche. À travers un nouvel état, sublime, il y a recommencement des conditions ainsi que des matériaux de la pensée sis naturellement pour un devoir de prose : comme des vocables, eux-mêmes, après cette différence et l'essor au delà, atteignant leur vertu.

Personne, ostensiblement, depuis qu'étonna le phénomène poétique, ne le résume avec audacieuse candeur que peut-être cet esprit immédiat ou originel, Théodore de Banville et l'épuration, par les ans, de son individualité en le vers, le désigne aujourd'hui un être à part, supérieur et buvant tout seul à une source occulte et éternelle ; car rajeuni dans le sens admirable par quoi l'enfant est plus près de rien et limpide, autre chose d'abord que l'enthousiasme le lève à des ascensions continues ou que le délire commun aux lyriques : hors de tout souffle perçu grossier, virtuellement la juxtaposition entre eux des mots appareillés d'après une métrique absolue et réclamant de quelqu'un, le poëte dissimulé ou chaque lecteur, la voix modifiée suivant une qualité de douceur ou d'éclat, pour chanter.

Ainsi lancé de soi le principe qui n'est – que le Vers ! attire non moins que dégage pour son épanouissement (l'instant

porque ela não compõe senão um único corpo com o alexandrino que, em suas poses e na multiplicidade de seu jogo, parece por ela devorado todo inteiro como se essa fulgurante causa de delícia aí triunfasse chegando até à inicial sílaba; antes do bater de asa brusco e do arrebatamento, pôde-se, essa é inclusive a ocupação de cada dia, possuir e estabelecer uma noção do conceito a ser tratado, mas inegavelmente para esquecê-lo na sua maneira ordinária e entregar-se depois apenas à dialética do Verso. Ele, como rival ciumento, ao qual o sonhador cede o domínio, ressuscita em nível glorioso aquilo que, por mais seguro, filosófico, imaginativo e fulgurante que fosse, como no caso presente, uma visão celeste da humanidade! não passaria, na sua ausência dos mais belos discursos emanados de alguma boca. Através de um novo estado, sublime, há um recomeço das condições assim como dos materiais do pensamento acomodados naturalmente para um dever de prosa – assim como os vocábulos, eles próprios, após essa diferença e o voo para além, atingindo sua virtude.

Ninguém, ostensivamente, desde que o fenômeno poético maravilhou, resume-o com audaciosa candura a não ser talvez esse espírito imediato ou original, Théodore de Banville e a depuração, pelos anos, de sua individualidade no verso, designa-o hoje um ser à parte, superior e que bebe inteiramente só numa fonte oculta e eterna; porque rejuvenescido no sentido admirável de que a criança está mais perto de nada e límpida, outra coisa sobretudo que não o entusiasmo eleva-o a ascensões contínuas ou que não o delírio comum aos líricos: fora de todo sopro visto como grosseiro, virtualmente a justaposição entre elas de palavras aparelhadas de acordo com uma métrica absoluta e exigindo de alguém, o poeta dissimulado ou cada leitor, a voz modificada segundo uma qualidade de suavidade ou de estalo, para cantar.

Assim lançado desde si o princípio que não é – senão o Verso! atrai não menos que libera por seu desabrochamento (no instante em que aí brilham e morrem numa flor rápida,

qu'ils y brillent et meurent dans une fleur rapide, sur quelque transparence comme d'éther) les mille éléments de beauté pressés d'accourir et de s'ordonner dans leur valeur essentielle. Signe! au gouffre central d'une spirituelle impossibilité que rien soit exclusivement à tout, le numérateur divin de notre apothéose, quelque suprême moule n'ayant pas lieu en tant que d'aucun objet qui existe : mais il emprunte, pour y aviver un sceau tous gisements épars, ignorés et flottants selon quelque richesse, et les forger.

Voilà, constatation à quoi je glisse, comment, dans notre langue, les vers ne vont que par deux ou à plusieurs, en raison de leur accord final, soit la loi mystérieuse de la Rime, qui se révèle avec la fonction de gardienne et d'empêcher qu'entre tous, un usurpe, ou ne demeure péremptoirement : en quelle pensée fabriqué celui-là! peu m'importe, attendu que sa matière discutable aussitôt, gratuite, ne produirait de preuve à se tenir dans un équilibre momentané et double à la façon du vol, identité de deux fragments constitutifs remémorée extérieurement par une parité dans la consonance[*].

Chaque page de la brochure annonce et jette haut comme des traits d'or vibratoire ces saintes règles du premier et dernier des Arts. Spectacle intellectuel qui me passionne : l'autre, tiré de l'affabulation ou le prétexte, lui est comparable.

Vénus, du sang de l'Amour issue, aussitôt convoitée par les Olympiens et Jupiter : sur l'ordre de qui, vierge ni à tous, afin

---

[*] Là est la suprématie de modernes vers sur ceux antiques formant un tout et ne rimant pas ; qu'emplissait une bonne fois le métal employé à les faire, au lieu qu'ils le prennent, le rejettent, deviennent, procèdent musicalement : en tant que stance, ou le Distique.

contra alguma transparência como do éter) os mil elementos de beleza apressados em acorrer e se ordenar no seu valor essencial. Signo! na voragem central de uma espiritual impossibilidade de que nada seja com a exclusão de tudo, o numerador divino de nossa apoteose, algum supremo molde não se fazendo segundo algum objeto que existe: mas toma emprestado, para aí avivar um sinete todas as jazidas espalhadas, ignoradas e flutuantes segundo alguma riqueza, e forjá-las.

Eis aí, constatação à que me inclino, como, em nossa língua, os versos não vão senão aos pares ou em vários, em razão de seu acordo final, ou seja a lei misteriosa da Rima, que se revela na função de guardiã e de impedir que entre todos, um usurpe, ou se retarde peremptoriamente: em qual pensamento fabricado aquele! pouco me importa, uma vez que sua matéria discutível imediatamente, gratuita, não produziria prova que se sustentasse num equilíbrio momentâneo e duplo à maneira do voo, identidade de dois fragmentos constitutivos rememorada exteriormente por uma paridade na consonância.*

Cada página da brochura anuncia e lança para o alto como fios de ouro vibratório essas sagradas regras da primeira e última das Artes. Espetáculo intelectual que me apaixona: o outro, extraído da fabulação ou o pretexto, lhe é comparável.

Vênus, do sangue do Amor surgida, logo cobiçada pelos Olímpicos e por Júpiter: por ordem do qual, virgem nem para

---

* Nisso reside a supremacia de modernos versos sobre os antigos que formam um todo e que não rimam; que enchiam de uma vez por todas o metal empregado para fazê-los, enquanto eles o tomam, rejeitam-no, mudam, procedem musicalmente: como estância, ou o Dístico.

de réduire ses ravages elle subira la chaîne de l'hymen avec Vulcain, ouvrier latent des chefs-d'œuvre, que la femme ou beauté humaine, les synthétisant, récompense par son choix (il faut en le moins de mots à côté, vu que les mots sont la substance même employée ici à l'œuvre d'art, en dire l'argument).

Quelle représentation ! le monde y tient ; un livre, dans notre main, s'il énonce quelque idée auguste, supplée à tous les théâtres, non par l'oubli qu'il en cause mais les rappelant impérieusement, au contraire. Le ciel métaphorique qui se propage à l'entour de la foudre du vers, artifice par excellence au point de simuler peu à peu et d'incarner les héros (juste dans ce qu'il faut apercevoir pour n'être pas gêné de leur présence, un trait) ; ce spirituellement et magnifiquement illuminé fond d'extase, c'est bien le pur de nous-mêmes par nous porté, toujours, prêt à jaillir à l'occasion qui dans l'existence ou hors l'art fait toujours défaut. Musique, certes, que l'instrumentation d'un orchestre tend à reproduire seulement et à feindre. Admirez dans sa toute-puissante simplicité ou foi en le moyen vulgaire et supérieur, l'élocution, puis la métrique qui l'affine à une expression dernière, comme quoi un esprit, réfugié au nombre de plusieurs feuillets, défie la civilisation négligeant de construire à son rêve, afin qu'elles aient lieu, la Salle prodigieuse et la Scène. Le mime absent et finales ou préludes aussi par les bois, les cuivres et les cordes, cet esprit, placé au delà des circonstances, attend l'accompagnement obligatoire d'arts ou s'en passe. Seul venu à l'heure parce que l'heure est sans cesse aussi bien que jamais, à la façon d'un messager, du geste il apporte le livre ou sur ses lèvres, avant que de s'effacer; et celui qui retint l'éblouissement général, le multiplie chez tous, du fait de la communication.

La merveille d'un haut poème comme ici me semble que, naissent des conditions pour en autoriser le déploiement visible

todos, a fim de reduzir suas devastações será submetida à corrente do hímen com Vulcano, obreiro latente das obras-primas, que a mulher ou beleza humana, sintetizando-as, recompensa com sua escolha (é preciso o mínimo de palavras à margem, uma vez que as palavras são a substância mesma empregada aqui na obra de arte, para dizer o argumento).

Que representação! o mundo está aí contido; um livro, em nossa mão, se enuncia alguma ideia augusta, supre todos os teatros, não pelo olvido que lhes causa mas relembrando-os imperiosamente, pelo contrário. O céu metafórico que se propaga em torno do raio do verso, artifício por excelência ao ponto de simular pouco a pouco e de encarnar os heróis (na justa medida do que é preciso perceber para não ser incomodado com sua presença, um traço); esse espiritualmente e magnificamente iluminado fundo de êxtase é com certeza o puro de nós mesmos por nós carregado, sempre, pronto a jorrar no momento em que na existência ou fora da arte está entretanto em falta. Música, certamente, que a instrumentação de uma orquestra tende a reproduzir apenas e a simular. Admirem em toda a sua potente simplicidade ou fé no meio vulgar e superior, a elocução, depois a métrica que a refina até uma expressão última, razão pela qual um espírito, refugiado no número de muitas folhas, desafia a civilização que se descuida de construir para o seu sonho, a fim de que tenham lugar, a Sala prodigiosa e a Cena. O mímico ausente e finais ou prelúdios também pelas madeiras, pelos metais e pelas cordas, esse espírito, colocado para além das circunstâncias, espera o acompanhamento obrigatório das artes ou se arranja sem ele. Único a chegar na hora porque a hora é incessante tanto quanto nunca, à maneira de um mensageiro, com o gesto traz o livro ou sobre os lábios, antes de se apagar; e aquele que reteve o deslumbramento geral, multiplica-o em todos, em virtude da comunicação.

A maravilha de um elevado poema como aqui parece-me que, surgindo condições que autorizem seu desdobramento

et l'interprétation, d'abord il s'y prêtera et ingénument au besoin ne remplace tout que faute de tout. J'imagine que la cause de s'assembler, dorénavant, en vue de fêtes inscrites au programme humain, ne sera pas le théâtre, borné ou incapable tout seul de répondre à de très subtils instincts, ni la musique du reste trop fuyante pour ne pas décevoir la foule : mais à soi fondant ce que ces deux isolent de vague et de brutal, l'Ode, dramatisée ou coupée savamment; ces scènes héroïques une ode à plusieurs voix.

Oui, le culte promis à des cérémonials, songez quel il peut être, réfléchissez ! simplement l'ancien ou de tous temps, que l'afflux, par exemple, de la symphonie récente des concerts a cru mettre dans l'ombre, au lieu que l'affranchir, installé mal sur les planches et l'y faire régner.

Chez Wagner, même, qu'un poëte, le plus superbement français, console de n'invoquer au long ici, je ne perçois, dans l'acception stricte, le théâtre (sans conteste on retrouvera plus, au point de vue dramatique, dans la Grèce ou Shakespeare), mais la vision légendaire qui suffit sous le voile des sonorités et s'y mêle ; ni sa partition du reste, comparée à du Beethoven ou du Bach, n'est, seulement, la musique. Quelque chose de spécial et complexe résulte : aux convergences des autres arts située, issue d'eux et les gouvernant, la Fiction ou Poésie.

Une œuvre du genre de celle qu'octroie en pleine sagesse et vigueur notre Théodore de Banville est littéraire dans l'essence, mais ne se replie pas toute au jeu du mental instrument par excellence, le livre ! Que l'acteur insinué dans l'évidence des attitudes prosodiques y adapte son verbe, et vienne parmi les repos de la somptuosité orchestrale qui traduirait les rares lignes en prose précédant de pierreries et de tissus, étalés mieux qu'au regard, chaque scène comme un décor ou un site certainement idéals, cela pour diviniser son

visível e sua interpretação, inicialmente ele se prestará a isso e ingenuamente por necessidade substitui tudo só porque falta tudo. Imagino que o motivo para se reunir, doravante, em vista de festas inscritas no programa humano, não será o teatro, limitado ou incapaz ele só de responder a muito sutis instintos, nem a música de resto demasiadamente fugaz para não decepcionar a multidão: mas em si fundindo o que esses dois isolam de vago e de brutal, a Ode, dramatizada ou recortada sabiamente; essas cenas heroicas uma ode para muitas vozes.

Sim, o culto prometido a cerimoniais, pensem que ele pode ser, reflitam! simplesmente o antigo ou de todo tempo, que o afluxo, por exemplo, da sinfonia recente dos concertos acreditou colocar na sombra, em vez de liberá-lo, instalado mal nos tablados e fazer com que aí reine.

Em Wagner, inclusive, que um poeta, o mais soberbamente francês, consola-me por não invocar longamente aqui, não percebo, na acepção estrita, o teatro (sem contestação encontrar-se-á mais, do ponto de vista dramático, na Grécia ou em Shakespeare), mas a visão lendária que é suficiente sob o véu das sonoridades e com elas se mistura; nem sua partitura de resto, comparada à de Beethoven ou de Bach, é, sozinha, a música. Algo de especial e de complexo produz-se: nas convergências das outras artes situada, saída delas e governando-as, a Ficção ou Poesia.

Uma obra do gênero daquela que outorga com plena sabedoria e vigor Théodore de Banville é literária na essência, mas não se dobra inteira ao jogo do mental instrumento por excelência, o livro! Que o ator insinuado na evidência das atitudes prosódicas a elas adapte seu verbo, e venha em meio aos repousos da suntuosidade orquestral que traduziria as raras linhas em prosa precedendo pedrarias e tecidos, mais bem apresentadas que ao olhar, cada cena como um décor ou

approche de personnage appelé à ne déjà que transparaître à travers le recul fait par l'amplitude ou la majesté du lieu ! j'affirme que, sujet le plus fier et comme un aboutissement à l'ère moderne, esthétique et industrielle, de tout le jet forcément par la Renaissance limité à la trouvaille technique ; et clair développement grandiose et persuasif ! cette récitation, car il faut bien en revenir au terme quand il s'agit de vers, charmera, instruira, malgré l'origine classique mais envolée en leur type des dieux (en sommes-nous plus loin, maintenant, en fait d'invention mythique ?) et par-dessus tout émerveillera le Peuple ; en tous cas rien de ce que l'on sait ne présente autant le caractère de texte pour des réjouissances ou fastes officiels dans le vieux goût et contemporain : comme l'Ouverture d'un Jubilé, notamment de celui au sens figuratif qui, pour conclure un cycle de l'Histoire, me semble exiger le ministère du Poëte.

um lugar certamente ideais, isso para divinizar seu tratamento de personagem chamado a já não transparecer senão através do distanciamento criado pela amplitude ou pela majestade do local! afirmo que, objeto o mais soberbo e como que uma culminação da era moderna, estética e industrial, com toda a força necessariamente pela Renascença limitado à descoberta técnica; e claro desenvolvimento grandioso e persuasivo! essa recitação, porque é preciso certamente voltar ao termo quando se trata de verso, encantará, instruirá, malgrado a origem clássica mas dissipada por seu tipo de deuses (estamos mais adiante, agora, em questão de invenção mítica?) e acima de tudo maravilhará o Povo; em todo o caso nada do que se sabe apresenta tanto o caráter de texto para regozijos ou fastos oficiais no antigo gosto e contemporâneo: tal como a Abertura de um Jubileu, notavelmente daquele no sentido figurativo que, para concluir um ciclo da História, parece-me exigir o ministério do Poeta.

Apêndice

Pierrô assassino de sua mulher

Paul Margueritte

Personagens:

> *Pierrô*
>
> *Um papa-defunto*

De uma casaca branca, decotada, plissada, com botões grandes, saem cabeça e mãos de uma brancura de gesso. A cabeça, olhos e lábios são acentuados, estes de vermelho, aqueles de preto: avivam-se, assim, o olhar do olho direito – o outro está fechado – e o riso que dobra um canto da boca. – Fronte ampliada por uma fita branca segurada por uma segunda – tradicional – em veludo preto. As mãos, também de gesso, e a ampla e ondulante manga termina em punhos apertados. Calças largas que deixam livre o peito do pé e os sapatos com fivelas prateadas.

N. B. – Pierrô parece falar? – Pura ficção – Pierrô é *mudo*, e este drama, de uma ponta à outra, como os seguintes, *mimético*.

A Paul Vidal [é dedicado]

[CORTINA]

[O quarto escuro, com seus tabiques sombrios de carvalho antigo; encostados à parede, aqui um baú, ali uma estante; uma cadeira à direita, uma mesa à esquerda, garrafas pelo chão, os gargalos quebrados. E, atraindo e prendendo o olhar, no fundo, ali adiante, um retrato de Colombina, uma cama. Cama e retrato na sombra, destacam-se com impressionante evidência e dão, apesar de coisas mortas, a impressão de *vida*. A Colombina em moldura dourada, opulenta, seios nus, ri com todos os dentes, *viva*; há retratos assim em Hoffmann. Quanto à cama, ela causa *inquietação* pelos panos de suas cortinas fechadas como nos cadafalsos, e avermelhadas. MÚSICA estranha e suave que dir-se-ia constituir a harmonia cantante de um tal interior: o riso da Colombina, a respiração da cama vermelha são por ela imaginariamente transmitidos. Passa-se um certo tempo. Uma porta movimenta-se: surge a carranca suarenta e sanguinolenta de um papa-defunto. Ele puxa Pierrô. Alto, flexível, vestido de branco, clássico, enfim, é Pierrô. Pierrô titubeia e mergulha no vazio, cada passo é um genuflexão: ele tem pernas de borracha; os braços, como asas, pendem abandonados. Seu desfalecimento é equívoco: é embriaguez? prostração? Ambos chegam assim, o enorme ser vivo e o espectral, a passos medidos, preto, branco.]

PIERRÔ

Eh!

[Ele cambaleia, curva-se, passa as pernas por uma cadeira e cai sentado, desfalecido. O papa-defunto golpeia-o nas mãos. Pierrô renasce.]

Ah! ali! veja! Colombina sorri, quão graciosa!

[Seu braço estendido aponta o retrato.]

Que olhos, que narizinho! que boca... Que desgraça! morta. E eis-nos aqui de volta do lugar em que a enterramos. Tu te lembras: a picareta, a pá, o buraco enorme, a terra que se joga.

[À frente de Pierrô e ao mesmo tempo que ele, o papa-defunto encena uma imitação da cena funerária.]

E as preces e os soluços. Morta! Morta! Ah! Nunca me conformarei com isso.

[Ele chora.]

Nunca!

[Desmaia, e mostra a deplorável silhueta de seu corpo, curvado em ângulo reto sobre a cadeira, pernas e braços rígidos.]

Vejamos! Vejamos! Tem que haver uma razão!

[Objeta o papa-defunto que enxuga, compadecido, os olhos de Pierrô. Como o fedor do lenço produz o efeito de sais, Pierrô irrita-se, espirra, atira o trapo no nariz do homem: sem deixar de apertar-lhe as mãos.]

Enfim! É verdade, é preciso resignar-se, ser um homem... Ah! Enfim! Criemos coragem. Que tal um copinho de conhaque?

[Com um movimento do boné, o papa-defunto assinala que concorda; Pierrô vai até o armário encher dois pequenos copos.]

À sua saúde! [diz o papa-defunto.]

Oh, não! À dela, à saúde da defunta!

[E cada um deles estende o seu copo em direção ao retrato.]

Bate aqui! É estranho, não é ruim, até que é bom esse conhaque!

[Pierrô, que manteve a garrafa na mão, estalando a língua, serve-se, sem parar, de pequenas doses.]

Bom! Muito bom, coisa fina, diabólica!

[O papa-defunto, tentado e inutilmente estendendo seu copo, ousa puxar, pela manga, Pierrô, que se irrita.]

Eh! O que é isso? Uma segunda dose de meu conhaque (do melhor, ainda por cima!), que ousadia... Seu bêbado! Ultrajar a morta e neste quarto, miserável! Saia... Saia de uma vez!

[O papa-defunto, não se rendendo suficientemente ligeiro às razões de Pierrô, é moído de pancadas e perseguido vergonhosamente a pontapés na bunda. Só, Pierrô explode de rir, longamente, convulsivamente. Mais calmo, abre a boca, prepara uma grande confissão, mas receoso, se detém. Entretanto, uma lenta manifestação do pensamento que o obceca faz com que seu rosto passe, em poucos segundos, por impressões de medo, de cólera, de tristeza, de espanto. O segredo, uma segunda vez, vem a seus lábios: que coisa terrível vai dizer Pierrô? Nada! Pois se detém uma vez mais e, fingido, dissimula.]

Tenho sono. Estou cansado. Vamos dormir. Tirar a roupa. Primeiro, meus sapatos...

[Levanta-se e pega o pé com a mão.]

Eh!

[Volta-se, brusco e assustado:]

Te agrada? Não! Ah! Ah! Imbecil, não tem nada.

[Levanta os ombros e pega o outro pé.]

Ah! Desta vez!

[Levanta-se, olha debaixo da cadeira, da mesa, da cama, abre-lhe as cortinas e recua diante da cama vazia, tomado de pânico.]

Lembro-me!

[Contempla fixamente o retrato e mostra-o com um dedo misterioso.]

Lembro-me... Fechemos as cortinas! Não tenho coragem...

[Caminha de costas e com seus braços, por detrás, sem olhar, puxa os panos. Seus lábios tremem e então uma força invisível arranca de Pierrô o segredo que sobe à boca. A MÚSICA para, ele escuta.]

É isso: Colombina, minha encantadora, minha mulher, a Colombina do retrato, dormia. Dormia, ali, na cama grande: eu a matei. Por quê?... Ah, foi isso. Ela surripiava meu ouro; meu melhor vinho, ela bebia; minhas costas, ela batia, e duramente; quanto à minha testa, ela a adornava. Cornudo, sim, ela me tornou, e às pencas, mas que importa isso? Eu a matei; porque isso me agradava, o que se pode dizer? Matá-la, sim... isso me agrada. Mas como vou fazer?

[Pois Pierrô, como um sonâmbulo, reproduz seu crime e, na sua alucinação, o *passado* torna-se o *presente*.]

Há a corda, certo? Aperta-se, craque!, está feito! Sim, mas a língua que pende, o rosto que fica horrível? Não. – A faca? Ou um sabre, um sabre grande? Zum! No coração... sim, mas o sangue corre, em ondas, jorra. – Eh! Diabo!... O veneno? Uma garrafinha de nada, engole-se e depois... sim! E depois as cólicas, as dores, as torturas. Ah! É horrível (e também ficaria evidente). Há certamente a espingarda. Bum! Mas bum! se ouviria. Nada, nenhuma solução.

[Caminha com ar grave e medita. Tropeça.]

Ai, como dói!

[Passa a mão no pé.]

Ui, como dói! É estranho! Ah! Ah! Não! Dá risos. Ah!

[Larga bruscamente o pé. Bate a mão na testa.]

Descobri!

[Dissimuladamente:]

Descobri! Vou fazer cócegas na minha mulher até que morra, é isso! Fazer cócegas bem delicadamente, é isso! É um grande achado. Ah! Sim, mas calma, suavemente; vejamos...

[Nas pontos dos pés, aproxima-se da cama vermelha e escuta.]

Ela dorme, ainda bem!

[Ele entreabre as cortinas e olha:]

Ela dorme profundamente – atenção!

[Puxa as cortinas ao longo do varão, mas as argolas, em vez de deslizar, rangem: Pierrô sobressalta-se.]

Uhm! É sério: suavemente! Suavem...

[As argolas rangem terrivelmente.]

Ah, que azar!

[E brutalmente, sem se importar com nada, abre as cortinas de um só golpe, e inclinado – à cabeceira da cama realmente vazia, mas onde *está* ela, onde está *ela* para *ele* – espia:]

Nada! Ela não se mexeu. Ainda dorme. Toma, amor, te dou um beijo! Mmm! Como é bela, dormindo: um rosto tão pequeno, olhos miúdos, um nariz grande como poucos, seios que se curvam, nádegas que se desenham..

[Aqui, Pierrô tendo, por um momento, se entregado a uma concupiscência retrospectiva, recompõe-se.]

Vamos! Primeiro as cordas.

[Ata os pés e as mãos de Colombina com uma corda imaginária.]

Para que não mexas nem as pernas nem os braços – depois uma mordaça.

[Enrola um lenço imaginário e tapa a boca da *ausente*.]

E agora,

[Levanta o lençol e introduz as mãos sob o cobertor que se agita.]

Mãos à obra! – Uma risadinha, dá uma risadinha; bom dia, Colombina...

[Joga-se todo na cama e, transformando-se, dá ao seu corpo a rigidez de um corpo amarrado. Agita freneticamente os pés coçados, livra-se da venda, torna-se Colombina, é Colombina. Ela se acorda.]

És tu, Pierrô, ah! ah! ah! tu me fazes cócegas, oh! oh! oh! acaba com isso! ah! ah! ah! Vou partir as cordas, oh! oh! oh! Tu me machucas! ah! ah! Tu me machucas!...

[Pierrô joga-se ao pé da cama e faz cócegas, sem falar, sem rir, uma cara patibular. De repente, para.]

Ouvi...

[Adianta-se, leva uma mão ao ouvido, a outra ao coração.]

Ouço... mas o quê? Meu coração bate. Forte! Mais forte! Mais forte!

[E sua mão marca os batimentos que crescem, e o olho, na órbita, esgazeado, aterrorizado, brilha.]

O barulho diminui. Meu coração bate. Menos forte! Menos forte! Pausadamente. Aqui. Mais nada.

[Deixa cair as mãos.]

Foi só um susto. E, agora, façamos cócegas: Colombina, tu és quem pagarás por isso.

[E faz cócegas desvairadamente, faz cócegas furiosamente, faz cócegas sem tréguas, depois se joga na cama de Colombina. Ela (ele) se torce numa alegria horrível. Um dos braços se livra, livrando depois o outro, e esses dois braços, em desvario, amaldiçoam Pierrô. Ela (ele) explode num riso verdadeiro, estridente, mortal; e ergue o corpo até ficar sentada na cama; e quer se jogar da cama; e seus pés ainda dançam, coçados, torturados, epilépticos. É a agonia. Ela (ele) se levanta uma ou duas vezes – espasmo supremo! – abre a boca para uma última maldição, e cai para trás, fora da cama, cabeça e braços pendentes. Pierrô volta a ser Pierrô. Ao pé da cama, ele faz cócegas ainda, extenuado, ofegante, mas vitorioso. Espanta-se.]

Não! Mais nada! Não se mexe. Será que...? Morta! Sim, mas será mesmo? Vejamos, pois: o coração? Sem movimento. O pulso? Parado. Os olhos? Revirados. A língua? Pendente. Morta! Acabou. Vamos arrumar isso. Primeiro a cabeça, em cima do travesseiro: arrumemos a expressão.

[Sob os dedos sacrílegos de Pierrô, o rosto da morta torna-se, pouco a pouco, calmo e sorridente.]

Retiremos as cordas. Agora, ajeitar, desamassar a cama, pronto, mais nada, não se nota nada. Colombina, tal como há pouco, dorme, tão tranquilamente. Ai está!, nadinha, acabou.

[Fecha as cortinas da cama, dá meia volta. Piscando os olhos, entregue à pura alegria, um pálido sorriso na face lunar, esfrega as mãos, longamente.]

Morta! Bem morta, e não se notará nada, nada! O polícia, com seu enorme sabre e seus bigodes, se vier bater à porta, pam!, pam!, irei abrir. Ele me pega pelo colarinho. A mim? Oh, senhor polícia, veja: ela está aqui, morta na cama, bem tranquila: lavo minhas mãos, compreende? E a prisão, as algemas, os ferrolhos, não para mim, nada mais disso: morta na cama, não tenho nada com isso. E a guilhotina! Slam! O golpe de cutelo, minha cabeça que rola... Ah! De jeito nenhum. Não para mim. Ah! Ah! Ah!

[E Pierrô ri silenciosamente, longamente. Invade-o um torpor, que o imobiliza e o deixa petrificado: os olhos se fecham e a cabeça pende, afinal, enquanto os lábios de gesso conservam ainda o satisfeito, irônico sorriso. MÚSICA. Tem um sobressalto brusco, olha ao seu redor, estira-se.]

Ufa! Estou cansado, moído, tenho todo o direito de dormir, agora.

[Boceja.]

Nana, niná! O nenê nana!

[CANÇÃO de ninar.]

Tiremos a roupa.

[Senta-se.]

Meus sapatos...

[Mas, quando, tudo como antes, vai tirar os sapatos, vê, com espanto, depois com pavor, seu pé sacudido por uma dança involuntária, por uma trepidação de bêbado. A trepidação aumenta, toma conta do outro pé e da outra perna. Pierrô levanta-se e cambaleia. Nenhuma dúvida mais! As cócegas de Colombina, tal como um mal contagioso e vingativo, tomaram conta dele. Pierrô percorre o quarto, em todas as direções, na ponta dos pés erguidos. Os braços, longos como asas, golpeiam o ar, desvairados e trágicos:]

Parem, oh, por piedade, parem, meus pés...

[A trepidação para. Pierrô volta a se firmar nas plantas dos pés e, sombrio, toma uma decisão repentina.]

O que fazer? Ah! Beber! É esse o remédio, é o que é preciso.

[E faz mímicas, de maneira expressiva.]

Sim, um gole, dois goles, glup, bebamos, mais! Até cair no chão, sem enxergar mais, sem ouvir mais, bêbado, morto... Oh, não! Argh! Não quero.

[Mas a MÚSICA se precipita e, novamente, a atroz trepidação sacode descontroladamente os pés de Pierrô. Seus dentes batem.]

Oh, não! Isso, não mais! Não mais!

[Joga-se de joelhos diante do retrato que ainda sorri, implacável.]

Colombina, misericórdia, perdão, piedade! Prefiro beber, vou beber!

[Aproxima-se da mesa e coloca as garrafas sobre ela. Então, com uma grandeza de gesto antigo, invoca o soberano bem da embriaguez.]

Frascos, cheios de um vinho fino, eu vos beberei: fazei-me dormir, dai-me a embriaguez, o sonho, o aniquilamento, sede misericordiosos, frascos que eu imploro, que eu beijo...

[Bebe. MÚSICA preguiçosa e surda. Bebe a goles lentos.]

Uma!

[E joga a garrafa, vazia, por detrás das costas.]

O horrível vinho!

[Até a embriaguez se nega a Pierrô, o vinho dá-lhe náuseas.]

Bebamos!

[Pega uma segunda garrafa, desta vez de champanhe.]

Sim, essa será melhor.

[Entretanto, o vinho fez efeito, o olho de Pierrô se anima, seu rosto se ilumina: a MÚSICA também torna-se alegre. Cortou o arame e vai fazer saltar a rolha, mas se detém a tempo.]

Alto lá! Paciência! Engolir de uma vez só? Oh, não, degustemos.

[Olha para a garrafa com enternecimento e exclama:]

Eu a beberei cinco vezes, me apoderarei dela cinco vezes. Primeiro pelos olhos.

[Contempla-a, admira-a.]

Que cor bonita! Pelas mãos: quero acariciá-la como uma mão de mulher.

[Acaricia-a.]

Como é macia! O ouvido. Escutemos.

[Senta-se, leva a garrafa ao ouvido, depois coloca-a entre as pernas, admirado e extasiado:]

Sim, ela fala, ela canta.

[A MÚSICA torna-se errante.]

São sons de violino, sons de flauta, sons de piano! Agora é a vez do nariz.

[Cheira a garrafa, ainda sentado – o perfume o atrai, vertiginosamente –, a garrafa dança-lhe nas mãos e causa-lhe um espasmo que agita braços, cabeça e pernas, lascivamente, sendo interrompido por um desmaio.]

A língua, enfim, bebamos!

[E Pierrô faz saltar a rolha, lambe a espuma transbordante e bebe com volúpia.]

Ah! Como é bom! Desce até às veias, espalha-se, sobe ao cérebro, aquece, alegra! À tua saúde, Colombina.

[Faz um brinde irônico ao retrato, depois espia o leito conjugal com um ar lascivo.]

Ah! Ah! Veja, Colombina, eu te abraço, eu te tomo nos meus braços, eu...

[Pierrô fica triste. A borbulhante embriaguez do champanhe já começa a diminuir.]

Tenho frio, está sombrio, triste.

[A noite chega, a MÚSICA se torna séria.]

Brrr!

[Vai quebrar o gargalho da última garrafa na beirada da mesa.]

Bebamos, acabou.

[Bebe, ergue-se totalmente e cai como um bloco na cadeira. É noite total. Não se distingue mais que um Pierrô branco e vago. Levanta-se lentamente, um vela na mão e atravessa o quarto, indeciso, com gestos irrefletidos. Prepara-se para tirar a roupa, enfim, deitar-se, ir para a cama, quando um terror fixa-o no chão. É que, como o involuntário e onipotente Remorso alucina Pierrô, Pierrô pensa que vê e realmente vê que a CAMA, perdida na sombra, anima-se, ilumina-se como uma enorme lanterna, torna-se viva; e que as cortinas tenebrosas tornam-se púrpuras e pouco a pouco brilham e flamejam. Pierrô passa a mão na testa e muda a vela de mão. Mais nada. A cama volta às trevas novamente. Mas eis que, nova e maior angústia, é o retrato que, desta vez, se anima. De início, a moldura brilha, fosforescente, depois é Colombina que agora se ilumina: seu riso explode, rubro e branco. Ela *vive*, verdadeiramente *vive*, e ri para Pierrô... ela também ria quando Pierrô a matara... Então, diante do retrato, ele recua mecanicamente, a passos rígidos. Detém-se. Indigna-se. Estimula-se a ser corajoso. Será corajoso. Avança, os braços estendidos. Desliza, espectral, já morto, em direção à morta. Toca-a. A MÚSICA, ao apelo dilacerante de um gongo, torna-se desvairada. Pierrô bate os dentes; as mãos, inconscientemente, agarram-se à cama, pois a vela incendeia. A CAMA logo se ilumina e novamente torna-se púrpura. Pierrô, na rubra claridade, torce seu corpo tomado de loucura. Volta-se sobre si mesmo, três vezes: seus braços erram, seus dedos arranham o vazio. Eis que a antiga trepidação, que a horrível cócega sacode freneticamente o corpo, e que no soluço fúnebre e último de sua garganta, percebe-se o riso antigo, exatamente o riso dos estertores de Colombina... Brusco, então, aos pés de sua vítima pintada que ainda ri, de um só e grande golpe, de costas, os braços cruzados, o cadáver de Pierrô desaba.]

[CORTINA.]

Nota

1. Música de Paul Vidal.

[Traduzido do livro de Paul Margueritte e Victor Margueritte, *Nos trétaux*, Paris, Les Bibliophiles Fantaisistes/Dorbon Ainé, 1910: p. 97-122].

Notas de leitura

Rabiscado no teatro

Esta primeira crônica, com o mesmo título da coletânea, é composta de passagens retiradas das "Notas sobre o teatro" da *Revue indépendante*, n° 6, de abril de 1887 (parágrafos 1 a 12), e n° 9, de julho de 1887 (parágrafos 13 a 19).

O desespero em último lugar... – Marchal (1988, p. 216) assim resume o início desta crônica: "[...] o cronista exterioriza, em um diálogo imaginário entre a tentação mundana e a intransigência do Ideal, a dualidade de sua personagem, e dá a essa duplicação a divertida imagem de um casal de vaudeville, desse casal mal combinado, formado pelo poeta e seu Sonho, ou o poeta e sua Ideia, figurada sob os traços de uma 'refinada dama anormal'. Ora, a companheira do poeta, essa Ideia do teatro que vem exercer aqui o papel de má consciência do cronista logrado pela atualidade cênica, manifesta um evidente mau humor, não tanto por causa da nulidade dos espetáculos que lhe são propostos, quanto porque ela se vê, uma vez atraída, por seu turno, pela magia da cena, incapaz de sonhar outra coisa, como se houvesse algo de suficiente na própria mediocridade [...]."

em último lugar – *en dernier lieu*, no original: em última instância, como último recurso.

minha Ideia – "Ideia" é palavra central do léxico de M. e tem inevitáveis conexões com a Ideia platônica, mas está referida, em M., não a um reino transcendental de formas fixas e imutáveis que se contraporiam à multiplicidade e à mutabilidade do sensível, mas a qualidades sensoriais e relacionais do concreto que o poeta, graças à divindade puramente humana que carrega dentro de si, é capaz, através da linguagem, de extrair e ressaltar. Mais adiante, nesse mesmo texto, M. indica o que entende por Ideia ("Quando se isola para o olhar um signo da dispersa beleza geral..."). Mais informalmente, numa das famosas reuniões de terças-feiras em sua casa, tal como relatado por Henri de Regnier, M., assim descreve o conceito de Ideia: "Sim, há um além. Os séculos passados colocaram esse além [...] fora do homem [...]; depois, outro erro limitou o homem à sua vida. A verdade é que, para o homem, o além está nele mesmo, o além é o conhecimento do mundo. Há, na superfície da terra, uma aristocracia que tem esse conhecimento: são os heróis. O homem é o herói. À aquisição desse conhecimento chamo de literatura, seu verdadeiro nome seria a música, que consiste em perceber relações, recriar uma representação ordenada das coisas, elevar-se até à Ideia. Se há literatura, há idealismo" (apud MILLAN, p. 81). Nesse primeiro parágrafo, entretanto, sem fugir inteiramente dessa concepção, "Ideia" remete ao outro eu do poeta-crítico, ao seu duplo interior, à sua "alma", como ele próprio diz mais adiante.

nada disso!– *pas du tout!* , no original. Torneio frequente em M.: fazer uma afirmação para, em seguida, voltar atrás: "não é bem assim...", introduzindo, no discurso, uma outra voz, hesitante, dubitativa, contraditória. Nesse primeiro parágrafo, num fingido diálogo interior, o crítico descreve justamente sua atitude ambígua relativamente ao que se passa no palco. O movimento sintático ("nada disso!") reproduz, performática e iconicamente, o movimento afetivo de sentimentos cambiantes e contraditórios. A utilização desses marcadores de hesitação – às vezes, assinalado por um simples "não!" – introduz um fator de instabilidade num discurso aparentemente analítico, pouco suscetível, por definição, a esse tipo de manifestação.

é que – com o recuo assinalado por "nada disso!", a frase interrompe-se aqui.

se não o golpeia *seu* volteio – o volteio, a dança da Ideia, da alma do crítico-poeta: o volteio ideal, desejável; em última análise, se o que se passa no tablado, no palco, não corresponde à Ideia de teatro do crítico, de seu ideal ou, mais geralmente, à Ideia simplesmente. Nas palavras de Pearson (2004, p. 83), se não há condições, dada a natureza da encenação, para que a sua imaginação dance.

estendendo-me a renúncia ao voo – falando-me de sua desistência a fugir do teatro, à decisão de ir embora.

seu capricho – seu desejo.

temeria não poder sonhar outra coisa... – apesar de péssima qualidade, a peça em encenação ainda serve de distração ("nem sequer nos entediaríamos") e acabaria por impedir até os devaneios do poeta (ou de sua "alma").

ó minha alma – alusão, assinalada em nota do próprio M., mais adiante, a uma passagem do poema de Poe, "Ulalume": "*Here, once through an alley Titanic, / Of cypress, I roamed with my soul* – / *Of cypress, with Psyche, my soul.*" [Aqui, uma vez, por uma aleia titânica, / De cipreste, vaguei com minha alma – / De cipreste, com minha Psique, minha alma."]

nossa ideia – entre parênteses, o próprio M. explicita o significado de "nossa ideia", a "divindade presente no espírito do homem", não a imagem de algum suposto deus, mas a capacidade humana de sonho, criação, invenção, ficção.

refinada dama anormal – uma dama pouco refinada e normal não teria objeções a esse tipo de espetáculo.

pois não foi ela, certamente! – leia-se adiante, no parágrafo seguinte: "Mas uma habitual...".

"A coisa que queriam fazer?" – à pergunta do crítico formulada no parágrafo anterior e aqui ecoada, seu duplo limita-se a responder com um desinteressado e lacônico "não sei, ou sim..", completado, no parágrafo seguinte com "..Talvez isso.", numa resposta toda ela entrecortada por comentários do "narrador".

uma fingida curiosidade – justamente a que se expressa pela pergunta "A coisa que queriam fazer?".

não sei, ou sim.. – M. utilizava, para marcar a reticência, apenas dois pontos em vez dos três pontos habituais.

a pior tortura – inicia uma frase explicativa, mas M. omite a conjunção correspondente, o que lhe permite também economizar um verbo: "*pois* a pior tortura *é* não poder...".

abominar isso – a peça teatral.

reprimindo... – leia-se adiante: "reprimindo... um bocejo".

ou cujo horror ... – tal como em outros textos, M. utiliza, aqui, a conjunção alternativa "ou" de maneira bastante incomum, tornando a passagem de difícil leitura. Preliminarmente, deve-se entender que o "cujo" refere-se ao protesto que se expressa por um bocejo. Podemos ler aquilo que se segue ao "ou" como significando que esse protesto de horror não seria assim tão solitário pois seria mantido em suspensão, como se fosse um eco, pelos mil reflexos ("mil gritos", numa transposição do visual para o sonoro) do lustre. Quer dizer, "solitário *ou* nem tanto", "solitário *ou* talvez não", *pois* esse evidente ("radiante e visível") gesto de horror seria multiplicado pelos reflexos do lustre. Em outras palavras, "ou" tem, aqui, valor de conjunção adversativa ("mas").

o lustre... – o lustre é uma imagem recorrente em M. Para Scherer (1977, p. 65), é, sobretudo, "a complexidade das facetas proporcionadas pelos pingentes de vidro do lustre que alimenta a reflexão de Mallarmé. O lustre é um 'evocador múltiplo de motivos', o que é muito mais que um evocador de motivos múltiplos: cada um dos numerosos motivos é evocado múltiplas vezes pelas facetas que reenviam os raios em todas as direções; o lustre não é um resumo, é um multiplicador". O lustre é também símbolo do próprio teatro: "No teatro, [...] o lustre, diamante múltiplo e coletivo, condensará em si todo o sentido do espetáculo e toda a humanidade do público" (RICHARD, 1961, p. 189). Mas o escopo da imagem do lustre não se esgota nesses exemplos, como veremos ao longo da leitura dessas crônicas. Para um comentário mais completo a respeito, ver Richard, 1961, p. 368.

com um talento indiscutível... – a posição de M. a respeito das obras teatrais encenadas, que se expressa aqui através de sua "alma", é ambivalente. Todos os movimentos narrados foram, até aqui, de evidente dúvida, de hesitação entre ficar no teatro, apesar da encenação medíocre, ou ir embora. O texto todo, em sua também hesitante construção, *mostra* – para além do seu significado superficial – exatamente isso. As peças encenadas (M. está fazendo referência ao teatro em geral e não a uma peça específica) são de qualidade inferior, mas têm algo de atrativo, o que faz o cronista reconhecer nos seus autores algum "talento" e inclusive uma certa ousadia se eles estivessem conscientes de sua própria vacuidade ("inanidade").

elementos de medíocre – leia-se: "elementos próprios de pessoa medíocre".

o buraco magnífico – refere-se ao espaço enquadrado pelo palco e, por extensão, ao teatro em geral.

cada fim de tarde em que brilha o horizonte – alusão ao "drama solar", que se reproduz, cotidianamente, no momento em que o sol se põe, instalando a dúvida de nunca saber se a luz regressará. M. aproxima, aqui, o drama natural do drama teatral (o "buraco magnífico"), cujos momentos iniciais, aliás, coincidem. M. desenvolve sua visão do "drama solar" no livro *Les dieux antiques*, uma tradução extremamente livre da obra de George W. Cox, *A Manual of Mythology in the form of question and answer*. Em português, pode-se ler, a respeito do "drama solar", o livro de Lúcia Fabrini de Almeida, *O espelho interior*.

especial noção – particular, peculiar.

abertura de goela da Quimera... – "abertura de goela..." qualifica e reforça, como aposto, o "buraco magnífico...". É, tal como o "buraco magnífico", o próprio teatro (ideal), na sua qualidade de elemento de satisfação do desejo de devaneio (Quimera) de uma humanidade angustiada pelo drama solar, mas infelizmente pouco compreendido e frustrado pelos arranjos sociais, incluindo o teatro medíocre referido por M. No comentário de Marchal (p. 245): "Ora, no interregno histórico que afeta o teatro, bem como toda a cidade, a relação da sociedade com tudo o que pode despertar, na natureza ou na cena, o mistério do homem, é, para o solitário de Valvins, o de uma repressão pura e simples. A abertura teatral para o mistério humano, à qual M. empresta naturalmente a forma de uma goela aberta de quimera simbolicamente associada à agonia solar do sol poente, é mascarada ao olhar do público pela opacidade de um teatro que se transformou em simples divertimento [...]."

Coisa diferente parece inexata e com efeito o que dizer? – ao concordar com o comentário de sua "alma", feito no parágrafo anterior, o crítico parece, ao mesmo tempo, dispensá-la, continuando, agora "sozinho", sua tarefa analítica.

na ausência daquilo... – "aquilo" é o drama ou o poema ideal ("Visão") que, na concepção de M., não deve ser explicitado, mas apenas sugerido ("não há necessidade de falar").

placidez de uma tal personagem – a personagem em questão é o duplo do crítico ou ele próprio, como ele esclarece em seguida ("Nós", "Eu"). Placidez = complacência ao julgar o que se passa no palco.

o quê mais! – no original, "*qu'est-ce!*", geralmente empregado em conjunção com "*si*" ("*qu'est-ce, si*"). Comum em traduções do texto bíblico, indica resignação diante de algo consumado ou insofismável.

se tudo se amplia segundo... – "tudo" refere-se às contemporizações, à placidez, à contradição implicada em frequentar espetáculos reprováveis. O problema, aqui, para M., é a suposta obrigação de se avaliarem obras consagradas ou adaptadas, ou seja, de submeter o cânon à crítica. Em suma, como dissera um pouco antes, o problema está em trazer para o teatro contemporâneo (tradicional) sua capacidade crítica ("sua alma"). No parágrafo seguinte, M. dirá, positivamente, em que consiste a Crítica.

segundo o banal mal-entendido – M. utilizava a preposição "*selon*" ("segundo") com funções variadas e muito pessoais. Aqui talvez se pudesse ler "*selon*" como "por causa de", "à proporção de": "tudo se acentua por causa do mal-entendido".

A Crítica, na sua integridade... – a Crítica só se compara à Poesia quando trata diretamente dos fenômenos ou do universo. Apesar dessa qualidade ("a despeito disso"), agora reformulada como "instinto primordial" localizado no mais íntimo e recôndito de nosso ser, ela se contenta em tomar como objeto apenas uma representação daqueles fenômenos ("peça escrita no fólio do céu"), isto é, o teatro (mera mimese produzida pelo Homem, "com o gesto de suas paixões"). Mas se trata de um "céu humano".

à qual aportar – amostra da preferência de M. pelas formas não pessoais do verbo (infinitivo, particípio passado e presente), em vez das formas finitas, com omissão, às vezes, do verbo auxiliar, neste caso, "poder": "à qual poderia aportar". Na versão de 1886, o verbo está na terceira pessoa do singular do presente do indicativo: *apporte*.

também os fenômenos... – tal como a Poesia.

nossas dobras – o Si, a interioridade. Em *A dobra. Leibniz e o barroco*, Gilles Deleuze discute o conceito de dobra em M.

uma inquietação divina – a divindade que o Si abriga, mas uma divindade que não remete a qualquer deus, personificado ou não, mas à capacidade humana para a criação e a ficção.

Ao lado de cansativos erros... – M. "aprova" que a reportagem sobre as estreias tome o lugar da antiga crítica de rodapé, não deixando de apreciar também os relatos de bastidores (vislumbres de gaze e de nus). Melhor isso que a retórica pomposa da antiga crítica.

que se debatem – que *ainda* se debatem.

sem eloquência outra – em oposição à grandiloquência da antiga crítica.

unanimidade de mudos – a do público das estreias.

nadas de gaze ou de pele – nadas feitos de gaze ou de pele (a quase nudez das atrizes).

delícia a novidade apesar das repetições – delícia para o público ser informado, pela reportagem teatral, dessas intimidades, ainda que sejam sempre as mesmas coisas.

O paradoxo do escritor superior... – o paradoxo consiste em utilizar uma prosa criativa ("fugas e fermatas imaginativas") para destacar banais variações ("flutuações") na encenação de uma peça teatral, seja ela de qualidade superior ("de espírito") ou apenas popular ("de moda").

Assim quando a noite... – diante desse tipo de teatro, melhor ficar em casa, ao pé da lareira, cujo fogo evoca mitos ancestrais.

mandíbulas do monstro – a "abertura de goela da Quimera" anteriormente mencionada, isto é, o teatro, mas, neste caso, o teatro medíocre (não por acaso, a Quimera é agora "monstro").

se o antigo segredo... – leia-se adiante: "se o antigo segredo... evoca...". Este "se" é, aqui, causal ou explicativo e não condicional: leia-se "se... evoca" como "por evocar" ou "como evoca".

lareira – no original, *âtre*, em jogo de palavras com *théâtre*.

ali se retorce – na lareira.

um teatro ainda reduzido e minúsculo ao longe – o teatro ideal de M. O *âtre* evoca, para M., o *théâtre* de seus sonhos: *thé[âtre]*. Reduzido e minúsculo, distante. Ainda.

aqui é gala íntima – revelação!: o poeta-crítico preferiu ficar em casa e isso que ele escreve não foi realmente rabiscado *no teatro* (embora ele tenha sido, frequentemente, visto rabiscando no teatro).

Meditativo: – simula a rubrica (didascália) de uma peça de teatro.

Há...uma arte... – A "arte" é, obviamente, o teatro: "enunciar significa produzir". O parágrafo resume a estética de M.

Eu teria gostado... – i. e., "teria gostado de fazer isso em melhores circunstâncias", numa situação em que pudesse comentar exemplos reais dessa arte, em vez de dedicar-se a comentários sobre o que não existe ("ociosamente").

mais que pouco – desses "traços fundamentais". O balé, tal como a poesia, apenas sugere.

Quando se isola para o olhar um signo da dispersa beleza geral, flor, onda, nuvem e joia... – quando se separam esses objetos (não por acaso, alguns dos preferidos de M.) de sua manifestação material, momentânea, particular, para considerá-los em sua natureza de pura forma e índices, todos, de uma beleza única, a mesma em toda parte ("dispersa"). A oração que termina em "joia, etc." liga-se com a que começa, no final deste período, com "não parece a dançarina ... como apta", as orações intercaladas servindo para qualificar e precisar a ideia expressa naquela que inicia o período. Passagem notável por sintetizar a teoria estética de M. Pode-se aproximá-la dessa outra, de "Crise de verso", em *Divagações*: "Digo: uma flor! e, para além de todo olvido ao qual minha voz relega qualquer contorno, enquanto alguma coisa outra que não os cálices sabidos, musicalmente se ergue, ideia mesma e suave, a ausente de todos os buquês".

olhar – o substantivo, não o verbo.

se ... o meio exclusivo... – este período é um desdobramento do anterior. O condicional "se" é uma variante do temporal "quando". Pode-se ter acesso à beleza arquetípica pela justaposição de sua manifestação em objetos como a flor, etc., ao nosso Si, à nossa interioridade pura ("nossa nudez espiritual") a qual, signo que é da mesma beleza, percebe-a como "análoga", misturando-se, pois, numa "confusão rara" a essa forma "evanescente", fugidia.

seu aspecto – sua aparência, seu contorno.

a fim de que ela – ela = a "nossa nudez espiritual", o nosso espírito nu, o nosso Si, virgem.

ela o sinta análogo – analogia na forma, na Ideia (tal como aparece adiante: "rito...enunciado da Ideia").

a ele se adapte – refere-se a "signo".

confusão rara dela – "confusão" = fusão, coincidência, identidade; "dela" = "nossa nudez espiritual"; "rara", no original, *"exquise"*, no sentido de "preciosa", "especial".

rito, ali, enunciado da Ideia – a Ideia é justamente isso que se destaca, por meio da dança (balé) ou da linguagem (poesia) – rito, enunciado – da sua manifestação material, concreta.

não parece a dançarina... – aplica-se, aqui, à dançarina em particular o que fora antes descrito de forma mais geral: casamento (rito) de sujeito ("metade humanidade") e objeto ("metade o elemento em causa"), que constitui a expressão da Ideia.

na flutuação de devaneio – no vagar da imaginação, do pensamento. Observe-se a omissão do esperado artigo diante de "devaneio", torneio típico de M., assinalando um movimento em direção à abstração, à Ideia.

A operação... e o teatro. – na publicação original, Mallarmé havia escrito: *"Voilà la opération poétique par excellence d'où le theâtre"* ("Eis aí a operação poética por excelência da qual [resulta] o teatro"). Na versão final (a que lemos), dá-se uma condensação extrema. Desaparecem o verbo (imperativo de *voir*); e a preposição (*"là"*) contidos em *"voilà"*, que estabeleciam uma conexão explícita com o parágrafo anterior; a identidade entre a mencionada operação e a poesia que se expressa pela combinação substantivo-adjetivo transforma-se numa cláusula alternativa; e o fato de que o teatro procede dessa operação (*"d'où"*) expressa-se lacônica e elipticamente por um simples "e o teatro".

Imediatamente – sem mediação, diretamente, sem mimetizar os "acessórios terrestres", numa representação figurativa, em vez de realista ou mimética.

o balé resulta alegórico – quer dizer, "alusivo", "sugestivo", em vez de diretamente referencial. Aproxima-se da "representação figurativa" (ver adiante), em que o figurativo não é, aqui, sinônimo de realista, tal como veio a ser entendido, mais tarde, no domínio das artes visuais, mas justamente o contrário.

enlaçará tanto quanto animará... – o balé ou a bailarina reunirá ("enlaçará") as correlações, relações ou correspondências, até então existentes em estado apenas latente, entre os seus movimentos, gestos ("atitudes") e objetos ("caracteres") tais como os mencionados no início do parágrafo (flor, etc.) e lhes dará vida ("animará"), de modo que essa transposição figurativa, alusiva, desses objetos e também do próprio corpo da bailarina ("acessórios terrestres") fará com que sejam ressaltadas suas potencialidades estéticas, artísticas ("seu grau estético"), ou seja, a Ideia, operação que equivale a uma sagração, a um rito que serve como demonstração ("prova") da capacidade divina, inventiva da humanidade ("nossos tesouros").

correlações ou Música – além de sua significação corrente, "Música" tem um significado particular em M., justamente o que aparece aqui, o de correlação entre diferentes aspectos do real (no caso da presente passagem, entre diferentes aspectos do balé). Em "Crise de verso", M. é mais explícito: "[...] pois, não se trata de sonoridades elementares pelos metais, pelas cordas, pelas madeiras, inegavelmente mas da intelectual fala em seu apogeu que deve com plenitude e evidência, resultar, como o conjunto das relações existentes em tudo, a Música". Ou ainda, em carta dirigida a Edmond Gosse (10 de janeiro de 1893): "Faço da Música, e denomino assim não aquela que se pode extrair da aproximação eufônica das palavras, essa primeira condição é evidente [...]. Empreguem Música no sentido grego, no fundo significando Ideia ou ritmo entre relações; mais divina aí que em sua expressão pública ou sinfônica."

A ser deduzido... – inicialmente, observe-se que M. efetuou um deslocamento sintático de "para qual hímen". Deve-se ler: "no qual se situa a impessoalidade da dançarina, *para qual hímen* entre sua feminina aparência e um objeto mimetizado." Assim lido, "entre" não assinala um estado intermediário entre "feminina aparência" e "objeto mimetizado", mas uma relação entre as duas coisas, justamente uma relação de união, de casamento ("hímen"). (Não se deve descartar, entretanto, a leitura de "hímen" no sentido de "membrana", tal como faz Jacques Derrida no ensaio "La double séance" do livro *La dissémination*.). "A ser deduzido" indica que não está decidido, em princípio, com certeza, em que ponto preciso, filosoficamente, se situa a impessoalidade da bailarina, esse processo pelo qual ela se despersonaliza para se tornar Signo, Ideia, emblema. Seus próprios movimentos tornam essa decisão incerta. M. localiza esse ponto de indecisão nos movimentos da bailarina: em princípio ela parece fixá-lo, determiná-lo ("espeta-o com ponta segura, pousa-o"); depois ela o desconstrói, por assim dizer, "desfazendo nossa convicção", com suas piruetas que parecem apontar para um "outro motivo", levando o crítico a concluir pela natureza fictícia e fugaz de qualquer figuração ou forma de expressão da Ideia. Curiosamente, M. desloca a questão filosófica *sobre* a bailarina (exterior a ela, portanto) para o interior de sua performance. A questão é "respondida" não por especulação filosófica, mas, performaticamente, por aquilo que a bailarina *faz*.

ponto filosófico; espeta-o com ponta segura – no original, "*point philosophique*"; "*sûre pointe*", assinalando um possível jogo de palavras, reproduzido, com menos força, na tradução.

fictício ou momentâneo – passageiro e evanescente como toda forma finita. Liga-se ao final do parágrafo seguinte: "sem que nenhum momento mantenha qualquer realidade e sem que se passe, afinal de contas, nada."

Único princípio! – Leia-se "esse é o único princípio", ou seja, o que acaba de ser enunciado no parágrafo anterior e que é retomado no parágrafo presente. Ignorando-se as intercalações, a frase continua adiante: "Único princípio!... e nossa visão adamantina...".

e tal como resplandece o lustre – a comparação iniciada por "tal como" completa-se com "uma obra dramática mostra...". M. expõe aqui, em toda a sua extensão, a centralidade do lustre do teatro como materialização de um princípio estético: o lustre refletindo, como um diamante ("nossa visão adamantina", múltipla), todos os aspectos ("facetas") da realidade, sem fixar nenhum, tudo se resumindo, enfim, ao nada.

uma obra dramática mostra – leia-se "uma obra dramática *deve* mostrar". M. não faz, aqui, uma descrição do teatro existente, mas formula, em vez disso, um ideal estético. Trata-se de um "princípio" ou de uma "lei". Nessa obra dramática ideal dominaria o princípio da ficção poética ou literária, pelo qual seus aspectos realistas, exteriores, narrativos se anulariam ("sem que se passe, afinal de contas, nada"), no momento mesmo em que se desenrolam, para se revelar como pura Ideia.

O velho Melodrama que ocupa a cena... – M. aprova, de alguma maneira, o "velho melodrama", assim como a Dança (balé), mas desde que sob o controle do poeta!

a perpétua suspensão de uma lágrima – leia-se: "uma lágrima perpetuamente suspensa". Torneio típico de M.: trocar um adjetivo pelo substantivo (neste caso, "suspensa" por "suspensão") correspondente, com troca de posição. A compassiva lágrima que ameaça se formar nos olhos dos espectadores, comovidos pelo melodramático enredo, é vista, por M., como reflexo daquela que é constituída pela forma prismática das peças de cristal do lustre.

mil olhares – é comum, em M., o emprego do numeral "mil" para referir-se à multidão e, mais especificamente, como nesse caso, ao público do teatro.

ora – tem, aqui, valor adversativo: "mas", "porém".

um ambíguo sorriso descerra os lábios – o melodrama convida à lágrima, mas o acompanhamento musical permite que o espectador se distancie da representação real, banal, ensaiando um sorriso, e permitindo uma atenuação do aspecto melodramático.

zombarias nas primas ou na flauta recusando... – para além da gravidade da trama melodramática, a música tem o seu próprio peso ("dor enfática"), mas que é igualmente atenuado pelos seus aspectos mais leves, proporcionando algum alívio ("fissuras de esperança e luz do dia").

advertência ainda que... – a música serve como advertência quanto ao caráter banal e realista do drama encenado, mas ela faz uma pausa ("maldosamente ela se interrompa"); ao crítico resta esperar que ela volte ou seguir acompanhando a trama melodramática ("ao longo do labirinto da angústia que a arte conduz").

ao longo do labirinto da angústia que a arte conduz – a arte é, aqui, ao mesmo tempo, o labirinto, e o fio (o "fio divinatório" do período seguinte) que permite a saída do labirinto (da angústia provocada pelo melodrama). Daí a utilização ambígua de "conduzir" que se pode ler também no sentido de "puxar". No comentário de Marchal, p. 231: "A virtude exemplar do melodrama é, com efeito, a de manter, ao lado da angústia que provoca, um fio imperceptível de zombaria, que impede que o espectador seja enganado por aquilo que não passa de falsa aparência. Ao oferecer ao público, ao mesmo tempo que a angústia do labirinto, também o fio de Ariadne da ironia, o melodrama inventa, em suma, o distanciamento inteiramente moderno."

verdadeiramente não para me acabrunhar... – uma vez que está na lamentável situação de alguém que veio a um local de festa e se vê frente a um banal melodrama ("a minha sorte"), o poeta-crítico resolve, pois, entrar no jogo, não para se entristecer com os acidentes da trama, mas para, misturando-se ao povo e com o auxílio da música ("alguma fonte melódica ingênua"), encontrar algum alívio para a angústia que constitui a Paixão do Homem.

no santo da Paixão do Homem... – "santo" é forma abreviada de "santo dos santos": no Templo de Salomão, separada por um véu, sala em que ficava guardada a Arca da Aliança e, por extensão, a morada terrena de Deus. É possível interpretar o palco e, mais geralmente, o teatro, como o local em que se desenrola o drama da Paixão do Homem. Mas a sala ideal é, para M., a mental: "Santo dos Santos, mas mental..." (em "Richard Wagner. Devaneio de um poeta francês", *Divagações*).

Paixão do Homem – a Paixão do Homem é, em M., a versão secular da Paixão de Cristo.

ela enreda e rompe ou conduz um fio divinatório... – como já vimos, a Música e, mais geralmente, a Arte, faz o papel de fio de Ariadne, que permite a saída do labirinto da angústia.

dispõe do interesse – controla o interesse.

ele esclareceria os compositores pródigos com o acaso... – esse emprego da Música poderia servir de modelo para os compositores que se deixam levar pelo simples acaso, sem o domínio consciente dos meios de sua arte ("sem o sentido exato de sua sonoridade"). Falta-lhes o "fio de Ariadne", o "fio divinatório". M. opõe aqui uma arte espontânea, submetida à contingência e ao acaso, a uma arte que se rege pela necessidade, e que é mestra de seus instrumentos e possibilidades. Isso vale, evidentemente, também, ou sobretudo, para a Poesia. Expressa-se aqui o discípulo de Edgar Allan Poe.

Nenhuma inspiração – alusão às estéticas que privilegiam a simples inspiração em detrimento do domínio consciente e aplicado dos meios artísticos.

humilde e profunda lei – a que ele vinha enunciando e reafirmará no que segue.

inscritos por ninguém – são impessoais.

um antes de todos os outros! – "um axioma", cujo enunciado se segue: "que cada situação insolúvel [...] reflui, dissimula, e sempre contém o riso sagrado que o descerrará". Tensão e distensão, antes enunciada em termos de "lágrima" e "sorriso".

descerrará – solucionará, aliviando a tensão.

supondo que o drama fosse outra coisa que dissimulação ou armadilha para nossa irreflexão... – se o drama não fosse ficção para nosso devaneio ("irreflexão").

O fúnebre pano de sua imaginação... – o "fúnebre pano" é o da cortina (negra) do teatro, mas aqui aplicada, metaforicamente, ao "pano" que cobre a imaginação de dramaturgos medíocres tais como Joseph Bouchardy. Mas esse "pano" não se torna negro o suficiente para fazer com que se ignore que o enigma que se desenrola no palco deve-se a uma alternância entre tensão e distensão, entre problema e solução, resolvida pela consciência do espectador, modulada pelo acompanhamento musical.

Bourchardy – Joseph Bouchardy (1810-1870), autor de melodramas populares.

depositário do Mistério – *dispensateur du Mystère*, no original. M. utiliza, aqui, uma nomenclatura bíblica, tal como aparece, por exemplo, na primeira Epístola de Paulo aos Coríntios, na tradução de João Ferreira de Almeida: "Que os homens nos considerem, pois, como ministros de Cristo, e despenseiros dos mistérios de Deus." (4:1). Em outras traduções, utiliza-se "administradores" ou "depositários" em vez de "despenseiros". Optei, aqui, por "depositário". Na religião secular de M., trata-se, evidentemente, não do Mistério de Deus, mas do Mistério do Homem, ou seja, sua capacidade de invenção, de criação, de simbolização, de que a Música, e a Poesia (e o Poeta, como seu sacerdote) são os fiéis depositários.

A ocasião de nada dizer não se apresenta... – o poeta crítico não tem mais como não escrever sobre o teatro contemporâneo, após ter se comprometido com seu amigo Édouard Dujardin a fazê-lo, para a *Revue indépendante*.

não alego – leia-se adiante: "não alego... queixas discretas! o ano nulo", isto é, não apresenta escusas menores, entre elas a do ano vazio em matéria de teatro.

a falta prévia – o que é prévia é a "vista d'olhos". Leia-se: "a falta de uma vista d'olhos prévia". Se o presente estudo e os outros se mostram vazios é porque o crítico, agora arrependido, calculou mal, ao aceitar o convite de Dujardin, a incompatibilidade existente entre as suas visões estéticas e o teatro contemporâneo.

Você vai ao teatro? – a resposta "não, quase nunca", interposta a essa pergunta por pessoas comuns, mas de um certo nível intelectual ("de raça"), seria tranquila, pois seus sonhos se concentram na existência. Mas não para o poeta elevado ao papel de crítico que, apesar do desinteresse pelo teatro contemporâneo, tem que preencher com alguma coisa o espaço que lhe foi reservado na revista.

não gritasse isso – isto é, que ele tampouco frequenta o teatro.

Então por que... – leia-se "então por que insisto nisso?".

Por quê! .... de supremos e intempestivos princípios." – M. expõe aqui, sem meias palavras, o desconforto de sua posição (lembre-se que esta passagem é parte da última de uma série de crônicas que ele escreveu sob encomenda para a *Revue indépendante*): escrevendo contra a vontade, faz de conta que faz crítica teatral, enquanto escapam-lhe os nexos reais ("um nexo...foge") que lhe permitiriam um outro tipo de crítica e um sentimento de pudor impede que exponha seus princípios estéticos e artísticos. Na verdade, o que M. mais faz nessa série de crônicas é justamente expor esses princípios.

demônio da Perversidade – possível alusão ao conto de Poe, *The Imp of Perverse*, traduzido por Baudelaire como *Le Démon de la Perversité*. A expressão *"The Imp of Perverse"*, que dá título ao conto, é uma explicação para a tendência a fazer a coisa errada em determinada situação. A ideia é a de que esse tipo de comportamento é devido a um *"imp"* (um pequeno demônio) que leva uma pessoa normalmente decente a fazer algo de mal. Roger Pearson (2004, p. 85) comenta que, tal como o assassino desse conto de Poe, que desnecessariamente confessa seu crime não descoberto, o poeta-crítico Mallarmé foi levado a "fazer o que não devia".

gratuita mediocridade – a das peças teatrais em cartaz.

exceto o atrativo talvez desconhecido... – M. continua ironizando a contraditória situação em que se colocou, ao qualificar de atrativo algo que impede o poeta, ao se envolver na presente tarefa, de se dedicar ao que realmente interessa ("toda visão que pudesse cintilar com pureza").

... riscar até certas palavras cuja [...] a vilania de utilizá-las fora de propósito. – a situação conflitiva em que se envolveu obriga-o a cortar palavras que lhe são caras ("única coisa a prolongar em mim a sobrevivência de um coração") para não utilizá-las com finalidades que lhe são estranhas.

O tolo tagarela... – M. coloca-se na posição do "tolo que tagarela", ainda que seu caso seja especial, por não mostrar inclinação pela prolixidade para nada exprimir. A ressalva não anula o ridículo da situação.

Nem sequer convém denunciar... – inútil qualquer denúncia, pois, embora a época contemporânea, democrática tenha despertado, na massa, a consciência de sua capacidade de julgamento, não preparou, concomitantemente, as condições necessárias que permitissem criar uma identidade ("identifiquem") entre o teatro e o seu público (a cena e a sala), isto é, que permitissem a existência de um teatro que fosse a realização do sonho que a multidão legitimamente carrega.

temível e onipotente Flagelo... – o do teatro contemporâneo.

a era desencadeou – leia-se adiante: "a era desencadeou... em um mundo a consciência". Deve-se também inserir mentalmente uma conjunção explicativa no começo dessa oração: "pois a era desencadeou". Na economia sintática de M., cabe ao leitor preencher mentalmente os elos que unem cláusulas que estão apenas justapostas, sem conjunções visíveis.

judicatura – poder de julgar; autonomia.

que identifiquem a cena e a sala – que coloquem o espetáculo e os espectadores em mútua sintonia.

Não é menos verdade que antes da celebração... – antes que venha a existir a arte ideal ("poemas") que agora pode estar se gestando na sala ("cúpula") de um teatro, ainda inexistente, não se sabendo, essa é a dúvida, se esse possível acontecimento futuro ("uma data") realmente surgirá ou não, dado o estado atual da arte.

foi preciso formidavelmente [...] a arte oficial que se pode também chamar de vulgar... – enquanto isso (identidade entre sala e cena) não ocorre, foi preciso instaurar, no vácuo que se formou entre o anseio por essa arte e o seu público, um arremedo que satisfizesse as exigências imediatas: a arte oficial, vulgar.

indiscutível, pronta a conter pelo véu basáltico... – indiscutível, autoritária, intransigente, característica reforçada pela imagem do "véu basáltico". Há na multidão um desejo fundamental de algo diferente, ainda que ela mal se dê conta dessa divindade contida no fundo de si mesma. M. descreve essa percepção frágil que a multidão tem de sua própria divindade como "imagética bruta". Essa "imagética" alude, possivelmente, à escultura, isto é, a multidão percebe a sua divindade como uma escultura mal formada, fazendo par com o "véu basáltico" que cobre o seu impulso.

Máquina acreditada provisória para o fortalecimento de quê! – trata-se de uma pergunta (retórica). A "máquina" é a do teatro oficial, vulgar, montada pelo Estado, supostamente de forma provisória, para o fortalecimento de alguma outra coisa que não o espírito ou o sonho da multidão. É possível que esteja implícita, na crítica aqui feita por M., alguma posição política da época relativamente ao teatro ("provisório", visando o "fortalecimento" de...).

instituição em vez disso vacante e durável – é a resposta de M. para sua própria pergunta (ou algum argumento político da época): o teatro oficial é inútil e bem estabelecido.

me convencendo por sua oportunidade – entenda-se: M. está convencido de que se trata de puro oportunismo. M. recorre, aqui, ao sentido etimológico de "oportunidade" ("facilidade", "conveniência").

fez-se apelo a todos os cultos artificiais e chavões – explicita o oportunismo da promoção do teatro oficial.

salões anuais de Pintura e de Escultura – alude ao "Salão de Paris", exposição oficial da Academia de Belas Artes de Paris, realizada anualmente, de 1725 a 1881. Passou a ser criticado, a partir de meados do século XIX, por seu oficialismo.

Falsificando – refere-se, obviamente, ao teatro oficial.

ao mesmo tempo – o que é falsificado ao mesmo tempo é o "jorro delicado e virgem" (o jorro criador) e a clarividência da multidão (ver adiante).

tal como um refugo pelo criador – como se fosse um refugo por parte do criador, numa alusão às peças deixadas de lado por um artista por considerá-las imperfeitas.

uma gêmea clarividência do simples – uma correspondente (relativamente ao jorro criador) clarividência por parte da multidão ("simples"). É conhecida a ambiguidade de M. relativamente ao público, à multidão. Ao mesmo tempo que descreve, tal como em algumas crônicas desta mesma coletânea, o público como fútil e superficial, M., em consonância com sua crença na "divindade" que cada homem carrega dentro de si, vê na multidão alguma espécie de lucidez. Embora não mencionado diretamente aqui, é o lustre que figura essa lucidez: "o lustre, na sala, representou, por suas múltiplos facetas, uma lucidez no público, relativamente ao que se veio fazer" (cf. o texto "Prazer sagrado", da seção "Ofícios" de *Divagações*).

que, talvez, tivessem ainda que se pôr de acordo – isto é, o jorro criador e a clarividência da multidão.

Heroicos, que seja! artistas deste dia – leia-se: "heroicos... artistas". Nesse final, M. dirige-se aos artistas (poetas, dramaturgos) contemporâneos. É com certa hesitação ("que seja!") que os qualifica de "heroicos".

em vez de pintar uma solidão de claustro... – um tanto contraditoriamente, em vista de sua própria preferência pela leitura ao pé do fogo, M. faz um apelo aos artistas contemporâneos para que saiam de sua solidão e se dediquem à construção do monumento do teatro, cujo estado atual (deplorável) é um indicador comparável ao déficit criativo ("blocos de abstenção") de outras épocas, que se destacam exatamente por essa falta ("vestígio negativo"). A série de metáforas do domínio da escultura ou da edificação ("ídolo", "mãos à obra", "blocos", "solo") junta-se àquelas utilizadas um pouco antes: "véu basáltico", "imagética bruta". Observe-se a antinomia presente na combinação de "sobrecarregar" e "vestígio negativo" (ou seja, sobrecarregar o solo com algo que não existe), além do oximoro de que se reveste essa última expressão, reforçada, ademais, por "considerável". A aparente contradição de M., ao fazer esse apelo aos artistas contemporâneos, reflete a sua própria ambiguidade, presente ao longo de todo o texto, frente à tarefa a que se propôs quando aceitou o convite de seu amigo Dujardin.

Hamlet

"Hamlet" retoma a primeira parte da primeira crônica da série das "Notas sobre o teatro" escritas para a *Revue indépendante*, n° 1, de novembro de 1886.

Na "Bibliografia", posta ao final de *Divagações*, Mallarmé menciona uma breve crônica, de apenas dois parágrafos, publicada na *Revue Blanche*, n° 75, 15 de julho de 1896, sob o título "*Hamlet et Fortinbras*". Após afirmar que sua inclusão no artigo sobre Hamlet acabaria por deformá-lo, mas que, transcrita à margem, ela a completaria, ele a transcreve na íntegra: "Um empresário [de teatro], numa província ligada à minha adolescência, epigrafava [num cartaz] HAMLET, que ele encenou, com o subtítulo *ou o DISTRAÍDO*: esse homem com um gosto francês lindamente, pretendia, suponho, preparar, assim, o público para a singularidade que Hamlet, único, conta; e ao dele aproximar-se, cada um se apaga, sucumbe, desaparece. A peça, um ponto culminante do teatro, é, na obra de Shakespeare, transitória entre a velha ação múltipla e o Monólogo ou drama com o Si, futuro. O herói, – todos [os outros meros] comparsas: ele passeia, não mais [que isso], lendo no livro de si mesmo, elevado e vivo Signo [da Paixão do Homem]; nega com o olhar os outros. Ele não se contentará em exprimir a solidão, em meio às pessoas, de quem pensa: ele mata indiferentemente [distraidamente,

Polônio, no caso] ou, ao menos, morre-se. A negra presença do duvidador causa esse veneno, de que morrem todos os personagens: sem que ele sequer contudo se dê ao trabalho de trespassá-los, através da tapeçaria. Colocado então, certamente, como contraste com o hesitante, Fortinbras, como um general; mas sem mais valor [que os outros] e se a morte, frasco [de veneno], tanque de nenúfares e florete, desencadeia seu aparato variado, onde alguém excepcional veste aqui a sóbria libré, é de importância, como final e última palavra, quando o espectador se recobra, [o fato de] que esse suntuoso e estagnado exagero de assassinato, cuja ideia permanece a lição[da peça, *Hamlet*], em torno de Quem se torna só – por assim dizer escorre [o exagero de assassinato] vulgarmente por entre uma passagem de exército que esvazia a cena com esse meio de destruição ativa [a guerra], ao alcance de todos e ordinário, em meio ao tambor e às trombetas."

"*Hamlet, Prince de Danemark* ("*drama en cinq actes en vers*"), por Alexandre Dumas e Paul Meurice, originalmente representado no Théâtre Historique e, depois, reformulado, pela Comédie Française para uma primeira apresentação em 28 de setembro de 1886, foi o tema do primeiro artigo de Mallarmé para a *Revue indépendante* (PEARSON, 2004, p. 68). O papel de Hamlet era interpretado, conforme nota do próprio Mallarmé, por Jean Sully Mounet (1841-1916), conhecido simplesmente como Mounet-Sully.

Longe de tudo... – leia-se: "Longe de tudo, a Natureza, no outono, prepara seu Teatro, sublime e puro, para iluminar, na solidão, significativos prestígios, *esperando* [enquanto espera] que o único olhar lúcido capaz de penetrar o seu sentido (notório, o destino do homem), um Poeta, seja convocado a prazeres e a preocupações medíocres." Supostamente o poeta ainda não deixou seu refúgio estival, apenas prepara-se para deixá-lo. No próximo parágrafo, a narrativa desloca-se, já no início, para a cidade ("Eis-me aqui"). O pano de fundo desse parágrafo inicial é, claramente, o drama solar, o "Teatro" da "Natureza". O poeta celebra os ciclos e ritmos da natureza (os "significativos prestígios") e lamenta ter que deixar, com o fim do verão e o começo do outono, as florestas de Valvins, à beira do Sena, onde tem seu refúgio de verão, para voltar à cidade e frequentar o teatro propriamente dito (ou, ao menos, tomar conhecimento do que se passa na cena teatral parisiense, para cumprir, a contragosto, sua autoimposta tarefa de crítico), com "seus prazeres" e suas "preocupações medíocres". O "drama solar" é um tema central do pensamento de M. Fundamentalmente, a expressão descreve a suposta angústia que se instala, desde tempos ancestrais, na humanidade, pela incerteza de não saber se o sol que desaparece no fim de tarde voltará ou não na manhã seguinte. A "tragédia solar" é causa e, ao mesmo tempo, reflexo, da tragédia, da Paixão do Homem. Por outro lado, aos ritmos e ciclos da natureza contrapõem-se os ritmos e ciclos da cidade, da sociedade. O conceito de drama ou tragédia solar provém de uma obra sobre mitologia do inglês George W. Cox, *A Manual of Mythology in the Form of Question and Answer*, que M. traduziu muito livremente e a que deu o título de *Les dieux antiques*.

na solidão – a natureza, sozinha, na ausência do poeta e de outros veranistas.

amargura folha-morta – construção incomum (substantivo em função de adjetivo). A amargura, a tristeza associada às folhas mortas do outono; cf. "A glória", poema em prosa de *Divagações*, penúltimo parágrafo, "*...d'amers et lumineux sanglots*" ("de amargos e luminosos gemidos"), em que "*sanglots*" está no lugar de folhas. Trata-se claramente de uma *doce* amargura.

banais Fins de Tarde – de sessões teatrais, de antemão desqualificadas pelo crítico, já saudoso dos fins de tarde mais genuínos passados no campo.

vestir o traje... – o traje comum, do homem da cidade.

um mal-estar – o da divergência entre o ideal e as aspirações do crítico e a realidade teatral contemporânea.

em razão de certas leis – os princípios associados ao teatro ideal de M. e não seguidos pelo teatro contemporâneo.

que não é mais ou ainda não a hora extraordinária. – que o tempo do teatro ideal (o de Shakespeare ou de Racine, etc.) já passou ou ainda não chegou.

E contudo – o segmento citado é do poema "Hamlet", do livro de Banville, *Les Caprices*.

O adolescente de nós desaparecido... – a preferência de M. por tipos impessoais, universais, em oposição a personagens realistas, pessoais, particulares, é o correlativo da sua noção de Ideia. É assim que ele vê Hamlet: como emblema. Nesse caso, como tipificando a adolescência e a crise que a acompanha ("esse personagem único de uma tragédia íntima e oculta... aparentada à angústia."). M. identificava a figura emblemática de Hamlet com a do poeta em geral e, em particular, com ele próprio. No comentário de Lamont (1964, p. 87): "Para Mallarmé, Hamlet é o herói por excelência, o protótipo do intelectual moderno, e mais perfeita encarnação em cena – tanto na cena viva do teatro quanto na cena superior da mente e da imaginação. É o indivíduo que combina em si mesmo os atributos do poeta, do mágico, do alquimista, do regente, do dançarino, do *clown*, do dândi, e do supremo sacerdote" (p. 87).

espíritos elevados ou pensativos – provavelmente os poetas, tal como o próprio M.

pelo luto que gosta de vestir – literalmente, pela roupa preta que Hamlet veste em sinal de luto pela morte do pai e por seu aspecto sombrio, mas também, figurativamente, pela angústia que carrega.

mal de surgir – mal psíquico de ser, de existir, de se afirmar.

Sou grato aos acasos – leia-se adiante: "Sou grato aos acasos... que me apresentam...".

contemplador desencaminhado... – M. volta a lamentar-se por ter sido obrigado a deixar o teatro da natureza ("de nuvens e da verdade") para voltar ao teatro real ("alguma cena humana").

tema inicial de conversação – i. e., da "conversação" que manterá com os leitores ao longo da série de críticas teatrais que aceitou escrever para a *Revue indépendante*, a convite de Dujardin.

quando teria sido possível – se a peça fosse outra que não *Hamlet*.

ofuscar facilmente olhos – apagar os efeitos da visão proporcionada pela natureza ("horizonte púrpura...") em seu retiro campestre, enganando-o com uma peça qualquer, inferior. Em outras palavras, não era necessário um *Hamlet* para fazê-lo esquecer do espetáculo da Natureza.

horizonte púrpura... e sempre ouro – cores cambiantes do céu proporcionadas pelo espetáculo do sol poente.

O comércio... – a interação, a comunicação, a comunhão.

encarnação brutal – interpretação teatral grosseira, outra que não a de *Hamlet*.

ocupe, em seu guarda-vento de glória, meu lugar cedo renunciado – leia-se: "ocupe meu lugar cedo renunciado em seu guarda-vento de glória". O pronome possessivo refere-se a "céus", anteriormente mencionado, com sua abóbada vista como um guarda-vento ("glorioso"). É metáfora para a natureza, o campo. É uma sorte que o lugar que teve que abandonar extemporaneamente ("cedo renunciado") seja ocupado por Hamlet e não por um personagem inferior.

meu lugar – no campo, como ator no teatro da natureza.

holocausto de ano estendido a todos os tempos... – o holocausto (=rito) de ano, isto é, o outono que se inicia quando o poeta-crítico é obrigado a deixar o campo, estendido às épocas do ano em que ninguém estará lá para presenciar seu ritual ("para que a ninguém se justaponha a sua sagração vã"), quando o rito não coincidirá com a presença de ninguém. "Vã" porque ninguém o presenciará. Cf. "na solidão" do primeiro parágrafo.

senhor latente – *seigneur*, no original, no sentido de senhor feudal, nobre, príncipe. "Latente" porque incapaz de crescer, "debatendo-se sob o mal de surgir" (v. início do parágrafo).

juvenil sombra de todos – como o duplo – adolescente, indeciso, vacilante, angustiado, sombrio – de cada um. Remete ao "adolescente de nós desaparecido... e que assombrará os espíritos elevados... pelo luto que gosta de vestir" (v. início do parágrafo).

fazendo assim parte do mito – todos participando, assim, do mito.

Seu drama solitário! e que, por vezes... – leia-se adiante: "Seu drama solitário! e que, por vezes... parece...".

Seu drama solitário!... parece o próprio espetáculo pelo qual existem a ribalta assim como o espaço dourado quase moral que ela protege – as luzes da ribalta e o espaço que ela ilumina ("espaço dourado") parecem existir apenas em função desse "drama solitário", o de Hamlet. O qualificativo "moral" é, aqui, sinônimo de espiritual, conceitual. O espaço iluminado é metáfora para a ideia iluminadora que é explicitada a seguir: o antagonismo entre o sonho e as fatalidades da existência.

prolonga os seus circuitos com a suspensão de um ato inacabado – prolonga os seus passeios ("circuitos") pelo labirinto de "confusão" e de "queixumes" pela suspensão acarretada por sua incapacidade de escolher ("ato inacabado"), ou seja, prolonga os seus sofrimentos e as suas angústias.

outro tema – aquele que é explicitado após os dois pontos.

com o conceito – o conceito envolvido na peça, segundo a interpretação de M. e que ele veio desenvolvendo até aqui: o drama de Hamlet como emblema de um drama humano mais geral, universal.

O ator conduz este discurso. – o ator que interpreta Hamlet vai conduzir o cronista no desenvolvimento do argumento ("discurso") anunciado no parágrafo precedente.

Por ele – refere-se ao ator que interpreta Hamlet.

não sei qual malefício – possível alusão às divergências entre libretista, diretor, atores, a respeito de modificações no texto de Meurice e Dumas (cf. BENCHETTRIT, 1966; BAILEY, 1964).

a mania erudita de agora – a obsessão atual pela erudição, pelo detalhe histórico.

isso esteja datado, demasiado *precisamente* – isso (o cenário, o figurino) esteja demasiadamente marcado por uma data, uma época específica, a da Renascença, como será, em seguida, esclarecido.

espiritualmente abrumada por um nada de peles setentrionais – possivelmente o acréscimo de peças características de países europeus setentrionais, como a Dinamarca, ao vestuário da Renascença utilizado na encenação comentada por M., o que torna a atmosfera da peça, tal como a daqueles países, um tanto sombria.

recuo lendário primitivo – a lenda que ficou conhecida pelo nome de Hamlet remonta, como se sabe, a tempos imemoriais.

Hamlet, este – refere-se, evidentemente, à caracterização do personagem na encenação ora comentada.

tradicional quase nudez sombria um pouco à maneira de Goya – refere-se à roupa preta e exígua tradicionalmente vestida pelo ator que representa Hamlet.

segundo o único teatro de nosso espírito – para M., o teatro ideal, único, é o da mente, de modo que a encenação de uma peça como *Hamlet* torna-se dispensável ("ou a dispensa"), pouco importando ("com indiferença") como é encenada.

diminutos detalhes – aqueles sobre os quais vinha falando (cenário, figurino).

um modo de inteligência específico do próprio local parisiense – uma concepção teatral específica da *Comédie Française*, local da encenação comentada por M.

a linguagem filosófica – a alusão é demasiadamente vaga para se saber com precisão a que M. se refere, mas pode ser uma alusão à filosofia de Descartes, que tratou explicitamente da questão do erro e cujo *Discurso do método* M. sabidamente leu (cf. "Notes sur le langage", *Œuvres, I*, 1998, p. 869).

Théâtre-Français – refere-se à *Comédie Française*, nome pelo qual também é conhecido, e não ao "teatro francês".

Esse flagelo é impessoal – não se deve imputá-lo a nenhuma pessoa em particular.

tropa de elite – o grupo da *Comédie Française*.

Para o quê o talento não basta, rendendo-se... – o talento é secundário em comparação com certos princípios inflexíveis, que M. explicita adiante: que a história apague "tudo que não seja um herói imaginário, etc.".

Aqui Horácio... – a caracterização desse personagem está correta, isto é, de acordo com os tais "hábitos inveterados de compreender".

não que eu o vise – não que ele seja o meu foco (que é, obviamente, Hamlet).

mas Laertes... – a caracterização desse personagem foge aos princípios que M. vê como fundamentais, fazendo com que sejam trazidos ao primeiro plano detalhes secundários da peça ("viagens"), quando o importante é a natureza emblemática de Hamlet.

viagens, duplo luto lamentável – numa fórmula extremamente condensada, M. refere-se à ida de Laertes à França e o seu retorno, ao mesmo tempo que à morte de seu pai, Polônio, e de sua irmã, Ofélia ("duplo luto lamentável").

que importam – trata-se de uma pergunta.

As mais belas qualidades... – na versão da *Revue indépendante*, referiam-se explicitamente às do personagem Laertes.

um herói imaginário... – Hamlet, obviamente, misto de mito ("imaginário") e de criação intelectual ("meio misturado à abstração").

sua realidade – refere-se à realidade (características) do personagem Laertes.

isso – a centralidade do "herói imaginário", ou seja, Hamlet.

isso significa romper com sua realidade, como se fosse uma vaporosa tela, a ambiência que o emblemático Hamlet exala – em virtude da centralidade de Hamlet, um outro personagem qualquer, como Laertes, com suas características ("sua realidade"), atravessa o drama, cuja ambiência é inteiramente formada pela aura do herói central, de forma transparente, ou seja, sem imprimir uma marca própria.

emblemático Hamlet – o que realmente importa é o caráter emblemático de Hamlet, ou seja, Hamlet como emblema, como tipo.

Comparsas, devem sê-lo!... – os personagens (os atores) devem agir (ou atuar) como cúmplices, como emblemas, tipos, símbolos que são, na relação entre eles e, sobretudo, com o tipo central, Hamlet ("uma só figura"). Não passam de simples coadjuvantes ("comparsas") do herói.

Magistral, fulano... – a interpretação do ator ("fulano") que encarna Polônio agrada a M., mas é diferente da que ele guarda na lembrança, provavelmente a partir da leitura da peça de Shakespeare. O "ministro" é, obviamente, Polônio. Aparentemente, a versão de Dumas e Meurice apresenta um Polônio sem a gravidade que tem na peça de Shakespeare. Na versão da *Revue indépendante*, M. nomeia o ator aqui apenas mencionado como "fulano" (*un tel*, no original): trata-se de Edmond Got (1822-1901).

figura como que recortada... – é como o personagem Polônio lhe aparece na lembrança.

tapeçaria – o arrás (tapeçaria ornamental, cujo nome deriva da cidade de Arras, França, onde foi inventada) do quarto da rainha, mãe de Hamlet, atrás do qual Polônio escondera-se até que, descoberto por Hamlet, ocasião em que profere a exclamação "um Rato!", mais adiante referida por M., é por ele ferido de morte (em Shakespeare, trata-se de uma interrogação: "um Rato?", mas M. baseia-se na adaptação de Dumas e Meurice).

cadáver leve – o de Polônio. Curiosamente, na peça original, Hamlet, ao arrastá-lo para o quarto adjacente, qualifica-o como "pesado" ("*grave*", em inglês, "pesado", mas também "grave", "sério"). Pode-se especular que a "troca" efetuada por M. se deva a alguma possível discrepância entre a caracterização de Polônio no *Hamlet* original e a da versão de Dumas e Meurice.

Quem erra em torno de um tipo excepcional como Hamlet não é senão ele, Hamlet – outra maneira de expressar o que M. dissera um pouco antes: "tudo se move *segundo uma reciprocidade simbólica dos tipos entre si ou relativamente a uma só figura*".

perecerá ao primeiro passo na virilidade – possível alusão à aceitação, por parte de Hamlet, do duelo com Laertes, no final da peça, quando Hamlet é ferido de morte pela espada envenenada daquele.

afasta melancolicamente... – alusão ao momento em que Hamlet, deixando o quarto da mãe, após ter matado acidentalmente Polônio, arrasta-o para um quarto adjacente (ato 3, cena 4, no *Hamlet* original).

loquaz vacuidade – M. parafraseia o comentário de Hamlet a respeito de Polônio, enquanto arrasta o cadáver para o quarto adjacente.

que mais tarde ele arriscaria tornar-se por sua vez, se envelhecesse – isto é, se não morresse ainda jovem.

Ofélia, virgem infância objetivada... – M., tal como em outras passagens, utiliza o nome da personagem para se referir tanto a essa quanto ao ator ou à atriz que a interpreta. Nesse caso, "virgem infância objetivada" refere-se, obviamente, ao personagem, enquanto as afirmações restantes referem-se à atriz que a interpreta. A qualificação "virgem infância objetivada do lamentável herdeiro real" estende e amplifica as suas observações anteriores sobre o caráter emblemático de Hamlet: "reciprocidade simbólica dos tipos entre si ou relativamente a uma só figura"; e "quem erra em torno de um tipo excepcional como Hamlet não é senão ele, Hamlet". Pode-se também ler a passagem como a descrição de um Hamlet que vê refletida, em Ofélia, uma infância idealizada, fixa, imaculada ("virgem"), a infância que ele próprio hesita em abandonar, exteriorização ("infância objetivada") de seu passado, assim como Polônio o é de seu futuro ("o monte de loquaz vacuidade estendido que mais tarde ele arriscaria tornar-se por sua vez, se envelhecesse"). A atriz que interpretava Ofélia na encenação comentada por M. é por ele referida, na primeira versão dessa passagem, como "Mademoiselle Reichemberg" [Suzanne Reichemberg (1853-1924)].

em acordo com o espírito de conservatórios moderno – em acordo com o que era ensinado em escolas tais como o oficial *Conservatório nacional de música e de declamação*, do qual Suzanne Reichemberg foi aluna.

como a entendem as ingênuas – como a entendem as atrizes "ingênuas", ou seja, as atrizes que se especializam em representar o papel de jovens ingênuas. No teatro clássico francês, os papéis são classificados por categorias segundo o tipo exigido para um papel específico: "ingênua" é uma dessas categorias. Suzanne Reichemberg pertencia à categoria (*emploi*, em francês) das "ingênuas".

baladas – refere-se às baladas cantadas por Ofélia, em sua loucura, no ato 4, cena 5 do *Hamlet* original.

uma experiente entre as atrizes – Suzanne Reichemberg tinha 33 anos, uma Ofélia bastante madura, quando estreou a encenação de *Hamlet* comentada por M., tendo representado seu primeiro papel em 1868, com apenas 15 anos.

esses nomes – possivelmente os nomes de atrizes shakesperianas do passado.

O – não sei qual – o travessão após o artigo definido expressa graficamente a hesitação que vem a seguir ("não sei qual").

e de imagística de outrora – leia-se: "e *próprio* (característico) da imagística de outrora".

não sei qual apagamento sutil e esmaecido e de imagística de outrora – refere-se a encenações primitivas de Hamlet em que os cenários são quase inexistentes ("apagamento sutil e esmaecido") e os figurinos, pouco marcados.

que falta a mestres-artistas... – em contraste com as encenações despojadas de antigamente, as atuais são realistas ("fato tal como ele acontece, cristalino") e coladas à época em que são apresentadas ("absolutamente novo"), comentário que M. já havia feito antes, nesse mesmo texto.

impõe-no a esses viventes... – impõe, por sua perturbadora e sombria presença, aos outros atores, cuja interpretação eleva-os a uma importância indevida ("demasiadamente em evidência"), a sobriedade e o despojamento originais. Tal como antes, M. confunde propositadamente personagem e ator.

o ator, em torno do qual se molda... – M. reconhece que a versão francesa concede o devido lugar central, quase exclusivo, ao personagem de Hamlet.

repõe sozinho tudo no lugar... – M. volta a destacar o importante papel do ator que interpreta Hamlet, Mounet-Sully, em restabelecer a atmosfera da lenda, por ter se inspirado no texto original de Shakespeare.

Casa – o *Théâtre-Français*.

sobressalto – de emoção.

a nostalgia da prístina sabedoria inolvidável – a lembrança, a memória de um saber, um conhecimento primitivo, que sobrevive no ator que interpreta Hamlet. Ou no próprio personagem: como já se observou, em todas essas passagens, M. funde e confunde ator e personagem.

malgrado as aberrações... – as possíveis alterações causadas, pela tormenta, na peça que cobre a cabeça do ator-personagem servem de metáfora para as distorções que podem afetar aquela "prístina sabedoria" antes mencionada. À medida que Hamlet é figura emblemática do poeta em geral e seu ofício, as aberrações referem-se também às atribulações que afligem o artista.

Assim parece-me representada... – a dualidade mórbida é entre, de um lado, a loucura aparente de Hamlet, quando colocado frente ao dever de vingar o assassinato do pai ("flagelação contraditória do dever") e, de outro, a sua disposição a se recompor, quando contempla a imagem daquilo que ele foi, assim como a de Ofélia. Essas imagens são a "joia intata no desastre".

mas se fixa para dentro... – leia-se: "mas se fixa para dentro o olhar... *está* sempre pronto a se recompor".

tanto quanto uma Ofélia – leia-se: "tanto quanto *sobre uma imagem* de Ofélia".

o trágico – o ator trágico.

como soberano plástico e mental da arte – refere-se ao ator; e arte é a da interpretação.

tal como Hamlet existe pela hereditariedade... – o ator interpreta Hamlet tal como foi transmitido, pela tradição, à atual geração pensante.

após a angustiante véspera romântica – o período artístico e literário que antecede o de movimentos tal como o simbolista ao qual M. pertenceu.

era desejável... ver chegar até nós resumido... – o belo daimon resumido, sintetizado, no ator-personagem, é também o da figura do poeta, do artista e, em última análise, o do mistério do homem, de que Hamlet é o emblema.

em postura amanhã talvez incompreendida – M. duvida de que essa caracterização de Hamlet, que sintetiza também uma postura estética, seja compreendida no futuro.

está feito – agora está feito, isto é, realizou-se, afinal, com a caracterização do Hamlet feita por Mounet-Sully, aquilo que era desejável.

um ator lega... – leia-se adiante: "um ator lega... uma semelhança imortal".

uma semelhança imortal – uma caracterização imortal, algo muito próximo daquilo de que Hamlet é o emblema.

Balés

"Balés" retoma, com modificações e supressão dos cinco primeiros parágrafos, a segunda crônica escrita por M. para a *Révue indépendante*, nº 1, de 1º de dezembro de 1886, sob a rubrica "Notas sobre o teatro", dedicada ao comentário de dois balés, *Viviane* e *Les Deux Pigeons*.

La Cornalba – Elena Cornalba, primeira bailarina do Scala de Milão, discípula, tal como Virginia Zucchi (1849-1930), de Carlo Blasis, a quem se deve a elaboração do sistema técnico e didático da dança acadêmica (cf. LOMBARDI, 2007, p. 12).

La Cornalba me extasia... – normalmente, escrever-se-ia: "La Cornalba, que dança como despida, me extasia...", que é, em termos semânticos, equivalente à frase tal como escrita por M., mas não teria a mesma graça. A sintaxe quebrada, além disso, iconiza o movimento da dança que a frase explicitamente descreve, adquirindo, assim, uma mais-valia de sentido que vai além de seu significado explícito.

aparência de ajuda... – ajuda aparente. Trata-se de um torneio típico de M.: substantivar o adjetivo ("aparente"), apondo-lhe o substantivo ("ajuda") como complemento. Os aparatos (tutus, sapatilhas, etc.) da bailarina moderna visam facilitar seus movimentos ascendentes e descendentes. Nesse caso, entretanto, para M., a bailarina parece dispensar essa "falsa" ajuda, movimentando-se como se estivesse nua e dando a ilusão de pairar no ar, o que ele atribui a alguma espécie de dom próprio de sua nacionalidade ("pelo fato italiano"), que lhe permite manter uma tensão elástica, flexível ("medulosa").

Toda a lembrança, não! – M. se pergunta se, por falta de poesia, toda a lembrança do espetáculo se resume às impressões descritas no primeiro parágrafo e responde com um enfático "não!". Em típico mallarmismo, a partícula de negação, num gesto de arrependimento e recuo, é interposta antes mesmo que a cláusula negada se complete.

Éden – teatro da época, construído próximo ao Opéra, e inaugurado em 7 de janeiro de 1883.

frequentação de personagens... – de personagens caracterizados como tais ("com vestidos, trajes e palavras"), em oposição às bailarinas dos balés comentados na presente crônica.

o Amor movimenta-os e reúne-os... – veja-se nota abaixo (resumo do enredo do balé *Viviane*, que M. comenta no início da presente crônica).

Viviane – balé em cinco atos, libreto de Edmond Godinet (1828-1888), música de Raoul Pugno e Clément Lippacher, encenado pela primeira vez em 28 de outubro de 1886, no Teatro Éden, Paris. Conta a história de Mäel (interpretado por uma mulher, a bailarina De Sovino), cujo amor é disputado por duas rivais – Viviane, "a fada do amor e do sacrifício", interpretada pela dançarina Cornalba, e a Rainha Geniêvre, interpretada pela bailarina Laus. No início da história, Mäel aparece colhendo maçãs, na companhia de garotas, mas começa a mostrar algum interesse por armaduras de guerra. Enfeitiçado pela fada Viviane, ele encontra, entretanto, uma atração mais forte na espada que recebe de presente de Tristão e torna-se guerreiro na corte do Rei Artur, na qual se torna objeto de desejo da Rainha Genièvre. Viviane compete com a rainha, utilizando-se de seus poderes mágicos para trazer o inverno, quando contrariada e triste, e a primavera, quando suas esperanças de obter o amor de Mäel aumentam. Após a morte de Artur, Mäel ganha, em torneio com Tristão, o direito de esposar a rainha e, assim, tornar-se o novo rei. Mas a cerimônia de coroação é interrompida por suas alucinações, centradas no sangue derramado por Viviane quando ela interveio, no torneio com Tristão, para salvá-lo da derrota. Enquanto a Rainha aguarda que o novo rei se recomponha, para concluir a cerimônia de coroação, Viviane, apesar de acorrentada, surge dançando. Quando ela cai, exausta e triste pela aparente derrota amorosa, Mäel beija-a e ergue-a do chão. A fada do amor traça então um anel de fada (tal como tinha feito no ato I, ao seduzir Mäel), do qual se ergue uma sebe de espinheiro que os protege com sua floração [adaptado do resumo feito por PEARSON, 2004, p. 58, nota 5, com modificações].

a incoerente e elevada ausência de significação... – alusão à cena do balé, na qual Viviane aparece misteriosamente e Mäel pergunta quem ela é. O libreto indica: "Com um gesto, Viviane mostra o céu coberto de estrelas. E as estrelas escrevem no firmamento o nome de Viviane! É Viviane, a fada do amor!". Para M., as constelações, vistas como arranjos estruturados de pontos estelares, são como a poesia, a música e o balé, que não se prendem a qualquer função referencial ("a incoerente e elevada ausência de significação..."), ao contrário do uso ordinário da linguagem. A qualificação de "incoerente" é, aqui, positiva: é incoerente justamente por não portar qualquer valor referencial. Observe-se que toda a crítica de M. está dirigida à encenação e não ao libreto.

vai consentir em traçar a palavra VIVIANE – se as constelações não são portadoras de significação, a inscrição do nome da fada no céu estrelado é indevida e considerada uma intrusão apenas "consentida".

segundo algumas alfinetadas estelares em uma tela de fundo azul – trata-se, possivelmente, de uma descrição do cenário do balé em que aparece o nome da fada escrito por meio de estrelas ("alfinetadas estelares").

pois o corpo de balé... – o corpo de balé não formará, em torno da estrela, a dança das constelações, tal como M. a concebe, *ideal*, ou seja, como não significativa, como não referencial.

possível denominá-la melhor! – uma pergunta, obviamente.

Não! – reafirma a frase anterior: "o corpo de balé... não figurará...".

daí partiríamos... – se ocorresse o contrário, isto é, se o corpo de balé formasse a "dança ideal das constelações", iríamos, tal como desejável, diretamente para o "abismo de arte", para o devaneio, o sonho, o mistério.

A neve também... – a neve não é animada, como idealmente deveria, por movimentos adequados da dança.

ballabile – no balé, refere-se ao movimento de que participa a (quase) totalidade do corpo de balé.

nem o rebento vernal das florações – leia-se: "assim como também não revive o rebento vernal das florações".

sai do texto para se fixar... – M. lamenta que a poesia presente no texto se transforme, ao ser encenada, na movimentação de cenários sobrecarregados ("manobras de papelão") e na utilização de tecidos de cores ofuscantes que apenas contribuem para um estado de estagnação.

rubro – no original, "*lie*", "borra do vinho".

vi um círculo mágico... – refere-se ao "anel de fada", traçado pela fada Viviane: no ato I, para seduzir Mäel e, no final da peça, quando conquista o coração de Mäel, para protegê-los da hostilidade da Rainha. "Anel de fada" (*"fairy ring"*, em inglês; *"rond de sorcières"* ou *"cercle des fées"*, em francês) é o nome do fenômeno pelo qual uma colônia de certas espécies de cogumelo forma um círculo em meio à vegetação à medida que se desenvolve. Está associado a vários tipos de narrativas folclóricas. Essencialmente, acredita-se que o anel é formado pelo movimento da dança de fadas, que é por elas habitado e que entrar num desses anéis pode acarretar uma série de desgraças. Como se observa no resumo do libreto de *Viviane*, as fadas também podem usar esses anéis como proteção. Nessa passagem, M. está obviamente aludindo a esse tipo de ação por parte de Viviane. Ele lamenta que o círculo tenha sido desenhado de alguma outra maneira (talvez no papelão do cenário) que não por movimentos de dança ("volteio contínuo") ou por gestos circulares da personagem que interpreta a fada ("laços da própria fada").

Alguém alguma vez... – inicia uma pergunta (retórica), apesar da ausência do ponto de interrogação, assinalada, entretanto, em francês, pela inversão entre pronome e verbo (*"passa-t-il"*).

no caso sideral antes citado – da inscrição, por *estrelas*, do nome da fada no céu.

com mais heroísmo – com mais ousadia.

analogias solenes – analogias com o ritmo imposto pelo sol, com o "drama solar", o que teria sido, obviamente, desejável.

esta lei... – a primeira bailarina, emblemática, encarnando a Ideia, é uma síntese dos movimentos de cada um dos grupos de bailarinas e, reciprocamente, cada um dos movimentos dessas bailarinas são, individualmente, expressões daquilo que ela sintetiza (a Ideia).

o primeiro sujeito – a primeira bailarina, neste caso, a que interpreta a fada Viviane.

fora do quadro – fora do quadro do corpo de balé, do conjunto das outras bailarinas.

incessante ubiquidade – incessante presença.

atitudes – gestos, movimentos.

de cada grupo – de bailarinas.

detalhá-*la* – o pronome refere-se à síntese ou àquilo que constitui a síntese (a Ideia). Cada detalhe contém o todo (a Ideia, a síntese) ("como frações").

Isso, uma reciprocidade – isso – o que M. acaba de descrever (movimento de síntese e de análise ou de implicação e explicação) – constitui uma reciprocidade.

da qual resulta o in-dividual... – desse movimento recíproco de dobramento (por parte da primeira bailarina) e de desdobramento (por parte do resto do corpo de balé) resulta a impessoalidade de cada um dos membros do corpo de balé: "nunca senão emblema não alguém...".

O julgamento... – esse é o julgamento... (o que vem a seguir).

A saber... – uma das passagens mais citadas de M. Sem maiores dificuldades.

***raccourcis*, elãs** – movimentos específicos do balé.

Após uma lenda, a Fábula... – a lenda é *Viviane*, que M. acaba de comentar, e a Fábula, "Os Dois Pombos", a do balé que passará a comentar, baseado na fábula homônima de La Fontaine.

como a entendeu o gosto clássico – como a entendeu, por exemplo, La Fontaine, fazendo com que animais representem traços e sentimentos humanos. O libreto do balé, em vez disso, como se pode verificar no resumo fornecido em nota, mais adiante, coloca no centro da ação personagens propriamente humanos, ainda que se baseiem no "tipo simples do animal".

maquinaria do empíreo – empíreo: morada dos deuses; céu. Aqui, refere-se ao aparato teatral construído para fazer descer do alto ("empíreo") personagens divinos. Ou seja, a máquina de onde surge o deus (*deus ex machina*). É possível que M. utilize, aqui, a expressão figurativamente, em referência a artifícios utilizados por dramaturgos para resolver situações complicadas da trama dramática.

segundo o sentido restrito de uma transposição... – M. alude aqui à tarefa que tem a arte de extrair tipos, emblemas (impessoais), de elementos particulares e pessoais ("nosso caráter", "nossas maneiras") da realidade. Neste caso, o libreto em questão, segundo M., ao contrário da fábula, não transpõe características humanas aos animais (que são os personagens da fábula), mas "tipos" animais a personagens humanos (ver o resumo do libreto, em nota, adiante). A frase "transposição de nosso caráter... ao tipo simples do animal" deve ser lida nesse sentido.

Uma representação natural consistiria... – nessa transposição da fábula para o balé, os personagens que vivem drama semelhante ao dos pombos de La Fontaine são humanos. No libreto, os pombos apenas aparecem, no início, como inspiração para os personagens humanos (ver resumo do libreto em nota mais adiante). É a essa mudança que M. faz alusão aqui.

re-**traduzir...** – leia-se adiante: "*re*-traduzir... os sentimentos humanos...". La Fontaine transpôs características de pessoas para animais. O libreto transpõe a transposição de La Fontaine para o balé, ou seja, trata-se de uma segunda operação de tradução.

com a ajuda de personagens – isto é, de personagens humanos, em contraste com a fábula, em que os personagens são animais (pombos).

mais instintivas na qualidade de saltitantes... – são personagens humanos que se limitam a dançar ("saltitantes"), sem as falas do drama ("mudas").

os sentimentos humanos atribuídos... – os sentimentos humanos atribuídos por La Fontaine a animais ("enamorados voláteis") são diretamente expressados por personagens humanos.

enamorados voláteis – os pombos do título do balé, evidentemente.

A dança é asas... – M. utiliza elementos específicos desse balé (asas, pássaros, partidas, retornos) para caracterizar o balé em geral como movimento.

Os Dois Pombos – balé em três atos, libreto de Henry Régnier e Louis Mérante, baseado na fábula homônima de La Fontaine, música de André Messager. Foi apresentado pela primeira vez no *Théâtre national de l'Opéra*, em 18 de outubro de 1886. A ação passa-se no litoral da Tessália, região situada no norte da Grécia. A cena de abertura mostra a casa rústica da esposa do agricultor, Mikalia; ao fundo, no topo de uma árvore, vê-se a casinha dos pombos. É o aniversário de Mikalia e o local está em festa. A filha de Mikalia, Gourouli (Rosita Mauri), mostra-se muito feliz até que sua mãe lhe diz que seu noivo, Pepio (Marie Sanlaville), parece triste e pouco disposto a se juntar à alegria geral. A jovem aponta, então, para os pombos, em seu abrigo na árvore, e os dois, imitando-os, dançam um *pas de deux*, ao qual, depois, todos se juntam. Então, um som de música cigana chega-lhes aos ouvidos e surge um grupo de ciganos, cantando e dançando. Pepio encanta-se com a morena Djali. Em desespero, a noiva, por sua vez, ensaia sua própria dança, mas o jovem está decidido a acompanhar os ciganos e a conhecer o mundo. Mikalia convence Gourouli a segui-lo para defender sua felicidade. No segundo ato, Gourouli suborna o chefe do grupo cigano para que torne infeliz a experiência da vida cigana de Pepio e para emprestar-lhe o vestido de sua rival, e subitamente aparece dançando disfarçada como uma irresistível fada morena, encantando não apenas o próprio Pepio, mas também todos os ciganos, voltando depois sozinha para casa. Deixado só pelos ciganos, em meio à tempestade, e sem abrigo, Pepio, desesperado, também volta para casa, sendo recebido e perdoado pela noiva. [Na falta de acesso ao libreto, o resumo baseia-se em informações fornecidas por Roger Pearson, 2004, p. 58-59, e por um comentarista, L. K., em crônica publicada no *New York Times*, na edição de 21 de novembro de 1886].

parece pela virtude do objeto, isso – leia-se "isso parece...", em que "isso" refere-se a asas, pássaros, viagens, retornos.

mas é alguma coisa – mas *já* é alguma coisa.

uma paridade – a correspondência entre partidas, retornos, etc. e movimentos do balé.

o resultado – esse resultado, ou seja, essa paridade ou correspondência.

Engodo! – torneio típico de M., já observado no início de "Rabiscado no teatro": expressar uma ideia e, "arrependido", recuar. Aqui, ele declara ser um engano o que dissera no período anterior, abrindo uma exceção apenas para o primeiro ato.

uma feliz encarnação dos pombos na humanidade... – reafirmação da ideia enunciada no início do parágrafo: esta tradução da fábula para o balé extrai um "tipo" dos animais (pombos) e o atribui a personagens humanos, não falantes, como no drama, mas mimética (muda) ou dançante.

Dois pombos... – é o primeiro verso da fábula de La Fontaine. Como diz o verso citado por M., "dois pombos amavam-se com um terno amor". Um deles, entediado em casa, resolve partir em viagem. Os apelos do companheiro para que fique, lembrando dos riscos que correrá na viagem e das coisas boas que tem em casa, abalam-no um pouco, mas não o suficiente para desistir do empreendimento. Ele quer conhecer outros lugares e outras coisas. A viagem, obviamente, só lhe traz desgraças: chuva, vento, frio, o ataque de pássaros mais fortes. Bastante estropiado, consegue, enfim, voltar para casa, reunindo-se, feliz, ao companheiro que ficara em casa. No libreto do balé toda essa trama é vivida por personagens humanos, como já observado.

sobre um telhado, assim como o mar, visto, pela arcada – leia-se: "sobre um telhado, visto, assim como o mar, pela arcada...". A descrição do lugar em que se situam os pombos difere um pouco da descrita pelo cronista do *New York Times* (ver resumo, em nota anterior), a não ser que o telhado referido por M. seja o da casinha dos pombos.

granja tessália – como já observado, no resumo do libreto, a ação se passa numa propriedade agrícola da Tessália.

e vivos – devemos supor que a encenação apreciada por M. tenha se utilizado de pombos reais? Parece que sim, já que ele acrescenta: "melhor que pintados".

Um dos amantes... – a descrição de M. corresponde aqui à do resumo do libreto feita em nota anterior.

por causa da influência do pombal – como vimos no resumo, o *pas de deux* do casal de noivos inicia-se por imitação dos movimentos dos pombos avistados no pombal.

bicadas ou pulinhos, desfalecimentos – supostos gestos amorosos dos pombos contemplados pelo casal de noivos que se expressam em movimentos respectivos de danças.

aérea lascívia – lascívia dos pombos, obviamente.

sobre ele se insinuar – sobre o casal de noivos.

com semelhanças extremadas – as maneiras do casal têm grande semelhança com as dos casais de pombos.

Crianças – i. e., não plenamente adultos.

de pássaros a crianças – i. e., de pássaros transformam-se em crianças.

dependendo de como se quer compreender a troca – M. expressa aqui a reversibilidade da correspondência ("duplo jogo") entre movimentos dos pombos e movimentos dos personagens (bailarinas).

ele e ela – o casal de noivos.

toda a aventura da diferença sexual – a diferença sexual que se expressa pela "animalidade" do humano.

adjuvante e paraíso de toda espiritualidade – refere-se à capacidade do balé de expressar, pelo puro movimento, sem o estorvo do aspecto significativo da linguagem, a Ideia, a noção pura ("toda espiritualidade").

surgida de um gracioso motivo primeiro – leia-se: "surgida após um gracioso motivo primeiro".

gracioso motivo primeiro – o ingênuo prelúdio anteriormente mencionado, ou seja, o *pas de deux* inicial.

Aqui a fuga do vagabundo.. – após se declarar satisfeito apenas com o ingênuo prelúdio, M. se põe à tarefa de imaginar uma outra sequência para o balé. Curiosa e paradoxalmente, da fuga do noivo ele destaca o seu oposto: a impotência para escapar, para levantar voo, que ele atribui aqui à bailarina, mas que é a impotência do artista e do poeta em geral, tal como se expressa, por exemplo, na figura do cisne fixado ao gelo do lago, no poema *"Le vierge, le vivace et le bel..."*.

vagabundo – no sentido de errante, viajante.

depois quando chegar... – M. continua a imaginar a sequência ideal do balé. Agora, ele imagina traduzir os eventos banais do regresso e da reunião dos noivos numa dança final e triunfal que seja a sua "misteriosa interpretação sagrada", quer dizer, a sua Ideia.

na qual diminui até à fonte de sua alegria inebriante... – supõe-se que a fonte de sua alegria inebriante seja o reencontro pelo qual se desfaz a separação entre os noivos, causada pela volta antecipada de Gourouli. Em outras palavras, através da dança final imaginada por M., o espaço da separação transforma-se na união do reencontro.

Será.. – M. deixa em suspensão a frase que se completará mais adiante: "Será.. como se a coisa se passasse...".

como se a coisa se passasse... – o crítico compara os eventos sentimentais do balé a algum ato amoroso doméstico ("algum beijo"), evidentemente sem valor artístico em si ("indiferente em arte"), mas cuja Ideia ("misteriosa interpretação sagrada") poderia se expressar artisticamente por meio de uma dança, por exemplo.

Mas sonhar assim é fazer-se lembrar por um trilo de flauta – M. finge-se despertado de seu devaneio por um som de flauta, que o traz de volta à realidade da cena teatral contemporânea.

com a poltrona do *Opéra* – i. e., com o público do *Opéra*.

À exceção de... – a despeito de alguns acertos, tais como a correspondência entre a forma do voo e a coreografia ou a transposição parcialmente exitosa da fábula ao balé, persiste uma vulgar e banal história de amor, lamenta-se M.

é preciso que... – M. mantém sua opinião negativa a respeito da maior parte do espetáculo ("nada aí é mais que retalhos e remendo"), mas destaca a atriz que interpreta a noiva (Gourouli) que, por uma mistura de poderes mágicos ("divinação") e contraditório instinto animal ("animalidade turbada e pura"), sintetiza o tema do balé, simplesmente por sutis alusões ("não precisadas") e por discretos movimentos, como o leve levantar da saia, que é como que um voo ("impaciência de plumas") em direção à ideia. Lembre-se que o voo, o bater de asas alude, em M., ao ato de criação artística. A passagem final do parágrafo aproxima a dança do ato de escrita: "dois dedos", "plumas".

Uma arte ocupa a cena... emblemática – após comentar, separadamente, cada um dos balés (*Viviane* e *Os Dois Pombos*), M. volta-se agora para observações gerais sobre o teatro e o balé, iniciando por uma distinção entre as duas artes: o drama é histórico, narrativo; o balé é emblemático, simbólico.

Aliar, mas não confundir... – M. expressa suas reservas à combinação do drama e da dança.

Exemplo que ilustra... – M. demonstra sua tese por redução ao absurdo, convidando-nos a imaginar um dos personagens do balé *Os Dois Pombos* sendo interpretado por uma bailarina e o outro por uma mímica e a pensar nas consequências disso. As diferenças entre as duas artes são tais que não seria possível imaginar as duas intérpretes como pássaros ("idêntica essência").

há pouco – isto é, no caso há pouco comentado, o do balé *Os Dois Pombos*.

uma mímica – lembre-se que os papéis dos dois personagens centrais de *Os Dois Pombos* eram interpretados por mulheres. M. pensa, aqui, ao escrever "uma mímica", no personagem masculino, Pepio, interpretado por Marie Sanlaville. Na primeira versão deste texto (*Révue indépendante*), ele escreveu, em nota de rodapé: "ainda que fosse a expressiva e graciosa senhorita Sanlaville".

muito judiciosamente... – leia-se adiante: "muito judiciosamente... ou segundo os dois modos de arte exclusivos".

Observe-se que M. desaprova, como se viu, a solução do libretista de *Os Dois Pombos*, relativamente à combinação entre drama e balé, mas aprova a do libretista de *Viviane*, como se verá a seguir.

no Éden – M. passa a se referir, agora, ao balé *Viviane*, representado no teatro Éden e comentado no início da presente crônica.

um tema marcou o antagonismo – leia-se: "um dos temas foi o que marcou o antagonismo".

herói participante do duplo mundo... – lembre-se que a narrativa do libreto inicia com Mäel, o principal personagem masculino, ainda criança (brincando com garotas), e termina com sua quase sagração como novo rei. Pode-se ler, aqui, ecos da ambiguidade de Hamlet.

instala a rivalidade... – ainda segundo o libreto, o amor de Mäel é disputado pela rainha Genièvre ("a mulher que *caminha*") e Viviane ("a primitiva e fada"), entre a mulher que *apenas* caminha e a mulher que dança, diferença que se expressa, artisticamente, de maneira diferente (mímica e balé). Há correspondência também entre a ambiguidade adulto vs. criança e os respectivos movimentos das duas mulheres: o caminhar da rainha ("inclusive em sua direção", para esposá-lo) e a dança da fada. De um lado, a realidade da vida adulta, incluindo o casamento; de outro, o sonho e o devaneio da infância.

mesmo o gesto – o gesto da mímica.

A não ser o gênio... – o gênio de algum libretista que não seja do tipo mencionado no final do parágrafo anterior. Pela boca desse suposto libretista, M. expõe sua própria e ideal visão da dança ou do balé.

figura o capricho – traduz o desejo, o sonho, a fantasia.

eis aqui – na dança.

com seu número – com o número preciso, exato, finito de ritmos.

certas equações sumárias de toda fantasia – isto é, as figurações da fantasia e do sonho que, com seu número preciso de ritmos, a dança sintetiza e expressa.

na sua mais excessiva mobilidade – isto é, na dança.

ou verdadeiro desenvolvimento – da forma humana, referindo-se, novamente, à dança.

transgredi-las – refere-se às "equações sumárias de toda fantasia".

à medida que são... – à medida que as referidas "equações sumárias de toda fantasia" – isto é, a dança, com sua progressão rítmica – são a própria ideia em sua expressão visual.

isso, depois um rápido olhar... – M, após expor a sua concepção ideal de dança, possível apenas para um libretista de gênio, conclui que, no teatro real ("um olhar lançado ao conjunto da coreografia!"), ela ("isso") não se realiza, por falta de quem espose essa concepção ("ninguém a quem esse meio se imponha de estabelecer um balé").

Sabida a feição mental contemporânea – leia-se adiante: "Sabida a feição mental contemporânea... seria preciso...". Obviamente, a implicação é que a mentalidade contemporânea é sabidamente lamentável.

até mesmo naqueles... – naqueles artistas (dramaturgos, libretistas) cujas capacidades artísticas deveriam se mostrar (nas suas obras, diante do público, no palco) miraculosas, mágicas, extraordinárias, o que obviamente não ocorre. Para isso será preciso substituir essas capacidades ou faculdades por um olhar impessoal e penetrante, que permita ver a bailarina não em sua particularidade ou pessoalidade, mas como emblema, símbolo, ideia, à maneira da recém- introduzida iluminação elétrica da ribalta ("raio") que, focalizando a bailarina, mistura sua frieza elétrica à palidez artificial da maquiagem da dançarina, fazendo dela "o ser prestigioso situado para além de toda vida possível". Observe-se que os índices de impessoalidade e artificialidade utilizados ("*crueza* elétrica", "brancuras *extracarnais*") reforçam a ideia do "olhar absoluto impessoal".

Édens – o plural refere-se provavelmente às sucessivas representações do mesmo balé.

O único exercício... – nenhuma dificuldade maior em todo esse parágrafo – apoteótico (*pardon*). Tal como resume Pearson, 2004, p. 61: "E Mallarmé conclui sua dança escritural levando-nos de volta, num giro completo, às suas observações iniciais em 'Rabiscado no teatro' e demonstrando como age um 'espectador estrangeiro'. Pois, tal como a bailarina produz sentido por seu movimento corporal, o poeta pode criar um símbolo a partir das sapatilhas cor de rosa que se transformam em um buquê de rosas a ser depositado, com adoração, aos pés (onde mais?) da Beleza".

bailarina iletrada – não a bailarina que não sabe ler, mas a que escreve *sem* letras.

Sim, o tal – i. e., o tal devaneio.

desde que deposites – leia-se adiante: "desde que deposites... a seus pés... a Flor sobretudo *de teu poético instinto*".

inconsciente reveladora – reveladora inconsciente do mistério, da ideia.

as rosas – as próprias sapatilhas (de cor rosa).

mil imaginações latentes – isto é, as do público. "Mil" é o numeral que indica, em M., a multidão.

um comércio – uma comunhão, uma comunicação.

Outro estudo de dança

A primeira parte (parágrafos 1-13) deste texto retoma, de forma abreviada e com modificações, artigo publicado no *National Observer* de 13 de maio de 1893, "Considerações sobre a arte do balé e a Loïe Fuller". A segunda parte (parágrafos 14-19), sobre Rodenbach, foi escrita especialmente para *Divagações*.

fundos – recursos, meios, riquezas, potenciais.

Loïe Fuller – Maria Louise Fuller (1862-1928), dançarina e atriz nascida nos Estados Unidos. Conhecida por extrair efeitos especiais da combinação da iluminação e do movimento de panos e véus de seda multicolorida. Sua primeira apresentação em Paris deu-se no *Folies-Bergères*, em novembro de 1892. Segundo Kermod, 1983, p. 154, Mallarmé foi ver Loïe Fuller, no *Folies-Bergères*, em fevereiro de 1893. Não diz de onde extraiu essa informação, mas aparentemente de André Levinson (1887-1933), crítico e teórico da dança, que também teria escrito (novamente, Kermod não fornece a referência): "Um dia, Stéphane Mallarmé, esteta do absoluto, foi visto rabiscando, em seu assento no Folies-Bergère, suas luminosas anotações sobre a assim chamada dança serpentina de Loïe Fuller, *fontaine intarissable d'elle-même* [em francês no original: fonte inesgotável de si mesma]. Desde então o mundo foi atrás...".

tecidos reconduzidos à sua pessoa – os panos que a dançarina estendia para longe de si e depois os recolhia.

O exercício – a dança com panos e luzes da Fuller.

como invenção, sem a aplicação – se considerado apenas como noção, concepção, ideia.

uma embriaguez de arte – *une ivresse d'art*, no original. Curiosamente, na versão do *National Observer* M. havia escrito: "*une ivresse féminine*" ("uma embriaguez feminina"). A "arte" contrasta aqui com os elementos mais industriais ("feito industrial") das criações da Fuller: os panos, os elementos de sustentação, os efeitos de luz.

a figurante que ilustra muito tema giratório... – a dançarina ilustra, com os seus movimentos e os de seus panos, os temas dançáveis ("giratórios") da música da orquestra ("ao longe") que se prolongam na trama (musical) que ela desenvolve. A conexão entre a música e os panos da dançarina era muito mais explícita na versão do *National Observer*. Numa passagem não reproduzida na versão de *Divagações*, M. escreveu: "[...] essa transição das sonoridades aos tecidos (o que existe que melhor se assemelhe a um véu que a música!) é, visivelmente, o que efetua a Loïe Fuller, por instinto [...]". A utilização da palavra "trama" com referência à musica não é aqui utilizada por acaso.

...desabrochada, pétala e borboleta gigantes, rebentação – no original, *épanouie, pétale e papillon géants, déferlement*, sequência fonética, reproduzida em parte na tradução, que mimetiza o ruído de panos que se desdobram e se espalham. Esses termos referem-se à "figurante" (dançarina) com seus panos que se desdobram e se expandem; entretanto, ao utilizar o adjetivo "desabrochada" ("*épanouie*") para se referir ao desenvolvimento da música, mas em evidente relação semântica com "pétala", "borboleta" e "rebentação", M. reforça a interpenetração entre a música e as figuras formadas pelos panos da Fuller, entre as quais estavam flores e borboletas. Pode-se aproximar essa pétala gigante das flores desproporcionais do poema "Prose (Pour des Esseintes)".

nuances velozes – os efeitos de cores da movimentação dos tecidos que envolvem a bailarina.

oxidrílica – no original, *oxhydrique*, relativo à oxidrila ou hidroxila, base química, constituída de um átomo de hidrogênio e um de oxigênio, presente nas moléculas de alcoóis e fenóis. Nesse caso, M. possivelmente alude ao tipo de refletores usados ("luzes da ribalta") nos palcos da época, à base de carbureto (luz de carbureto, luz oxidrílica). Assim, "fantasmagoria oxidrílica de crepúsculo e de gruta" sugere os efeitos luminosos de luz e penumbra causados pelas luzes da ribalta. Observe-se, entretanto, que a eletricidade começava, nessa época, a substituir a antiga iluminação por combustão. Loïe Fuller esteve à frente das inovações na utilização da iluminação teatral, tirando pleno proveito das possibilidades surgidas com a introdução da iluminação elétrica.

movê-*las* – as nuances velozes (celeridades).

com violência ou diluídas – fortes ou pálidas (as nuances, as cores).

Que uma mulher associa... – M. parece começar a frase no meio e deixá-la inconclusa. Na versão do *National Observer*, essa passagem é a parte final de um longo período em que M. remonta a inovação trazida por La Fuller a origens gregas e asiáticas e termina por descrever em que consiste essa inovação: "que uma mulher associou...". Na presente versão, além de outras pequenas modificações na parte final do período, M. utiliza o verbo no presente e deixa a frase interrompida.

Pode-se lê-la simplesmente como um fragmento, tal como M. a construiu, o que não é nada estranho a leitores acostumados com as técnicas modernas da ficção: um fiapo de conversa a respeito do espetáculo proporcionado pelas ousadas invenções da Fuller. Se a sintaxe é estranha, o sentido parece-o menos: a inovação introduzida pela Fuller consiste em combinar a dança com a movimentação dos panos que se estendem, ao ponto de parecerem uma extensão dela própria.

A lição reside nesse efeito espiritual – outra frase suspensa, pela falta do ponto final, mas, fora isso, de sintaxe perfeitamente "normal". M. destaca o efeito estético, poético, espiritual da inovação.

Dom – dádiva, contribuição.

estrangeiro fantasma no Balé – a dançarina com seus panos coloridos. M. possivelmente utiliza "fantasma" no sentido etimológico de aparição e de ilusão visual, mas também de fantasma, no sentido de ser etéreo, sem forma definida, efeito que fazia parte explícita das técnicas utilizadas por Loïe Fuller.

a forma teatral de poesia por excelência – M. afirma aqui, claramente, sua preferência pelo balé, por sua afinidade com a escrita poética.

reconhecê-lo – isto é, o dom, a sua contribuição ao balé.

tarde, graças à distância – sabe-se, graças à versão bem mais extensa publicada no *National Observer*, que M. escreveu este comentário, em seu refúgio campestre de Valvins, em torno da primavera de 1893, enquanto as apresentações de Loïe Fuller, no *Folies-Bergères* vinham ocorrendo desde novembro do ano anterior, época em que ele provavelmente assistiu a uma de suas apresentações. M. refere-se, pois, aqui, à distância temporal, que lhe permite talvez destacar nuances que escaparam aos outros cronistas, embora tenha declarado, no início da crônica, com fingida modéstia, que "tudo foi dito, em artigos alguns deles poemas".

Uma banalidade sempre flutua – uma questão, uma dúvida, interpõe-se entre a encenação real e o ideal do poeta-crítico, questão que será explicitada no parágrafo seguinte ("O obstáculo...").

pensativa delicadeza – uma delicadeza (refinamento, complexidade) do pensamento: torneio típico de M.

prazer na leitura de versos – pela poesia propriamente dita chega-se ao supremo refinamento do pensamento (Ideia). Um "balé" ("a forma teatral de poesia por excelência") como o da Fuller equivaleria à poesia, não fosse a negligência por parte da dançarina em se utilizar de elementos e recursos que fazem parte do arcano (conjunto dos segredos) da Dança.

Alguma estética restaurada ultrapassará notas à margem – uma estética que restabeleça a Dança segundo seu arcano está além das possibilidades das presentes notas: o cronista limita-se, pois, a assinalar um erro específico da encenação.

ponto de vista próximo – próximo ao das intenções e concepções da encenação.

ajudado que sou... – leia-se adiante: "ajudado que sou... pela minha... inspiradora." Paradoxalmente, é a própria dançarina, embora inconsciente e involuntariamente, que apontará ao cronista o mencionado erro da encenação.

em causa – em questão.

numa sala de gala e qualquer – leia-se: "numa sala de gala local, qualquer".

floco – entenda-se: de neve.

de onde soprado? furioso – tipicamente, M. interrompe a frase no meio para fazer uma interpolação que rompe com a sintaxe normal.. Nesse caso, a interpolação separa o substantivo ("floco") do adjetivo ("furioso"). Na versão anterior, M. havia escrito "miraculoso", substituído, aqui, por "furioso", possivelmente porque "miraculoso" já está contido na pergunta retórica ("de onde?").

o soalho evitado por saltos ou resistente às pontas – M. descreve aqui a posição aérea da bailarina (saltos que a mantêm acima do soalho e fazendo pontas que mal o tocam).

virgindade de lugar não sonhado – o fato de o soalho praticamente não ser tocado pela bailarina confere-lhe uma virgindade de lugar impensado, virgindade que está associada, em Mallarmé, ao silêncio da mímica, da página em branco, do pensamento não expressado e, como aqui, do próprio balé (cf., em "Mímica": "O silêncio, único luxo após as rimas [...]."

que a figura isola, construirá, florescerá – construção bastante estranha: uma sequência de verbos em que o primeiro está no presente e os outros no futuro. É um exemplo da estratégia de condensação de Mallarmé. A construção parece sugerir que o soalho que a bailarina, com seus saltos e pontas, inicialmente isola, acabará, por isso mesmo ou apesar disso, por ser ressaltado (é o que indicam os verbos no futuro).

décor – aqui, supostamente, os panos que a bailarina movimenta. Essa palavra inicia, nesta frase e na seguinte, uma sequência de outras palavras que também contêm, em francês, a palavra "*or*" ("ouro"), cara a M., por sua aproximação com o sol de seu "drama solar": "*décor*", "*orchestre*", "*trésor*", "*sortir*", "*sonorités*", "*sortilège*". A "sonoridade" (da música, da orquestra) a que alude a frase seguinte é performativamente expressada por essa assonância ("*or*").

O décor jaz, latente na orquestra, tesouro das imaginações... – tal como no terceiro parágrafo, M. descreve uma espécie de fusão entre a música e os efeitos provocados pelos tecidos coloridos que são movimentados pela dança da Fuller, confundindo-se efeitos sonoros e visuais. A música é expressão dos efeitos visuais ("jaz, latente na orquestra") e vice-versa (dela saem por "explosão"), ambos, por meio da bailarina, expressões da ideia ("segundo a visão que a representante da ideia...").

tesouro das imaginações – refere-se ao *décor*: "latente tesouro das imaginações".

dispensa – proporciona.

essa transição de sonoridades para os tecidos – ainda a mesma ideia da correspondência entre som e visão, reforçada pela comparação entre a gaze dos panos da dançarina e a música.

há, mais, o que a uma gaze se assemelhe do que a música! – leia-se: "há o que mais se assemelhe a uma gaze do que a música?".

unicamente – singularmente.

com o exagero, os recolhimentos, de saia ou de asa – descrição dos movimentos da dançarina. Pode-ser ler "asa" como metáfora para os efeitos causados, sobre os tecidos, pelos movimentos dos braços da dançarina. Ou, lembrando que o movimento de asa é, em M., metáfora para o ato de criação poética, pode-se ler aí uma reafirmação da afinidade entre o balé e a poesia. Curiosamente, na versão do *National Observer*, M. havia escrito, em vez de "*d'aile*", a expressão homófona "*d'elle*". Sem mudar inteiramente o sentido, passou, entretanto, para um outro nível de significação (ao mesmo tempo mais concreto e mais abstrato).

instituindo um lugar – "lugar" – "*lieu*" em francês – é palavra que aparece frequentemente em M., seja isoladamente, seja na expressão "*avoir lieu*" ("ter lugar"), com ressonâncias tanto espaciais quanto temporais. É comum vê-la utilizada com referência ao local do ato artístico (poético, textual, musical, teatral), como lugar reduzido ao essencial, desembaraçado de elementos supérfluos, banais, acidentais. Trata-se de um lugar construído, tal como acontece aqui ("a feiticeira cria o ambiente"). Pode-se lê-lo também como o lugar do ritual, da sagração (nesse caso, o lugar em que a feiticeira exerce o seu sortilégio). Não se pode deixar de mencionar a conhecida passagem de "*Un coup de dès*": "*RIEN... N'AURA EU LIEU... QUE LE LIEU.*" Uma passagem de "A Ação restrita" (*Divagações*) sintetiza, em maiúsculas, a centralidade do "lugar" : "[...] um Lugar se apresenta, cena, majoração diante de todos do espetáculo de Si [...]."

Logo vai desaparecer... – idealmente, de forma geral e num futuro próximo, vai desaparecer, como ocorre no caso da presente encenação, uma imbecilidade, a saber, a tradicional instalação, etc.

a atmosfera – sua verdadeira atmosfera.

ou nada – a verdadeira atmosfera é nada (sem qualquer acessório, exceto a "presença humana", como a seguir se explicita).

A cena livre... – a frase resume o que a Fuller consegue e que seria, na visão de M., o ideal.

Se essas mudanças... – M. efetua, aqui, um par de elipses. "Restaurada", a frase poderia ser assim lida: "Se *há* essas mudanças [...], importadas por essa criação, *então* sonha-se com escrutinar-lhes o princípio". Supostamente, M. quer extrair-lhe o princípio ("minha tentação", diz ele, na versão anterior) para aplicá-lo à sua própria arte.

algum acessório – qualquer acessório.

importadas – trazidas.

Assim esse desdobramento múltiplo... – leia-se adiante: "Assim esse desdobramento múltiplo... magnifica-a até dissolvê-la:".

desdobramento múltiplo – dos panos que a bailarina movimenta.

uma nudez – a da dançarina, como expressão de sua identidade, como sua própria pessoa que justamente, após, um primeiro momento de ampliação, acabará por se dissolver, por desaparecer, dando lugar à figura formada pelos panos coloridos e iluminados, despersonalizando-se.

grande – refere-se ao desdobramento.

contraditórios voos – leia-se: "*feito* de contraditórios voos". São contraditórios porque são, ao mesmo tempo, movimentos de expansão e de contração, de propagação e de recolhimento.

no qual aquela o comanda – "aquela" refere-se à nudez e, indiretamente, à bailarina; o pronome oblíquo masculino está no lugar de "desdobramento". Em outras palavras, a bailarina está no comando dos seus movimentos.

aí – nos "contraditórios voos".

central – leia-se: "central... ela resume". Embora dissolvida (pela ampliação dos panos), ela continua, como vimos, no "comando".

um impulso fugaz em turbilhões – leia-se: "um impulso fugaz, em turbilhões". O "impulso fugaz" é o da própria bailarina.

ela resume – possivelmente M. utiliza o verbo "resumir" ("*résumer*", em francês), no sentido etimológico de "retomar", "recuperar", "recobrar forças", "começar de novo". Ou seja, depois da dissolução, a recuperação.

querer nas extremidades desvairado da cada asa – leia-se: "querer desvairado nas extremidades de cada asa".

cada asa – possivelmente os braços cobertos pelos panos.

morta – evidentemente, na sequência real, ela se recupera, se refaz ("resume") após sentir-se "morta", sequência que aparece invertida na narrativa de M.

condensar – leia-se adiante: "condensar... sobressaltos retardados...".

condensar a partir de uma liberação quase dela... – a bailarina está extenuada por tentar condensar, em lentos movimentos ("sobressaltos retardados"), figuras, imagens de céus, etc., que parecem ("quase") saídos ("a partir de uma liberação") dela própria.

sobressaltos retardados decorativos... – sobressaltos retardados que são imagens, figuras, de céus, etc.

Tácita tanto! – tão silenciosa.

vizinhança – i. e., o público.

um pouco de prosa aqui – embora tenha dito, na sentença anterior, que é melhor se calar, M. agora afirma que algumas poucas palavras a respeito não irão prejudicar a recordação do espetáculo.

O único – leia-se adiante: "O único... que, por exceção, tratou...".

Rodenbach – Georges Rodenbach (1855-1898), poeta, dramaturgo e crítico, nascido na Bélgica. *Vies Encloses*, aqui citado por M., é um livro de poemas. Foi amigo próximo de M.

a propósito de uma estátua – no artigo para *Le Figaro* (ver nota adiante), Rodenbach faz menção a uma estátua feita por Alexandre Falguière (1831-1900), de uma bailarina nua, em exposição no Salão de 1896. O modelo para a estátua foi a dançarina Cléopâtre-Diane de Mérode (Cléo). Segundo Pearson, 2004, p. 90, nesse artigo, Rodenbach critica o escultor por ter despojado a modelo de seu caráter sugestivo, que é justamente o que não falta aos panos pregueados de Loïe Fuller.

acumula-as... – acumula, etc. as frases, como se fossem dobras. M. vê o texto de Rodenbach construído tal como o movimento dos panos da dançarina, exatamente o que ele próprio tenta fazer em várias dessas crônicas sobre dança, balé e mímica.

"em complicar... *ocultando-o*". – a citação, como o próprio M. indica mais adiante, é de um artigo escrito por Rodenbach, em *Le Figaro*, de 5 de maio de 1896, intitulado "*Danseuses*". Segundo Bertrand Marchal, na sua edição de *Divagations*, p. 494, a citação exata seria: "*où leur corps n'apparaît que comme le rythme d'où dépend, mais qui se cache*" ("em que seu corpo não aparece senão como o ritmo de que depende, mas que se oculta").

armadura – ossatura.

instável – variável.

através do véu de generalidade, atrai – leia-se: "atrai, através do véu de generalidade,". O "véu de generalidade" é o que oculta a particularidade da dançarina e faz com que ela apareça como generalidade' como emblema. Trata-se, no caso, de um véu abstrato, embora não sem alusão à gaze da dançarina.

atrai... – Leia-se: "atrai para um ou outro fragmento revelado da forma – e dele bebe – o raio que o diviniza ".

fragmento revelado da forma – i. e., alguma nesga de nudez.

o raio – tal como o "véu de generalidade", o raio também é, primeiramente, abstrato, um raio divino, por assim dizer, mas também o da luz da iluminação.

o diviniza – isto é, diviniza o fragmento.

a suspensão da Dança – a suspensão entre dois estados causada pela dança: "desejo de ver demais e não o bastante".

um prolongamento transparente – um acessório, um atavio transparente, como o véu, mas pode-se também ler "prolongamento" como a sustentação indefinida do estado de suspensão entre o desejo de ver tudo e o medo de ver demais.

o poeta – Rodenbach.

antiga função – da dança.

que se enriquece – i. e., a função (=dança).

cujo desenvolvimento ou de cujas tramas imaginativas – refere-se, obviamente, aos dobramentos e desdobramentos dos panos da Fuller.

carecem de ambiência... – lembre-se que, anteriormente, referindo-se à Fuller, M. escrevera: "a feiticeira cria a ambiência", exatamente o que as bailarinas comuns não conseguem fazer. A única ambiência, nesse caso, é a produzida pela música (orquestra).

pelo fato de que [...] existe – leia-se: "pelo fato de que a vestimenta – simplificada, para sempre, para uma espiritual acrobacia mandando seguir a mínima intenção escritural – existe". E M. não está dizendo que a ambiência é criada pela simples existência do tutu, mas por sua existência *invisível*, que é o que permite o movimento puro, etc.

simplificada... para uma espiritual acrobacia... – a vestimenta da bailarina de balé tornou-se exígua, simplificada, de forma permanente ("para sempre"), em acordo com um princípio abstrato ("espiritual acrobacia") que determina que a bailarina siga detalhadamente as indicações da partitura ou da coreografia, em outras palavras, para facilitar os mínimos movimentos sugeridos pela música ou pela coreografia, mas ela é efetiva ("existe") apenas se desaparece, se ela se torna invisível, na abstração do movimento puro e no silêncio quebrado pelas piruetas da dançarina.

A quase nudez... – a vestimenta exígua, para além de seus aspectos funcionais ("amortecer a queda" ou "aumentar a elevação das pontas"), limita-se a mostrar as pernas, com um significado que vai além do pessoal, individual, ou seja, como emblema, como ideia.

O teatro sempre altera... – assim como o teatro altera as outras artes (como a música e o canto), também altera a dança, que se torna, então, balé.

certa sombra – certo mistério.

nem o canto, certo raio solitário – se a música é alterada pelo teatro – não sem perder "em profundidade e certa sombra", o mesmo ocorre com o canto – não sem perder "certo raio solitário".

hieróglifo – i. e., escritura. Se, relativamente à música e ao canto, M. ressaltou perdas que ocorrem no processo de transformação efetuado pelo teatro, ele não faz, quanto à dança que se transforma em balé (escritura), nenhuma reserva.

estes estudos – a primeira parte, sobre Loïe Fuller; a segunda, sobre Rodenbach.

sagaz confrade – Rodenbach.

consentiu em olhar a tradução – usando a posição de Rodenbach como pretexto, M. apresenta, aqui, sua própria concepção da relação entre balé e poesia. O poeta não compõe senão um balé que, ocasionalmente, pode ser encenado. É essa verdade que "outros evitam admitir", enquanto Rodenbach fez exatamente isso, ao ver, no balé em cena, a tradução plástica da poesia.

com a metamorfose adequada de imagens – com a transformação de imagens da escrita (poesia) em imagens de movimento.

quantos elãs – os elãs constituintes do poema, mais amplos que os do balé, multiplicados pela estrofe (forma poética) para a visão (interior).

sua estrofe – da poesia.

Mímica

"Mímica" retoma, com algumas modificações, a última parte da primeira crônica da série "Notas sobre o Teatro", escrita para o nº 1 da *Révue indépendante*, de novembro de 1886. Este brevíssimo texto foi objeto de uma célebre análise de Jacques Derrida (1972). O objeto da presente crônica é o libreto da pantomima *Pierrot, Assassino de sua Mulher* (tradução, no presente volume, em apêndice), de Paul Margueritte, que acabava de ser reeditado (Calmann-Lévy, 1886), quatro anos após a primeira edição (P. Schmidt, 1882). Margueritte era primo em segundo grau de M. – sua mãe, Eudoxie, era filha de Henri Mallarmé, irmão de Numa Mallarmé, pai de Stéphane. Segundo Jean-Luc Steinmetz (1998, p. 214), em sua biografia de Mallarmé, amigos desde a infância, Eudoxie e Stéphane, mantinham-se em estreito contato. A mãe de Paul, viúva do general Jean Auguste Marguerite, morava, com seus dois filhos, Paul e Victor, perto da casa de campo de Stéphane, em Valvins, na outra margem do Sena. Ainda segundo Steinmetz, p. 214, entre os anos 1881-1882 (Paul tinha, então, 20-21 anos; Stéphane, 39-40), os jovens Margueritte, Paul e Victor, decidem montar peças de teatro para as pessoas do pequeno povoado de Valvins. "Um celeiro, no fundo de um pátio servirá de sala de representação. [...]. Rapidamente, Mallarmé é chamado a colaborar, ocupando, alternada ou simultaneamente, o papel de conselheiro, de encenador e, *last, but not least*, de ponto. [...] Às vezes, ele comenta uma passagem, insiste numa palavra, sugere um gesto. [...] Cartazes são colados em pontes de pedra. Mallarmé, amigo das circunstâncias, não se fez de rogado para compor o soneto de inauguração da trupe ocasional." Ainda, segundo Steinmetz, p. 217, no ano seguinte (1882; supostamente as encenações tinham começado em 1881), as encenações continuaram. "Paul se aventura a compor um *Pierrot assassino de sua mulher* que será apresentado [...] no dia 15 de setembro nos tablados do pequeno teatro. [...] Consequências previsíveis dos ensaios cotidianos que reuniam os jovens atores, Paul não tarda a se apaixonar por Geneviève [...]". Excetuando-se as apresentações em Valvins e em residências de escritores e artistas, em Paris, a pantomima só foi pública e oficialmente levada à cena, em 23 de março de 1888, no *Théâtre Libre*, de André Antoine (1858-1943), conforme registra o próprio Antoine (1890, p. 179).

O silêncio... – imagine-se o cenário em que M. escreve esta crônica: no seu retiro campestre de Valvins, durante ou após a leitura do libreto da pantomima de Paul Margueritte, *Pierrot Assassino de sua Mulher*. O silêncio é, literalmente, aquele proporcionado pela calma desse ambiente bucólico, longe das distrações citadinas, mas também, mais metaforicamente, o silêncio que vem antes da palavra e que lhe sucede, o silêncio da página em branco e dos brancos da página, o silêncio do mímico e da bailarina de balé.

único luxo após as rimas – na leitura literal (ver nota anterior), o luxo é o do silêncio de que desfruta após ter trabalhado nos seus versos ("rimas").

uma orquestra – no original, jogo fonético com "*or*": "un *or*chestre ne faisant avec *son or*". *Son or* pronuncia-se e ouve-se como "*sonore*", "sonoro". Além disso, "*son*", aqui adjetivo possessivo, evoca o outro sentido, de "som".

seu ouro – no original, *son or*. Isto é, a orquestra com seu som dourado, para M., a cor da música e do crepúsculo (evocado adiante, em "fim de tarde"). E a orquestra começa a tocar, nos espetáculos vespertinos, justamente à hora do pôr do sol. Ainda: "*son or*" faz referência ao som "*or*", contido em "*orchestre*".

raspões de pensamento e de fim de tarde – no original, *frôlements*, ato de roçar, raspar. Quer dizer, a orquestra não faz mais do que apenas passar próximo do pensamento (Ideia?) e do sentido profundo do drama solar, metonimicamente representado, aqui, por "fim de tarde" ("*soir*", no original). É privilégio do poeta ir além desses raspões, desses tangenciamentos (ver adiante: "cabe ao poeta...").

suscitado por um desafio – o desafio proposto por seu amigo Édouard Dujardin, ao convidá-lo a escrever sobre teatro na *Revue indépendante*.

tardes de música – por "música" M. provavelmente quer dizer "poesia". E por "tardes de música", o período no qual se dedica à sua atividade poética. As "tardes de música" são períodos de escrita. Como já observado, este primeiro parágrafo descreve um momento de lazer que M. aproveita para ler o libreto da pantomima de Paul Margueritte.

reaparição sempre inédita – M. refere-se à republicação, em 1886, do libreto de Paul Margueritte, *Pierrot Assassino de sua Mulher*, "sempre inédita", no sentido de sempre nova, sempre renovada. Além de jogar com o oximoro, M. possivelmente faz alusão ao fato de que a pantomima, como encenação pública em teatro, continuava realmente inédita (na hipótese dessa leitura, o "*toujours*" do original ler-se-ia como "ainda").

solilóquio mudo... – leia-se: "solilóquio mudo que, o fantasma branco, como uma página ainda não escrita, sustenta com sua alma, pelo rosto e também pelos gestos". Recorde-se a "alma", *Psyche, my soul*, de "Rabiscado no teatro", o primeiro texto desta coletânea.

como uma página ainda não escrita – é o tema central deste texto: a analogia entre, de um lado, a mudez e a brancura do rosto do mímico e, de outro, o branco da página ainda por ser preenchido. Em suma, é do silêncio que se trata, e daquilo que rompe o silêncio.

lhe agradaria – M. continua a se referir a si próprio na terceira pessoa.

a estética do gênero... – o gênero em questão, a mímica, está mais próximo dos princípios estéticos ideais de M. que nenhum outro. Observe-se que M. disse algo parecido a respeito do balé. Na verdade, poesia, balé e mímica, como meios *sugestivos* de expressão artística, são, para M., de certa maneira, equivalentes.

capricho – sonho, imaginação, fantasia.

instinto simplificador direto – que vai direto à Ideia, prescindindo, diferentemente da poesia, de um instrumento intermediário e utilitário como a linguagem.

Eis aqui: – para vários comentaristas, M. finge uma citação, mas parece mais plausível pensar que as aspas apenas servem para enfatizar e explicitar os princípios há pouco anunciados.

hímen – união. Mas também película, véu, membrana de separação. O texto permite as duas leituras, já que a união entre desejo e consumação, etc., é também uma suspensão, uma indeterminação, uma instabilidade. Derrida, no ensaio já citado, explora, em toda a sua extensão, essa ambiguidade.

sem quebrar o espelho – i. e., mantendo o espaço que se situa entre a sugestão da Ideia e sua explicitação.

entorno, puro, de ficção – ficção é noção central em M. e pode-se remontá-la às suas "Notas sobre a linguagem", de 1869. Nessas notas, M. faz alusão à noção cartesiana de ficção, retirada de sua leitura do *Discurso do método*. Mas enquanto, em Descartes, a ficção, o fingimento ("fazer de conta que tudo é falso"), é uma etapa do procedimento provisório para se chegar, finalmente, à única coisa que se pode ter como certa, o *cogito*, o "eu penso", fundamento então de tudo o mais, em M. a ficção, como invenção e criação linguística, é o que fundamentalmente constitui o humano. A linguagem não é meio para a expressão da beleza, a linguagem cria a Beleza, a ficção. A ficção não é, assim, em M., sinônimo de produto da fantasia ou da imaginação, mas de produção humana (linguística) de beleza. É sinônimo, nesse sentido, de literatura e, mais estreitamente, de poesia. É o próprio M. quem aproxima ficção e poesia, tal como faz no texto "Solenidade" da presente coletânea: "a Ficção ou Poesia", ou ainda, no artigo "Catolicismo" (*Révue Blanche*, 1º de abril de 1895, *Œuvres*, Gallimard, 2003, v. II, p. 326): [...] escolho [o vocábulo] de Ficção, ele traduz, no meu sentido latino, a anterior Poesia [...]". Comentando essa última passagem, Benoit (2007, p. 60), diz: "Mallarmé resgata aqui o valor etimológico de *Ficção* (*fictio*, do verbo *fingere*) e de Poesia (*poïesis, do verbo poïen*). A Ficção-Poesia é, pois, positivamente, a capacidade de inventar que é própria do espírito humano [...] e que consiste em atribuir uma existência (existência mental, virtual, imaginária) àquilo que não a tinha, a linguagem sendo, aqui, 'o instrumento da ficção'".

Menos de um milhar de linhas... – refere-se à brevidade das linhas dedicadas, no libreto, ao papel de Pierrot.

o artifício de uma notação de sentimentos por frases não proferidas – falas indicadas no libreto ("notação de sentimentos"), que, por se tratar de uma pantomima, não foram nem serão, evidentemente, reproduzidas como tal na encenação.

no único caso – o do libreto de Paul Margueritte.

folhas – do libreto.

O gênero ou os modernos

Este texto é uma combinação de passagens de nove das crônicas originalmente publicadas na *Révue indépendante* sob o título de "Notas sobre o teatro" (os números entre parênteses referem-se aos parágrafos do presente texto): janeiro de 1887 (1-8); fevereiro de 1887 (9-12); dezembro de 1886 (13-16); fevereiro de 1887 (17-19); março de 1887 (20); janeiro de 1887 (21-23); março de 1887 (24-25); maio de 1887 (26-37).

Gênero – refere-se à "comédia francesa de costumes" do "antigo gênero clássico", expressões explicitamente nomeadas mais adiante.

Modernos – refere-se a dramaturgos contemporâneos de M., que renovaram o gênero clássico, tal como Becque, analisado neste texto.

Caso contrário... – o período termina por um ponto de exclamação, mas se trata, obviamente, de uma pergunta (retórica). É frequente, em M., a troca do ponto de interrogação pelo de exclamação.

evasivo ministrante – ele mesmo, o poeta-crítico, duvidoso sacerdote do culto chamado "teatro", referindo-se a si próprio pelo plural majestático ("iríamos").

culto – o teatro, obviamente.

a autoridade de um deus – não um deus transcendental, impensável em M., mas certamente de alguma instância secular superior, talvez a "divindade", a excelência, o gênio presente, individualmente, em cada ser humano, em contraste com a unanimidade suposta na escolha da multidão ("aquiescência inteira de multidão") que, entretanto, não é marcada, aqui, com valor negativo.

instalar – no sentido solene ou religioso de entronizar, de dar posse ou investidura.

segundo o princípio – segundo o princípio adequado, ideal.

Nunca poeta algum pôde a uma tal objetividade dos jogos da alma acreditar-se estrangeiro – nenhum poeta pode ficar alheio às manifestações reais desses exercícios artísticos ou intelectuais ("jogos da alma") constituídos pelo teatro existente ("objetividade").

admitindo que uma obrigação tradicional... – supondo-se que uma obrigação tradicional (aquela imposta pelo costume) lhe atribua o papel de crítico de teatro ou então que tenha sido convocado, pelo amigo Dujardin, em seu retiro campestre de Valvins ("no fundo de um exílio"), a fazer crítica teatral.

em seu chão, em seu palácio – em seu endereço citadino, em Paris.

A atitude, de outrora a este momento, difere. – há uma diferença, que será explicitada no parágrafo seguinte, entre a apreciação de Gautier ("outrora") que defendia a existência de "um único vaudeville" e a sua própria, na situação presente, agrupando as obras que vai analisar sob a rubrica de "Mistério".

Colocado – refere-se, evidentemente, a Théophile Gautier (1811-1872], poeta, romancista, dramaturgo e crítico.

monstro ou Mediocridade – supostamente, alguma peça teatral medíocre assistida por Gautier.

no lugar divino – o teatro.

pondo... os óculos escuros como uma cegueira voluntária – para não ver o espetáculo. Como indica o próprio M., as citações referem-se a declarações de Gautier, transcritas por Édmond de Goncourt, no prefácio do livro de Émile Bergerat, *Théophile Gautier*, supostamente durante um entreato da peça *Rothomago*, de Adolphe d'Ennery (1811-1899). Aparentemente, M. transcreve essas declarações do *Le Journal* de Goncourt, referente a 1º de março de 1862.

Mistério – "mistério" é uma das noções que M. toma de empréstimo à religião (cristã) para desenvolver sua "religião do homem". Segundo Marchal (1988, p. 513), "toda a antropologia mallarméana assenta-se na noção de um mistério essencial do homem; e toda a sua utopia religiosa consiste em extrair desse mistério do homem, o de sua divindade oculta, um Mistério [...] no sentido litúrgico da palavra [...], isto é, um drama sagrado, cuja figura central não seria mais, como nos mistérios medievais da Paixão, o Deus feito homem, mas o homem-deus." Em termos teatrais, "mistério" ("*mistery play*", em inglês) refere-se, originalmente, a um gênero teatral, desenvolvido ao longo da Idade Média, atingindo seu auge no século XV. Consistia, basicamente, de quadros alegóricos centrados em histórias ou personagens bíblicos ou lendários. Destacava-se, entre os "mistérios", aquele que focalizava o "mistério" da Paixão de Cristo. Segundo Elinor Fuchs (1996, p. 39), "os 'mistérios' medievais contavam a história sagrada do mundo; seus ensinamentos morais [...] recapitulavam essa forma universal através do progresso de uma figura central em direção à salvação". Ainda segundo a mesma autora (p. 36), o teatro simbolista do século XIX, retomou o gênero teatral do "mistério", na onda do renascimento do hermetismo e do misticismo. Entre as peças pertencentes ao gênero, pode-se citar *Pélleas et Mélisande*, de Maurice Maeterlinck (1862-1949), louvada por M. em outro texto de da presente coletânea, "Tábuas e folhas". A palavra evoca também seu próprio poema "*Les noces d'Hérodiade. Mystère*", inicialmente concebido como peça teatral.

tetralogia – segundo Fuchs (1996, p. 42), as alegorias cristãs que estavam no centro do teatro medieval de "mistério", "movimentavam-se em ciclos emblemáticos que representavam diretamente ou imitavam a escatologia cristã. [...] as alegorias religiosas também ecoavam o padrão sacramental ao assumirem a forma de um ciclo natural completo, um dia e uma noite, por exemplo, ou um ano, à medida que esse se move ao longo de suas quatro estações." Uma "tetralogia", no sentido aqui utilizado por M., seria, pois, um conjunto de quatro peças que corresponderiam a ciclos de quatro anos, em paralelo, por sua vez, com o ciclo anual das estações que compõem o "drama solar".

garantam que o texto seja incorruptível como a lei – o texto (profundo) de um renovado "teatro do mistério" não poderá ter outra referência que não a "Paixão do Homem", sempre a mesma ("incorruptível").

até ao seu arcabouço definitivo – até aos seus fundamentos.

a carpintaria e a cartonagem – dos cenários carregados e realistas.

besta – o medíocre teatro existente.

com o ofuscante paradoxo da carne e do canto – leia-se: "juntamente com o ofuscante...". O antigo teatro desaba, mas não deixa de ofuscar com sua combinação (paradoxal, segundo M.) de carne e canto (ou seja, música produzida pela voz, como na ópera).

ou que imaginação... – leia-se: "ou *agora* que imaginação...", dando sequência ao pensamento iniciado em "Agora que supremamente".

imaginação pior e dissimulada – leia-se: "com imaginação pior e dissimulada".

para comunicar-lhes a garantia – para dar-lhes a garantia, para que tenham a certeza.

pessoas iguais aos espectadores – personagens/atores que refletem os traços e a vida dos espectadores. M. descreve e critica, assim, o realismo do teatro existente.

ao evitar lidar com o inimigo de frente – o inimigo é, obviamente, o medíocre teatro existente. E M. descreve, aqui, qual seria a correta atitude a tomar frente a esse teatro. Atacá-lo frontalmente seria inútil, dada sua fingida inocência ("candura").

com que é plausível substituí-lo – M. explicita adiante o que possivelmente deveria substituir esse teatro medíocre: "a visão nova da ideia". Mas isso também seria inútil, dado que ele (o inimigo, esse tipo de teatro) adotaria essa nova visão apenas para negá-la, ao usá-la inapropriadamente, o que já viria acontecendo no Balé.

com nada mais que uma límpida olhadela – em vez de tudo isso ("lidar com o inimigo de frente", etc.), melhor examinar com um lúcido olhar ("límpida olhadela") apenas algum ou outro ponto mais imprudente.

que jaz no obscuro de considerandos silenciados tão logo divulgados pela metade – que se esgota na obscuridade, no caráter confuso, de comentários que se enfraquecem assim que começam a ser exprimidos.

no obscuro de considerandos... – leia-se adiante: "no obscuro de considerandos... em que o pensamento se refugia...".

ora – leia-se com valor adversativo: "mas".

ora decretar como abjeto... – leia-se adiante: "ora decretar como abjeto... :[isso] não, eu me sentiria...".

um meio de sublime natureza – o teatro.

eu me sentiria demasiadamente rico de arrependimentos... – eu me arrependeria em fazer isso ("decretar como abjeto...") por causa daqueles aspectos que, apesar de tudo, constituem sua beleza, enquanto, por outro lado, não constituiria nenhum sacrilégio sugerir essa beleza ("esplendor").

o concurso de artes diversas – a combinação de várias artes, como a música, o verso, etc.

caráter religioso ou oficial – com referência ao teatro, M., em geral, emprega o adjetivo "oficial" (*officiel*, em francês) no sentido pejorativo de arte estabelecida, convencional. Aqui, entretanto, num contexto claramente positivo e aprovativo, o adjetivo parece remeter a "ofício" no sentido de liturgia, de cerimônia religiosa ou sagrada, tal como, por exemplo, a missa, no ritual do catolicismo, o que explica que esteja aposto, como alternativa, a "religioso" ("caráter religioso ou oficial"). Obviamente, "religioso" e "oficial" remetem não à religião propriamente dita, mas à "religião" tal como M. a entende.

assim compreendida – a cena tal como M. a compreende.

combinação miraculosa – o concurso de artes diversas, antes mencionado.

moldar alguma divindade – para produzir alguma divindade, que, em M., é o mesmo que humanidade, gênio humano e, em última análise, beleza.

exceto a clarividência do homem – se não for a clarividência do homem.

da espécie de interregno para a Arte – desse período em que, apesar das condições favoráveis ("concurso de artes diversas, etc."), ainda não surgiu o tipo de arte sonhado por M.

enquanto o gênio deve discernir – enquanto o homem de gênio deve identificar, discriminar, perceber.

forças teatrais exatas – estritas, estreitas.

pessoas não deixam de chegar... – apesar da falta de opção, as pessoas não deixam, nesse interregno, de acorrer aos espetáculos, o que demonstra a existência de alguma necessidade básica ("uma intenção").

A cena é o foco evidente... – por ser fonte de "prazeres usufruídos em comum" e também meio de introdução ao mistério do homem, o teatro é algo que o Estado tem a obrigação de prover.

Pode-se imaginar... – apesar do ponto de exclamação final, trata-se, obviamente, de uma pergunta (retórica).

eles, os fantoches reais do passado, [...]; mas simples generais agora [...] que ele sabe ser! – tanto no Antigo Regime ("fantoches reais"), quanto agora ("simples generais"), às demandas populares ("pretensão de iletrado") por arte ("pompa", "resplendor" "solenização augusta"), os poderosos do Estado reagiam, a contragosto, com respostas evasivas ("conversa fiada", ao mesmo tempo que, interiormente, ridicularizavam-nas ("fazia rebentar de rir"). Mas o iletrado, o homem da multidão não ignora a existência do divino, da divindade que o homem carrega dentro de si, do Deus (na versão da *Révue indépendante*, M. grafou em minúscula) que ele sabe que é.

Após olhar em volta retoma o caminho... – apesar de supostamente se dirigir ao leitor-espectador ("tu"), M. pensa provavelmente nas suas próprias idas e vindas entre seu refúgio campestre de Valvins e Paris, situação que se aplica certamente a muitos dos outros frequentadores de teatro. O caminho em direção ao espetáculo da natureza é descrito no poema em prosa "Glória" de *Divagações*.

ou então fica – na cidade.

depois começa sozinho [...] tua necessária representação – dedica-te ao teatro mental, interior, que, em última instância, é, para M., o único que conta.

Satisfeito de ter chegado a um tempo... – novamente, M. parece estar se referindo ao seu próprio caso: é bom viver num tempo em que existem as condições para uma comunhão ("ação múltipla dos homens"), mas da qual se está excluído, porque o pacto em direção à divinização rompe-se por falta de um selo de garantia ("sinete algum"), da sanção da poesia (mencionada em parágrafo anterior), que garantiria o teatro ideal imaginado por M.

em que o dever... – leia-se adiante: "em que o dever... existe...".

Que fizeram os Senhores e as Senhoras – como de hábito, M. dispensa o ponto de interrogação, mas trata-se, obviamente, de uma pergunta: "Que fizeram os Senhores e as Senhoras que vieram assistir [...] uma peça de teatro?".

na ausência... – na ausência daqueles elementos ("majestade" e "êxtase") que o teatro idealmente deveria ter. M. continua atribuindo essa visão ideal aos próprios espectadores ("seu unânime desejo preciso"), mas ela é, sobretudo, a sua própria visão.

teriam podido... – na ausência do teatro ideal, os espectadores teriam podido, ironiza M., fazer alguma outra coisa, inclusive, ensaiar, ao som da orquestra ("enquanto ria irrompendo a Música"), algum passo de dança de salão.

A zelosa orquestra... – zelosa de seu papel, a orquestra limita-se a servir de acompanhamento ao que é dito ("significâncias ideais") em cena por alguma atriz ("cênica sílfide"). Pode-se imaginar aqui a elipse de uma conjunção adversativa ligando esta frase com a anterior: "teriam podido [...] ensaiar aí algum passo monótono de salões. *Mas a zelosa orquestra* [...]".

Conscientes de estarem aqui... – M. descreve aqui um público que busca o teatro ideal (a Festa!) ou, na falta disso, um teatro realista, que retrate a vida cotidiana, etc. ("ao menos eles próprios...").

o prodígio de Si ou a Festa! – a expressão da divindade que cada um contém dentro de si ("solenização augusta do Deus que ele sabe ser"), que é o que, idealmente, caberia ao teatro proporcionar.

lastimável levantar – o que é lastimável não é o levantar, mas o pano de fundo pintado da cor da aurora.

eis que [...] que invadiram – apesar do verbo no pretérito, trata-se de uma situação hipotética, em que M. imagina, ironicamente, alguns espectadores ("os mais impacientes") invadindo a frente do palco para obter, compensatoriamente, uma representação de sua vida cotidiana. Adiante, M. passa a utilizar o condicional ("cumprimentar-se-iam", etc.). O drama é tão realista, tão banal que, para M., é como se os espectadores (alguns deles) tivessem se transportado ao palco.

o tempo exato para deixar cintilar... – leia-se adiante: "o tempo exato para deixar cintilar... ou a faixa das suíças cortar...". M. descreve, aqui, movimentos de cabeça que parecem expressar alguma coisa.

Sou inocente do que se passa aqui... – i. e., inocente do que se passa na cena hipotética descrita por M ("adultério", "roubo", ver adiante). O mesmo vale para a outra frase em itálico ("*Não é de mim que se trata*"). Em suma, eles dizem: "não tenho nada a ver com isso".

a faixa das suíças cortar com sombra – a imagem é a de um rosto de homem com um corte de barba com suíças e que ao se voltar dá a impressão, para quem o vê, de que uma sombra (a faixa das suíças) atravessa seu rosto.

intrusão no tablado divino – obviamente, a intrusão dos hipotéticos espectadores impacientes que teriam invadido o

palco ("tablado") – divino por ser o lugar onde se oficia um ritual idealmente sagrado, o teatro.

não a podia suportar – não podia suportar a intrusão.

certo raio sutil.. que seus bicos de gás... – a luz dos bicos de gás da iluminação do palco acabaria por denunciar a ilegítima intrusão que constitui um "sacrilégio" do lugar divino. M. atribui à iluminação o poder de expor a falsidade da hipotética cena (que é, entretanto, o que, de fato, se passa na cena real).

do adultério ou do roubo – elementos comuns do drama realista.

Compreendo. – "Compreendo que" (o que vem a seguir).

Apenas a dança... – como M. explicita no parágrafo seguinte, a dança e a mímica não podem prescindir de um espaço físico, mas o drama pode. Lembre-se, entretanto, que no texto "Mímica", desta coletânea, todo o comentário de M. baseia-se tão somente no libreto de Paul Margueritte.

papel – *papier*, no original: uma folha de papel.

cada um é capaz de representá-la para si no interior – é o teatro mental – e ideal – de M.

Becque – Henry François Becque (1837-1899), dramaturgo francês, autor, notavelmente, de *Les Corbeaux* [*Os Corvos*], e de *Les Honnêtes Femmes* [*As Mulheres Honestas*], referida adiante. Apesar de realista, como a dramaturgia da época, M. dedica-lhe alguma admiração ("uma obra-prima moderna no estilo do antigo teatro", adiante).

alguma reprise ontem – a encenação de *Les Honnêtes Femmes* que M. teria visto seria a de 27 de outubro de 1886, na *Comédie-Française*.

Théatre-Français – nome pelo qual também era conhecido o teatro da *Comédie Française*.

não a percebo menos escrita – "não a percebo menos em sua forma escrita".

notação – refere-se, obviamente, ao texto da peça.

não abandonarei... – supõe-se que M. tinha em mente, no parágrafo anterior, justamente essa peça de Becque, *Les Honnêtes Femmes*. Ele diz aqui que não deixará essa peça para trás, parando de comentá-la, sem antes "ressaltar [...] que tem seu potente toque de poesia", embora reconheça que é mais do que tempo ("Se demoro...") de passar a esboçar "alguns traços novos de estética".

de ficção – ver, a propósito do termo "ficção", uma das notas do texto "Mímica", nesta mesma coletânea.

neutra – discreta.

e (sorrio) por causa do símbolo. – M. sugere que se diverte ao pensar no símbolo, isto é, na música suave, discreta que é, para ele, segundo Cohn (1990, p. 229, nota 46), símbolo do parto ou da maternidade (literal, ou, no caso do poema, figurada).

Que é isso senão uma alegoria burguesa... – trata-se, evidentemente, de uma pergunta (retórica). Imagine-se um ponto de interrogação após "deliciosa e verdadeira". Em *Les Honnêtes Femmes*, um jovem solteiro, o Sr. Lambert, faz uma visita à Sra. Chevalier, casada, e tenta seduzi-la. Seu gesto mais explícito de sedução é repelido pela Sra. Chevalier que manda que ele se retire de sua casa. Nesse meio tempo, entretanto, e antes que o Sr. Lambert tenha tempo de se retirar, chega à sua casa a jovem Geneviève, 21 anos, enviada por sua mãe, para passar um dia com a Sra. Chevalier e seus dois pequenos filhos (uma menina e um menino). Geneviève é portadora de um bilhete de sua mãe, no qual pede à Sra. Chevalier que arranje um marido para sua filha. Antevendo no Sr. Lambert um bom partido para Geneviève, a Sra. Chevalier volta atrás na sua decisão de mandá-lo embora e tenta vender-lhe a ideia de esposar Geneviève, enquanto essa se retira para o interior da casa para se entreter com as crianças. Na cena final, o Sr. Lambert ainda nada convencido das vantagens do casamento, Geneviève volta à sala, rodeada das crianças, e a Sra. Chevalier aproveita para apresentá-los formalmente. Ela deixa os dois conversando, enquanto escreve um bilhete para a mãe de Geneviève, dizendo-lhe que está tudo arranjado, o que conclui a peça, que termina, pois, de uma maneira aberta. Curiosamente, M. descreve aqui um final mais fechado do que o sugerido pela peça.

peguem a peça – leiam-na.

essa aparição – é o momento do retorno de Geneviève.

precipitando o desenlace – como se vê no resumo da peça, não é exatamente isso o que se passa.

por um quadro de maternidade futura – na peça, um dos principais argumentos da Sra. Chevalier, para induzir o Sr. Lambert ao casamento com Geneviève, é que a perda da liberdade de solteiro será compensada pela alegria proporcionada pelos filhos. O "quadro de maternidade futura" é, pois, essa rósea perspectiva descrita pela Sra. Lambert.

cromolitografia – técnica de gravação para a obtenção de estampas coloridas, considerada como de pouco valor por ser arte mecânica ou por ter se tornado popularizada.

esse autor dramático – trata-se, ainda, de Becque.

para antecipar-se à menção dos bustos de lareira – M. ironiza, aqui, o clichê "autor dramático por excelência", comumente aplicado aos autores célebres ("bustos de lareira").

opõe como harmonia os tipos e a ação – opõe os tipos e a ação concebidos como harmonia. Recorde-se aqui a centralidade dos "tipos" no teatro ideal de M.

estilo último, o Luís XVI – é sabido o (bom) gosto de M. por objetos de decoração doméstica, demonstrado na escolha dos móveis de suas próprias casas, a da cidade e a do campo, e na efêmera aventura da produção do seu jornal de "modas" (*La Dernière Mode*).

Analogia que me capta: ... – assim como o mobiliário estilo Luís XVI, utilizado no cenário da peça em questão, é melhor do que o mobiliário pretensioso comumente utilizado no teatro, também o tipo de *bergère* empregado no referido cenário é melhor do que qualquer outra coisa que vier a ser utilizada no futuro ("não voltar a ver"). Nisso consiste a analogia: tal como nada se compara com o estilo Luís XVI, nada se *comparará* ao mencionado estilo das *bergères*.

sedas de vestido – sedas utilizadas em vestidos.

o olhar jamais iludido pelas similitudes de alguma alusão decorativa ofuscante – o olhar jamais distraído pelo realismo ("similitudes") de alguma figura (flor, fruta, animal, etc.) impressa no tecido ou talhada na madeira das *bergères*.

em sua crueza – na crueza realista do outro tipo de *bergère*.

segundo torções – *selon des torsions*, no original. Na versão da *Révue indépendante*, M. havia escrito: "*avec des torsions*". Dado o valor polivalente que a preposição "*selon*" tem para M., pode-se, aqui, restituí-la, para fins de leitura, à preposição da versão da *Révue indépendante*: "*avec des torsions*", "com torções".

...e depois de ali confundir [...] sua própria quimera. – Aceitando-se a leitura de "*selon*" como "*avec*", poder-se-ia entender "torções" como as "deformações" impostas aos tecidos e às madeiras das *bergères* pelas figuras realistas nelas impressas ou talhadas. O risco que se correria seria, então, o de confundi-las com o exagero ("bizarro luxo") de seus próprios devaneios, suas próprias fantasias ("sua própria quimera").

O mal-entendido... – a busca por novidade cria a expectativa de uma arte (o teatro) que seja inteiramente invenção, inteiramente nova, mas há valor ("resultado imprevisto, glorioso"), no gênero clássico, tal como na obra de Becque ("o mestre"), por exemplo. Observe-se que aparecem, aqui, os temas aludidos no título ("gênero", "modernidade").

de uma admiração – na versão da *Révue indépendante*, "admiração" vinha qualificada: *"d'une admiration sagace"* ("de uma admiração sagaz"). Com o qualificativo, a admiração genuína ganha mais contraste com a admiração ingênua (*"badauderie"*, "basbaquice"), mas M. preferiu, ao revisar o texto, a concisão.

espera-se essa arte inventada inteiramente – espera-se que essa arte seja inteiramente inventada.

com a nossa experiência – leia-se: "juntamente com a nossa experiência". Ou seja, o feito de Becque é "um resultado [...] do antigo gênero clássico", em combinação com "a nossa experiência".

ou não sei qual desinteresse cruel... – a conjunção "ou" não assinala uma alternativa entre "experiência" e "desinteresse", mas marca a oposição entre, de um lado, o resultado positivo, alcançado, neste século (XIX), por Becque, por combinar o gênero clássico com a experiência atual e, de outro, um resultado que não foi obtido ("não foi empregado"), antes do século (XIX), em virtude de alguma forma de cruel desinteresse.

inteiramente a nu – visivelmente.

antes do século – do século de M. (XIX).

Outra coisa – "pensar em outra coisa".

A Parisiense – última peça escrita por Becque.

verde maturidade – jovial maturidade.

retomem – revejam.

evidentes – brilhantes.

o labutador – o autor, Becque.

reúna em torno – em torno da mencionada peça, *A Parisiense*.

Não fingir a impaciência de uma surpresa; – M. utiliza ponto-e-vírgula onde normalmente não haveria nenhuma pontuação. O ponto-e-vírgula assinala, aqui, uma suspensão do pensamento e uma pausa que dá força à frase.

com um clarão mais estrito – com um obra brilhante, mais de acordo com as regras clássicas do gênero.

comédia francesa de costumes – é esse o gênero do título e o "antigo gênero clássico", anteriormente mencionado.

Como aprecio, também e diferentemente... – M. passa a falar, agora, de outro dramaturgo, Henri Meilhac (1831-1897). A peça aqui comentada por M. é *Gotte*, comédia em 4 atos, apresentada, pela primeira vez, em 29 de novembro de 1886, no Teatro do *Palais-Royal*. O casal Courtebec tem por cozinheira a jovem Gotte, uma órfã que lhes foi recomendada pelo tabelião Verduron. Por tê-lo ouvido cantar uma ária de Gounod, Gotte apaixona-se pelo patrão que, tal como sua esposa, tem cerca de cinquenta anos. Gotte lança olhares lânguidos ao Sr. Courtebec e toca-o nas costas sempre que pode, o que muito o aborrece, mas ele adora a boa comida e não consegue decidir-se a demitir a autora de molhos tão divinos. Os Courtebecs têm por amigos o casal Lahirel, com quem vão passar uma temporada na praia. O Sr. Lahirel, 50 anos, é extremamente ciumento de sua esposa, 22 anos. Em certo momento, chegam, ao mesmo tempo, duas cartas, ambas enviadas pelo tabelião, o sr. Verduron. Uma delas é uma carta de amor, em que Verduron propõe casamento à destinatária. A outra informa à destinatária que ela é a feliz herdeira de uma soma imensa de dinheiro que lhe foi deixada por um parente distante que vivia no Chile. No ato de entrega, entretanto, as cartas são trocadas. A primeira, destinada à Gotte, foi entregue à Sra. Lahirel, que a deixa fechada. A segunda, destinada à Sra. Lahirel, a verdadeira herdeira da quantia milionária, é entregue a Gotte que, analfabeta, pede que sua patroa a leia e lhe diga o que contém. Mas a Sra. Lahirel acha melhor não revelar imediatamente à criada o que diz a carta. Os Courtebecs, apesar de anos de virtude, ficam desolados por ver tão elevada soma ir parar nas mãos de uma cozinheira ignorante, e começam a tramar contra ela e também um contra o outro. O marido, inspirado pelo Borgonha, não pode deixar de pensar como fazer para conseguir um divórcio e esposar Gotte, cuja paixão ele começar a ver com mais indulgência. Ele chega a confessar isso abertamente à esposa, que, surpreendida, faz uma grande cena. Na manhã seguinte nada é lembrado, ou melhor, tudo é perdoado, pois descobriu-se depois o engano na entrega das cartas e os Courtebecs seguem sua vida normal. [Resumo feito a partir do comentário não assinado de um cronista do *New York Times*, de 5 de dezembro de 1886, com alguma informação retirada do capítulo sobre Meilhac do livro de Jules Lemaître, em *Impréssions de Théâtre*, Paris, H. Lecène et H. Oudin, 1888, p. 235].

que é demasiado... – já basta a preocupação que a vida nos impõe.

partitura aqui calada – isto é, não se ouve, nessa peça, nesse texto ("partitura"), a "música" da "orquestração das raivas...".

segundo um rítmico equilíbrio na estrutura – o texto da peça ("partitura") segue um equilíbrio rítmico, "por oposição de cenas contrastadas, etc.".

ela a si mesma responde – refere-se à farsa.

que esconde... – leia-se adiante: "que esconde..., ou mostra, uma transparência...".

que esconde com um estreitamento da saia – refere-se, evidentemente, à nudez feminina ("transparência"), que a

Fantasia esconde ou mostra. Essa alusão ao caráter mais material, mais carnal dessas peças continua no parágrafo seguinte ("corpo, voz e carne"). Observe-se que Meilhac foi um dos principais libretistas de Jacques Offenbach (1819-1880), que se notabilizou como compositor de operetas e can-cans (esses últimos talvez evocados na "saia").

Alguns romances... – Robert Cohn (1990, p. 184), na sua tradução comentada de *Divagações*, sugere que M. está pensando, aqui, assim como no parágrafo seguinte, em escritores como Flaubert, Huysmans ou nos irmãos Goncourt.

seu patrimônio de colorido imaterial – sua forma puramente literária, livresca.

bem como abstendo-se de agir mais que tudo – o tipo de romance que M. está elogiando evita a simples narrativa de ações, da aventura (ver parágrafo seguinte), concentrando-se na descrição de "tipos".

o perfeito escrito... – M. enuncia, aqui, sob o pretexto de um texto alheio (*Chérie*, de Edmond de Goncourt) sua própria estética. Nenhuma menção direta a qualquer fato ("a menor aventura"), coisa ou pessoa, mas apenas sua pura evocação, sua sugestão, como a da personagem de Goncourt, que mais vida ("sopro!") tem quando não aparece "em carne e osso" ("fantasma"). Numa obra literária desse tipo nada acontece direta ("de imediato") e exteriormente ("de fora") e o tempo presente se apaga para que se tornem visíveis outros tipos de temporalidade ("mais híbridos lados-de-baixo").

sua evocação casta – refere-se a "aventura".

estanho – espelho.

uma certa extraordinária figura – na versão da *Révue indépendante*, M. nomeia essa "extraordinária figura". Trata-se da personagem do romance *Chérie*, de Edmond de Goncourt (1822-1896).

lados-de-baixo – *dessous*, no original.

Se nossa agitação exterior... – se a descrição realista ("nossa agitação exterior") já é questionável ("choca") no romance, o é ainda mais no espaço do teatro, no qual a materialização de fatos, personagens, etc. funciona como impedimento ("obstrução gratuita") para uma apreciação mais sutil.

Sim, o Livro ou essa monografia em que ele se torna de um tipo... – o Livro não se confunde com o seu suporte material, mas protege aquilo que ele é ou contém – "delicadeza redobrada infinita e íntima do ser em si mesmo" – contra o "brutal espaço" exterior.

o Livro [...] é suficiente... – com os novos procedimentos, cuja rarefação (condensação) corresponde à sutileza da vida, o Livro é suficiente, dispensando a passagem à forma teatral.

Por uma mental operação e nenhuma outra... – formulação clara da preferência de M. pela leitura silenciosa do libreto relativamente à representação teatral.

Seus traços – do rosto do personagem.

intimida-se diante de um intérprete – um intérprete não pode substituir as descrições ("traços", "postura") que um bom romancista faz de um determinado personagem.

um intérprete, que convém ir ver na qualidade de público... – apesar das limitações da representação teatral, ir ver uma peça é a melhor coisa a se fazer depois da leitura do romance em que a peça se baseia.

como eu – leia-se: "como eu gosto".

Senhores de Goncourt – os irmãos Goncourt, ambos escritores: Jules de Goncourt (1830-1870) e Edmond de Goncourt (1822-1896).

uma das refinadas e pungentes obras... – na versão da *Révue indépendante*, M. nomeia a referida obra: *Renée Mauperin*.

pois você descobre... – leia-se adiante e interpole-se um "que": "pois você descobre [...] *que* todo esse artifício [...]". M. desculpa-se por esse longo período que "se arrasta e se estende para além da cadência de uma frase", mas que toda essa demora ("todo esse artifício dilatório de respeito") tem como objeto a adaptação ao teatro que o próprio Edmond de Goncourt ("um dos príncipes das letras contemporâneas") teria feito da obra-prima (supostamente, o romance *Chérie*, aludido, mas não nomeado no início deste parágrafo). Curiosamente, na primeira versão dessa passagem (*Révue indépendante*), em vez de *Chérie*, a obra referida é *Renée Mauperin*, adaptada ao teatro por Henry Céard e estreada no Teatro Odéon em 17 de novembro de 1886. E M., em vez de falar da "original adaptação que ele próprio [Edmond de Goncourt] faz da obra-prima", fala da adaptação de *Renée Mauperin*, feita por Henry Céard. Pela redação do texto aqui traduzido, M. dá a entender que está falando de uma adaptação teatral de *Chérie*, feita por seu autor, Edmond de Goncourt. Mas tanto quanto pude verificar, não foi feita qualquer adaptação de *Chérie* ao teatro. Observe-se também que, enquanto o romance *Renée Mauperin* é assinado por Jules e Edmond, os irmãos Goncourt, *Chérie* é da autoria exclusiva de Edmond.

Diante da falta de gosto... – Leia-se adiante: "Diante da falta de gosto [...] esta atenuante [...]". M. refere-se, ironicamente, à sua própria falta de gosto, ao se demorar para chegar a uma conclusão, o que é explicável porque é "fácil cochichar verdades que são mais bem anunciadas pela obra deslumbrante do romancista". E apresenta uma atenuante para isso.

em favor da integridade... – leia-se "*mas* em favor da integridade...".

por causa do ambiente – do ambiente teatral.

mais tosco ainda – do que o do romance.

à existência... – à existência no romance.

da qual, anteriormente, extraído – leia-se "da qual fora, anteriormente, extraído".

E.. e – observe-se, uma vez mais, que M. usa consistentemente os dois pontos, em vez de três, para indicar reticência. Aqui, a repetição da conjunção parece ser utilizada para criar expectativa, suspensão.

falo de acordo com alguma percepção de atmosfera... – a questão de que trato aqui, parece dizer M., é a da sutileza ("atmosfera") relativamente à percepção da realidade quando a obra de um poeta (no caso, um romancista, na verdade), é adaptada ao teatro ("transposto ao mundo").

respondam se subsiste uma relação satisfatória – M. duvida de que, na transposição ao teatro, não tenha se perdido a relação que existia, no romance, entre a sua expressão artística e a natureza inapreensível da vida. O romance, tal como representado, nesse caso, pelas obras dos irmãos Goncourt, está mais próximo da estética da sugestão e da alusão, cara a M., do que o teatro.

Convenções! – basta utilizar as convenções (a dicção forçada dos atores, etc.), para se obterem "paraísos" (representações artificiais), em vez de uma sala de visitas (onde, supostamente, se passam as cenas do banal cotidiano representadas no teatro), diz, ironicamente, M.

O sr. Daudet – Alphonse Daudet (1840-1897), romancista, poeta e dramaturgo. O romance aqui comentado por M., na adaptação para o teatro, é *Nouma Roumestan: mœurs parisiennes* [*Nouma Roumestan: costumes parisienses*], publicado em 1881 e levado à cena, numa versão adaptada ao teatro, em 15 de fevereiro de 1887 no Teatro Odéon. M. suprimiu aqui a menção explícita ao título da obra que estava presente na versão da *Révue indépendante*.

sem pré-concepção – sem nenhuma ideia pré-concebida.

invoca – leia-se adiante: "invoca [...] dons".

à medida que surge o despertar do romance na cena – à medida que as páginas do romance se traduzem em teatro.

dos dois nenhum – nem exatamente o escrito, nem exatamente o interpretado, ou seja, a ambiguidade referida.

verte – "derrama", "espalha".

o volume – o romance escrito.

Se o talismã da página... – a sintaxe do original, tipicamente francesa, mas complicada ainda mais por M., é impossível de ser reproduzida em português (cf. original). Esta é uma das poucas passagens em que a tradução mais se afastou da sintaxe original. Para M., se a atração exercida pela página de um livro é um presente pérfido (de um deus), mas prezado, não se pode, por outro lado, deixar-se prender pela atração exercida pela sala de teatro, como se o espetáculo teatral propiciasse um acesso mais direto a alguma coisa, ao dar a impressão de provir do próprio espectador (que se vê representado nos personagens do drama realista encenado no palco).

presente – no sentido de dádiva, como o "presente pérfido de um deus" (tal como M. tinha escrito na versão da *Révue indépendante*).

O ator evita escandir o passo... – o ator não se guia pelo refrão, pelo ritmo ("ritornelo") imposto pelo drama, mas segue, em vez disso, silenciosamente, o ritmo de seus movimentos ("passo" e "salto").

Estilhaçamento – leia-se adiante: "Estilhaçamento... daquilo que seria preciso... chamar *a cena a não fazer*...".

a cena a não fazer – no romance em que a peça comentada se baseia.

"**nunca nada realizar ou proferir que possa ser copiado exatamente no teatro**" – em contraposição à tendência atual ("fórmula célebre") a riscar "todos os códigos passados", incluindo esse princípio, Daudet escreveu um romance que pôde ser reproduzido no teatro. Na versão da *Révue indépendante*, essa frase não está entre aspas. Supõe-se que as aspas foram acrescentadas, na versão de *Divagações*, para dar-lhe ênfase.

sem que a isso se abandone – na versão da *Révue indépendante*, o sujeito, aqui indeterminado, é o herói da peça.

tal como unicamente no poema – tal como *se dá* unicamente no poema.

bem como a clarividência – bem como *com* a clarividência.

nosso mundo – nossa sociedade, nosso meio.

com isso – com a adaptação ao teatro.

sumárias dobras – das páginas do livro contendo as tragédias. Na versão da *Révue indépendante*, M. observa em nota de rodapé, suprimida na versão definitiva: "[Tenho] aberto meu Racine, nesses últimos tempos."

a antiguidade reanimada na sua cinza branca – na interpretação de Marchal (1988, p. 219), a antiguidade aludida aqui é a germânica, numa alusão crítica a Wagner e sua exaltação de heróis mitológicos personalizados.

num meio nulo ou quase – num meio destituído de aparatos supérfluos, característico do teatro clássico francês.

poses humanas – tipos humanos, no sentido mallarméano de personagens que sintetizam traços universais do homem, como Hamlet, por exemplo.

plástica moral – a arte de plasmar os tipos ("poses") que encarnam as virtudes e capacidades humanas ("nossa"). O adjetivo "moral" é, aqui, sinônimo de "espiritual".

Estatuária... – M. continua no campo das imagens e das metáforas visuais, iniciado no parágrafo anterior ("poses humanas", "plástica moral"). Se a estatuária é a arte de criar estátuas, ela significa aqui a arte em geral e, mais especificamente, a criação artística envolvida na produção da tragédia clássica, que M. compara à "interna operação" de Descartes. Sabendo-se, por suas "Notas sobre a linguagem", que M. reteve de Descartes, sobretudo, a noção de ficção (moldada aos seus próprios propósitos, é verdade), pode-se supor que essa "interna operação" é justamente a da ficção. Para Marchal (1988, p. 183), entretanto, a "interna operação" remete ao *cogito* cartesiano, à faculdade do pensamento. Marchal pensa que M. pode ter lido uma crônica (de autor não mencionado), publicada em *La Révue wagnérienne*, de 8 de junho de 1885, ligando Descartes ao teatro clássico: "A Arte clássica deriva da filosofia cartesiana [...]. [...] ela habituou todos a ver, nas almas, o puro Pensamento, independentemente de qualquer influência sensível e, nos corpos, a Linha pura, abstrata. Assim pareceu o Universo aos artistas; assim nos mostrou o mestre dessa época, Racine, a nobre essência do gênio clássico [...] que expressa o mundo verdadeiro da alma..." (p. 183).

o palco significativo de então – da época da tragédia clássica francesa.

de então – da época de Descartes, século XVII, coincidente com a do teatro clássico francês (Racine, Corneille, Molière).

unidade de personagem – unidade de caráter do personagem, uma das unidades que constituíam o princípio do teatro clássico, juntamente com a unidade de local, de tempo, de ação e de tom.

juntando o tablado e a filosofia – ver nota acima, sobre a conexão entre Descartes e o teatro clássico francês.

impedida de inventar... – leia-se adiante: "impedida de inventar... para vivificar...". O verbo, "inventar", faz, aqui, paralelo com a "operação interna" de Descartes, se a interpretamos como "ficção" no sentido empregado por M., ou seja, a operação de criação, de invenção, própria do homem.

Uma página para esses helenizantes, ou até mesmo latina – uma página do teatro grego ou até mesmo do latino.

decalque – cópia, reprodução.

A figura de elã ideal – o artista de impulso criador ideal.

obsessão escolar – obsessão academicista.

modos do século – estilos supostamente indesejáveis do século XVII.

Apenas o instintivo jorro... – o impulso criador instintivo dessas tragédias clássicas, que insuflou alguma energia ("bela musculatura") a obras essencialmente frágeis ("fantasmas").

desenho – estilo.

desenho contrário ou igual – contrário, por um lado; igual, por outro, ao estilo da época clássica. Contrário, por sua tendência analítica; igual, por sua síntese clássica (ver adiante).

no heroico – i. e., no período heroico, ou seja, no período em que a tendência era colocar heróis mitológicos (Fedra, Teseu, Hipólito), como em Racine (1639-1699), no centro do drama.

o camafeu Luís XIV – o estilo teatral clássico correspondente à era Luís XIV (1643-1715).

estabelecer aí – na época moderna.

sobre si – "*sur soi*", no original. Ou seja, com base no homem (despersonalizado) e não em heróis mitológicos.

que não o caso de notoriedade – exceto os casos notórios ainda baseados na fábula, o que, curiosamente, inclui,

provavelmente, a peça de Zola, aqui comentada, *Renée*, "a sua Fedra" (ver adiante).

velho vício sedutor – o vício ("excesso de facilidade, etc.") tem, aqui, um tom positivo.

fórmula buscada – a de Zola.

que difere por uma fenda analítica – a "fórmula buscada" por Zola aproxima-se da síntese clássica, exceto por uma tendência ("fenda") analítica, que emprega em demasia o realismo ("verossimilhança") ou as aventuras romanescas ("choques do acaso").

Caso advenha o desfecho de uma tempestade de vida – caso ocorra uma situação difícil ou de conflito. A referência é a situações da peça de Zola (ver, adiante: "cada estado sensitivo").

uma surpresa de gesto ou de grito – um gesto ou grito de surpresa: inversão típica da "gramática" mallarméana.

nós nos sentamos para uma conversa – procuramos resolver a situação conflitiva pelo diálogo.

começa... – leia-se adiante: "começa... e me subjuga".

sua Fedra – de Zola. Refere-se à *Fedra*, de Racine. O próprio Zola confessara ter-se inspirado nessa personagem.

Renée – uma das personagens centrais do romance *La Curée*, de Zola. Nesse caso, M. está se referindo à adaptação que o próprio Zola fez de *La Curée* para o teatro, com o título de *Renée*, apresentada no *Théâtre du Vaudeville*, em 16 de abril de 1887. No texto da *Révue indépendante*, de 1º de maio de 1887, o próprio M. informa que a peça *Renée* é uma adaptação, por Zola, daquele romance, combinado com *Nantas*.

Cada estado sensitivo por meias palavras, resolve-se calmamente pelos personagens – cada situação sensível, conflitiva ("o desfecho de uma tempestade de vida") resolve-se calmamente, por meias palavras, ou seja, verbalmente.

o próprio da atitude agora... – apesar da construção negativa "(não falar nunca senão após decisão"), o sentido é o de falar mesmo após decisão (interior; mesmo após "sabido"), deixando de se exprimir por simples reação emocional ("fornecer a primazia ao motivo sentimental"). Daí a impessoalidade, a frieza das grandes ocasiões. Obviamente, M. não está falando da vida real, mas de uma convenção do teatro moderno.

a humana suprema – leia-se: "aquela *atitude* humana suprema".

Lei – aquela enunciada no parágrafo anterior.

não! ela ditou o teatro clássico – torneio de frase típico de M.: intercalar alguma expressão que indique meia-volta no pensamento, como esse "não!", desdizendo o que acabara de dizer.

assim por essa relação – a relação que liga o teatro moderno ao clássico: o fato de ambos se expressarem mais pelas palavras do que pelos sentimentos.

o sujeito... – o sujeito (personagem) da peça de Zola. A analogia é entre *Renée* (Zola) e Fedra (Racine).

o teatro de costumes – que é o teatro típico da modernidade, aquele que M. analisa no presente texto, representado aqui por Becque, Daudet, Zola.

Veja que até você... – leia-se adiante: "Veja que até você... sempre trata a situação... como se a propósito de algum outro...". Tal como no parágrafo que começa com "Caso advenha o desfecho...", também aqui M. mistura situações da vida real com situações da peça.

um contemporâneo tenta elucidá-la por um apelo puro a seu julgamento – continuidade da análise já exposta: tendência do teatro contemporâneo a fazer os personagens tomarem decisões "racionais".

um contemporâneo – Zola.

resolvendo comercialmente a sinistra preliminar – na peça (*Renée*), tal como no romance em que ela se baseia (*La Curée*), o personagem central, o frio e calculista Aristide Saccard casa-se com Renée em troca de um valioso dote.

depois Renée – "depois com Renée".

um controle para cada um – um domínio sobre as próprias emoções, em acordo com o que M. vem expondo até aqui.

Esse voluntário apagamento exterior – de qualquer indício de emoção.

nosso modo – de ser, de viver.

estrondos – explosões emocionais.

sucinto raio – breve explosão emocional de quem está sob a pressão de tanto controle.

marca com uma luz violenta... – quem se descontrola, deixando-se levar pela emoção, acaba se destacando.

por um rasgão – o descontrole emocional que atinge, excepcionalmente, um personagem.

a irredutibilidade de nossos instintos – a impossibilidade de controlar nossos instintos.

A adaptação... – a adaptação para o teatro, feita por Zola, de seu romance *La Curée*.

toma assento – no teatro.

teatro dito de gênero – eis aqui, explicitamente, o "gênero" do título. As peças aqui analisadas por M. são todas desse tipo. Pode-se caracterizá-lo como "teatro de costumes".

aquelas – aquelas peças. M. equipara, aqui, a adaptação de Zola às peças do teatro de gênero, ou seja, de costumes, naquilo que elas têm de negativo.

exceto o esplendor... – apesar de a peça de Zola se equiparar, em geral, às do tradicional teatro de costumes, certas características ("qualidades") tornam-se ressaltadas ("ampliadas") a ponto de evocarem uma ideia ("ponto de vista"), entendida, aqui, no sentido mallarméano.

refinando a curiosidade em intuição... – transformando a curiosidade do espectador em intuição de que existe entre a peça de Zola ("isso") e as outras, uma diferença... "absoluta".

Esse véu convencional – o véu das convenções, como as que regem, por exemplo, o teatro de costumes.

tom, conceito, etc. – na forma de tom, conceito, etc.

toda sala – de teatro.

cristais – dos lustres, motivo recorrente em M. e, aqui, metáfora de lucidez e autenticidade ("perspicazes").

incendiou-se na chama do gás – tal como anteriormente, neste texto ("seus bicos de gás mal dissimulados [...] iluminam [...]os imprudentes atores desse banal sacrilégio"), M. atribui à luz do gás (neste caso, o dos lustres) o poder de fazer transparecer a falsidade das convenções teatrais, revelando os personagens em toda a sua crueza e verdade ("franqueza"), tal como no teatro clássico: "ingênuos, mórbidos, fingidos, brutais".

caracteres – personagens.

Parêntese

O primeiro parágrafo de "Parêntese" retoma o final das "Notas sobre o teatro", do nº 3 da *Revue indépendante*, de janeiro de 1887; os seguintes retomam o final das "Notas" do nº 6, de abril de 1887 e o início das "Notas" do nº 8, de junho de 1887. Entre a crônica de janeiro e a de junho, foram canceladas, após a estreia em 3 de maio, no Teatro Éden, todas as apresentações de *Lohengrin*, de Wagner, após as manifestações de rua provocadas pelo caso Schnaebelé (incidente de fronteira de Pagny-sur-Moselle, entre a França e a Alemanha). M., que não gostava das estreias, não compareceu à de *Lohengrin*, perdendo, assim, a oportunidade de assistir à encenação da obra de Wagner.

Entretanto... – este primeiro parágrafo, como já observado, é uma versão modificada do final da crônica de janeiro de 1887 da *Revue indépendante*, na qual M. comenta algumas peças teatrais, comentários que ele retoma, em parte, no texto "O gênero ou os modernos", publicado em *Divagações*. Embora, em grande parte, favoráveis, ele concluía a crônica com o parágrafo cujo início era então: "Bravo! é festa de amadores, mais ingênua que todas por seu recurso comprovado aos velhos tempos: ora não escutam vocês, entretanto e longe, essa lavagem com grande água musical do Templo [...]", e o parágrafo, encerrando a crônica, continuava mais ou menos como o primeiro parágrafo do presente texto. No contexto da crônica primitiva, pode-se pensar que M. antecipava, na imaginação, os concertos sinfônicos da série "Concertos Lamoureux"(ver nota mais adiante). O advérbio do início ("entretanto"), que finge tomar uma conversa interrompida, ecoa o "parêntese" do título.

não longe – no tempo, ou seja, há pouco tempo.

a lavagem... – M. imagina o Éden, no qual acabara de ver peças dramáticas, sendo purificado pela música, que ele considera superior às representações teatrais.

com grande água musical – com "muita água musical", com muita música.

Templo – da arte; o Teatro Éden, neste caso.

não a ouvem? – a "lavagem" (musical).

restaurada – ressurgida, ressuscitada. No contexto da crônica original, já comentado, M. reúne à sua preferência pela música (em detrimento do teatro) sua outra preferência, o balé, na figura da bailarina que ressurge da torrente musical. M. resume, assim, nessa fusão entre orquestra e bailarina, água e espuma, duas de suas preferências.

movente espuma suprema – M. associa, com frequência, a bailarina à espuma da água do mar, imagem que a identifica com uma substância etérea, volátil, quase imaterial.

Ele foi um teatro... – leia-se adiante: "Ele foi um teatro... o Éden... significativo do estado de agora...". M. assume, aqui, um tom claramente nostálgico e saudoso. Observe-se que M. extraiu esse parágrafo (e os três que se lhe seguem) da crônica de abril de 1887, cujos parágrafos iniciais vieram a constituir o texto "Rabiscado no teatro" que abre a seção de mesmo título do livro *Divagações*. Recordemo-nos do tom claramente queixoso, crítico e negativo relativamente ao estado do teatro contemporâneo, adotado por M. naquele texto: "O desespero em último lugar de minha Ideia, etc.".

significativo do estado de agora – da situação de agora. O que é "significativo" da situação de agora é que o referido teatro não é mais o que era, quando oferecia seus espetáculos italianos de dança. Apesar das ressalvas feitas a seguir a aspectos daqueles espetáculos, o balanço final é, em comparação, claramente positivo.

monótona galeria – galeria traduz "*promenoir*", parte da sala de um teatro, situada na retaguarda, em que as pessoas ficam em pé, podendo circular. No caso, refere-se, obviamente, às pessoas entediadas ("monótona"), aí localizadas.

Um clarão de falsos céus elétrico banhou... – leia-se: "Um clarão como o de céus, mas falso, por ser elétrico...". Como se sabe, M. evitava o símile (metáforas explícitas, nas quais os dois termos são ligados pela conjunção "como"). O verbo no pretérito perfeito ("banhou"), após a utilização, na frase anterior, de um verbo no pretérito imperfeito ("esperava"), traz a cena para um passado próximo, como se a situação descrita tivesse ocorrido no dia ou na semana anterior.

a recente multidão – a multidão recém-chegada.

multidão, encasacada, bolsas a tiracolo – refere-se provavelmente a homens de negócio ou a pessoas pouco afeitas aos exercícios do espírito (ver adiante), não exatamente apresentáveis para a frequência de um espetáculo teatral, circulando na galeria do teatro.

imbecil ouro – "ouro" ("*or*") tem, em M., um sentido ambivalente, referindo-se, positivamente, ora ao sol, centro do "drama solar", ora, negativamente, ao dinheiro (moeda), como aqui.

deteve-se sobre o fulgor de lentejoulas ou de carnes – fixou-se no brilho das lentejoulas ou na nudez feminina.

lassidão muda... – contemplação passiva (dos espectadores).

Às vezes considerei ali... – leia-se adiante: "Às vezes considerei ali... alguma massa multicolorida...". M. imagina ("considerei") os espectadores juntando-se, no palco, às bailarinas, numa espécie de baile.

sobressalto do arco – dos violinos da orquestra.

Teatro Feérico – no original, *Féerie*, peça de teatro centrada em personagens sobrenaturais, como fadas, etc., e que exige meios cênicos complexos.

neutra – indiferente, passiva.

ballabile – no balé, refere-se ao movimento de que participa a (quase) totalidade do corpo de balé.

mas de tudo isso... – a cena imaginada por M. dá lugar à realidade.

na manobra – na movimentação.

segundo sutis primeiros sujeitos! – por sutis primeiros sujeitos; conhece-se a tendência de M. a utilizar a preposição *"selon"* ("segundo") de maneira muito particular. Os "primeiro sujeitos" são as "primeiras bailarinas". No balé, por ordem de importância, é esta a hierarquia das bailarinas: *prima ballerina assoluta*; *prima ballerina, première sujet* ou *première danseuse*; *sujet*; *coryphée*; *corps de ballet*.

a palavra ficava com as finais aliciadoras... – M. queixa-se, aqui, de que as massas deixam de apreciar o fulgor das primeiras bailarinas para se concentrar nas bailarinas que fecham o espetáculo e que estariam ali mais para atrair ("finais aliciadoras") a espécie de público descrita por ele, as quais, pois, acabavam por roubar toda a atenção (com elas ficava a "palavra" final).

arrastando a estupidez poliglota – isto é, as bailarinas do final carregam uma plateia possivelmente internacional (poliglota), embasbacada por esse tipo vulgar de exibição.

meios de beleza – adornos, cosméticos, etc.

ansiosa por vomitar esse clarão – refere-se à "estupidez", ou seja, às "pessoas estúpidas" que constituem o público. O "clarão" é o produzido pelas "finais aliciadoras" no ato final com seus "meios de beleza", o clarão que ofusca os estúpidos ("estupidez [...] ofuscada"). Esses estúpidos estão ansiosos por devolver, por sua vez, esse clarão, por ter alguma parte nele. E por isso, preferem até renunciar ("abjurar") a suas próprias extravagâncias de aparência (plumas, caudas, maquiagens), contentando-se com a sua simples presença no meio de maravilhas (as das primeiras bailarinas, não as do ato final) que não conseguem compreender, numa troca ("acerto de contas simplificador") que não discrepa com a atitude geral de prostituição aí dominante (simbólica, mas talvez também literal). Essa prostituição, essa troca do genuíno pelo falso, funciona como uma declaração de princípios estéticos ("signo estético").

cauda – do vestido.

fardo – maquiagem.

virei-me – na poltrona, para olhar para as tais pessoas, atrás, na galeria.

a música tal como a conhecemos equivalente aos silêncios e o jorro de água da voz – M. lamenta que no Éden tal como ele conheceu e recorda nesse parágrafo não havia a música e as vozes da ópera wagneriana.

Zucchi, Cornalba, Laus – dançarinas célebres da época. Sobre Zucchi e Cornalba, ver nota do texto "Balés". Laus é Emilia Laus, sobre a qual não há maiores informações. As três dançarinas fizeram parte do balé *Viviane*, analisado no texto "Balés".

o banal conflito – entre o devaneio do crítico poeta e o exibicionismo dos estúpidos que o fizeram voltar-se na poltrona.

venalidades da atmosfera – nova alusão às preocupações exibicionistas e comerciais do público.

e o jorro de água da voz – e *sem* o jorro de água da voz.

tinham com as pernas... – ler adiante: "tinham com as pernas...designado com um pé supremo... algum astro."

tinham [...] designado com um pé supremo [...] mais elevado ainda que o teto pintado algum astro – tinham apontado, em seu movimento, com o pé, um astro para além (mais elevado) do banal teto pintado. Segundo Pearson, 2004, p. 93, o teto do Éden exibia cenas pintadas por Georges Clairin (1843-1920). Uma dessas cenas seria um Carro da Dança (em vez do tradicional Carro de Apolo), em que os cavalos tinham sido substituídos por dançarinas em tutus, acompanhadas por Cupidos. Na interpretação de Pearson (p. 93), para M., "a dança astral dessas *étoiles* [bailarinas] transcendia as venalidades comerciais e banais do teatro e a mitologia kitsch do pintor do teto, Georges Clairin".

Muito instrutiva exploração adeus – ironia de M., claro. "Exploração" (*"exploitation"*, no original) é ambíguo: no sentido negativo de exploração comercial interessada (das dançarinas italianas) ou no sentido de pesquisa, análise, estudo? De qualquer maneira, a companhia de dança já se foi (lembremos que M. está evocando espetáculos passados): "adeus". Observe-se a sintaxe telegráfica, condensada, da frase de M.

fadiga de luxo – o tédio, o desinteresse da multidão endinheirada.

dois anos já... – leia-se: "por dois anos já, purificado por vésperas dominicais da sinfonia".

vésperas dominicais – refere-se aos "Concertos Lamoureux", criação de Charles Lamoureux (1834-1899), maestro e violinista, inicialmente apresentados no teatro *Château d'Eau* e, posteriormente, no Teatro Éden (1885-1886), no qual se ofereciam trechos de óperas de Wagner e, posteriormente, em 3 de maio de 1887, apresentou-se *Lohengrin*, em sua integralidade.

logo entroniza – ler adiante: "logo entroniza... uma arte, a mais compreensiva...".

ampliado até ao acordo... – o melodrama francês transformado ("ampliado") para harmonizar ("acordo") ou desarmonizar ("luta") o verso e a música ("tumulto instrumental") é um desejo, um ideal, uma pretensão de M., tal como é sua pretensão, paralela, que isso ocorra também na dança ("pretensão nas danças paralela no poeta").

ou à sua luta – leia-se: "ou ampliado até à luta entre o verso e o tumulto instrumental".

nos começos de uma raça rival da nossa – nas origens de uma raça, a alemã, rival da nossa, a francesa. Alusão à utilização, por Wagner, em suas obras, dos mitos de origem.

aquilo que é, até agora, a verdade – expressão de cautela e prevenção, tal como é também o que segue depois do ponto-e-vírgula. O elogio a Wagner é, na verdade, preparatório de uma crítica e da formulação de uma outra estética, a do próprio M.

emitir... palavras. – fazer comentários críticos.

Numa bofetada – leia-se: "Numa bofetada... à elite... como a dada pela canalha...". A "bofetada" refere-se, obviamente, as manifestações em favor do cancelamento das apresentações da ópera de Wagner.

elite desejosa de recolhimento diante de esplendores – a elite intelectual, à qual M. pertence. O "recolhimento" é o interior, o da reflexão, já referido no parágrafo anterior.

supressão – o cancelamento da apresentação da ópera de Wagner.

da obra-prima desvairada ela própria – com "desvairada", M. não está dando seu próprio julgamento, mas apresentando uma das justificativas, além da política, para a campanha que visava cancelar as apresentações.

contemplado e aprendido – M. descreve a sua surpresa com algo que ainda não tinha visto e, por isso, não tinha aprendido, extraído suas lições, mas a implicação do que segue é que agora ele aprendeu.

a tal ponto que alguma tempestade de esgoto... – por ter visto pior, ou seja, o que aconteceu com Wagner, e ter disso tirado lições, nada semelhante no futuro lhe causará espanto.

certa incúria as primeiras representações – certa inércia dele próprio diante das estreias. M. fala de sua relutância em ver um espetáculo na noite de estreia e dá suas justificativas para isso (manter "um distanciamento [...] de sua solenidade"), o que o fará perder a única apresentação de *Lohengrin*.

uma presença comprovada – uma presença oficializada, talvez como crítico e, por isso, notada.

dirige... – leia-se adiante: "dirige... minha atenção".

dirige, em vez destas ligeiras Notas... – M. contrasta a sua própria presença, oficial, publicamente observada, nas estreias de um espetáculo, em que sua atenção é dirigida pelo brilho cênico e cujos prazeres não pode sentir plenamente, com a apreciação mais tranquila de representações posteriores, que lhe permitem, então, num canto, no momento que melhor lhe convier e ainda sentindo as

vibrações da noite, fazer suas notas à margem (do libreto, talvez) sobre o espetáculo.

até em um caso excepcional – este caso, o da ópera de Wagner.

me levaram a negligenciar... – por todas essas razões, M. deixou de ver a única apresentação da ópera de Wagner.

fugindo da pátria – viajando (para a Alemanha).

ter perdido uma ocasião elementar – leia-se adiante: "ter perdido uma ocasião elementar... de manifestar..."

a cortesia que desfaz o belicoso *fait divers* – a cortesia que atenuaria o incidente que colocara em estado de guerra os dois países, França e Alemanha.

ainda em minha opinião que – leia-se: "ainda, em minha opinião, que".

bastardia pomposa e nova – refere-se a algumas de suas próprias reservas à estética wagneriana não explicitadas aqui, mas desenvolvidas no ensaio "*Richard Wagner. Rêverie d'un poète français*" (em *Divagações*). Em suma, essa "bastardia", explica Marchal (1988, p. 203), deve-se ao fato de que arte de Wagner, na sua aspiração a se constituir em arte total, continua presa "à dupla herança cênica e musical do drama", permanecendo, assim, exterior à literatura (poesia).

não sem esse desprazer... – leia-se adiante: "não sem esse desprazer... em deixar o solo do país... sempre que haja oportunidade de se abeberar numa fonte cobiçada por sua sede." M. preferiria buscar inspiração nos recursos artísticos de seu próprio país, tal como em Théodore de Banville, por exemplo (ver a crônica "Solenidade", nesta coletânea).

Tábuas e folhas

"Tábuas e folhas" retoma, com várias e importantes modificações, o artigo "Teatro", publicado, em duas partes, no *National Observer* (10 de junho e 1º de julho de 1893). A segunda parte do artigo do *National Observer* torna-se a primeira no texto de *Divagações* e evoca a representação de *O fim de Antônia*, de Édouard Dujardin cuja estreia, no teatro *Vaudeville*, deu-se em 14 de junho de 1893. A primeira parte, que se tornou a segunda na versão de *Divagações*, evocava dois acontecimentos cênicos importantes: a estreia de *A Valquíria*, dirigida por Édouard Colonne no Opéra, em 10 de maio de 1893, e a única representação de *Pélleas et Mélisande*, de Maeterlinck, sob a direção de Aurélien Lugné-Poe (1869-1940) no teatro das *Bouffes-Parisiens*, em 17 de maio.

Tábuas e folhas - no original, *Planches et feuillets*. O título expressa a oposição, frequente, em M., entre a encenação ("tábuas" do palco) e o libreto ("folhas"). Como se pode observar, ao longo dessas crônicas, M. inclina-se claramente em favor do segundo, preferindo a leitura solitária, seu "teatro interior", ao espetáculo público.

certas disposições... – leia-se: "certas disposições do público parisiense, secretas [inconscientes] para ele próprio".

com a proclamação de sentimentos superiores – leia-se: "juntamente com a expressão de sentimentos superiores [na peça de Dujardin]".

seu reflexo... – reflexo da peça, isto é, a reação do público à peça de Dujardin.

Édouard Dujardin – (1861-1949), crítico e romancista, um dos fiéis amigos de M., autor de *Les Lauriers sont coupés* [*Os Loureiros estão cortados*].

O autor mostra... – leia-se: "o autor mostra hoje [na noite de estreia de sua peça] uma das facetas de sua personalidade."

A do letrado – a figura, a faceta do letrado.

poeta... – leia-se "poeta com...".

mas não profissional... – leia-se: "mas não a figura de profissional, etc.". Em suma, M. diz que, nessa noite de estreia da peça, não é a figura de Dujardin como profissional, homem do mundo, desportista, fundador de revistas, que se mostra, mas a de "letrado".

ele armaria amanhã o velame não de velino de algum notável iate – no original, "*il gréerait demain la voilure autrement qu'en vélin de quelque remarquable yacht*". M. joga com a brancura comum das velas e das páginas de papel velino, tirando proveito da similaridade sonora (*voilure/vélin*). Amanhã, Dujardin, estará envolvido com os velames de seu barco e não com o velino de suas páginas literárias, como ontem ("recente gala literária"), ou seja, Dujardin voltará a assumir suas outras faces ou figuras, incluindo a de desportista.

Quero vê-lo, nessa hora – a da estreia da peça de Dujardin.

segundo a ribalta apagada – leia-se: "devido à ribalta apagada". Segundo Dorothy Knowles (1934, p. 112), Dujardin havia determinado que permanecessem acesas apenas as luzes do palco, deixando a sala do teatro na obscuridade total, à imitação do que fazia Wagner em Bayreuth. Ainda segundo a mesma autora (p. 107), o próprio Dujardin subira ao palco para recitar o Prólogo de sua peça, o que explica grande parte da descrição que M. faz aqui do amigo: a "sombra de três quartos", "escrutando com o monóculo o manuscrito de seu prólogo", "bela inclinação de toda a atitude". A descrição de M. é a de quem, da plateia, vê o dramaturgo no palco, recitando o seu prólogo.

de toda a atitude – de todo o porte, de toda a postura.

whisteleriano – referente a James Abbott McNeill Whistler (1834-1903), pintor nascido nos Estados Unidos, mas que vivia na Inglaterra. Amigo de M., que o homenageou no texto "Whistler", da seção "*Quelques medaillons et portraits en pied*" de *Divagações*. Segundo Cohn (1990, p. 229, nota 56), o adjetivo aqui significa distinto, perspicaz, combativo, em acordo com o retrato que M. faz de Whistler naquele texto.

Três verões consecutivos – enquanto a terceira parte da trilogia (ver nota abaixo), que M. comenta no presente texto, teve sua estreia em 14 de junho de 1893, a primeira e a segunda estrearam, respectivamente, em 20 de abril de 1891 e em 17 de junho de 1892.

cada uma tragédia moderna – cada uma delas (partes), uma tragédia moderna.

Lenda de Antônia – trilogia de Édouard Dujardin, da qual *O fim de Antônia* constitui a terceira parte. A primeira parte intitula-se *Antônia* e, a segunda, *O cavaleiro do passado*.

a conclusão – a terceira parte da trilogia.

um erro! – o "fausto" e a superlotação.

para a efusão – para a difusão, ou seja, para estendê-la ao maior número de espectadores.

para tirar... a prova – para pô-la à prova.

bulevar – a rua, o povo.

diante de uma visão de primitivo, longínqua e nua – diante de uma peça que supostamente expressa a visão de um autor ingênuo, sem rebuscamentos, uma visão que não caracteriza uma época precisa ("longínqua") e sem aparatos ("nua"). (Cf. adiante: "aqui o acordo de uma arte ingênua... com as emoções e as verdades, amplas, graves, primordiais.").

A aventura poderia ter resultado em outra coisa... – apesar do alto nível do público ("magnífico"), M. lamenta que tenha havido esses "risos esparsos" interrompendo a sua "bela atenção".

a simulação de uma necessidade quase um culto – M. não se iluda, entretanto, vendo nessas atitudes aparentemente respeitosas do público simplesmente a necessidade de aparentar uma certa sofisticação (adiante: "pretendendo dizer-se em condições de compreender o que quer que seja de raro").

um certo mínimo índice – de popularidade.

o ardil adequado para sufocar... – a pretensão de refinamento não passa de um artifício para destruir para sempre a arte, a poesia ("a delicada idéia").

desde o futuro – até o futuro, para sempre.

um perigo – leia-se: "percebendo um perigo". Paradoxalmente, M. confessa, com franqueza (ou ironia), que sente pena, mas não sinceramente, dessa "artificial elite", por perceber nessa atitude um perigo, que será explicitado na frase seguinte.

A estupefação – este é o "perigo" mencionado na frase anterior. O esforço para aparentar sofisticação em matéria de apreciação artística carrega o perigo de se ver surpreendido por aquilo que, na verdade, não se compreende, provocando o desejo de abrir a boca, num gesto de espanto ("torce as bocas"), mas que não pode se expressar nem por um bocejo, como no caso do enfado, pois seria inconveniente (deixaria visível a falta de compreensão): seria bom ("delicioso") expressar o espanto, mas dada a situação de fingimento criada, torna-se impossível ("para além de si, muito longe").

aguda não como o enfado – de uma forma diferente do enfado: aguda.

Para esse novo suplício – o suplício da estupefação que não pode se expressar.

cauda – do vestido.

duplo sentido tutelar de uma palavra – o duplo sentido a que está sujeita (tutelada) uma palavra.

inteligência pronta da maioria – compreensão fingida da maioria.

em vários – em vários indivíduos.

estar em algum lugar que se deseja e aí sentir-se estrangeiro – é isso que ocorre com o público descrito por M. É seu desejo estar no teatro, porque é isso que se *deve* fazer, mas não se sentem em casa porque tudo o que podem fazer é fingir compreensão do que aí se passa.

argumento – resumo, sinopse.

o costume nos concertos – leia-se: "que é o costume nos concertos".

o espectador não iria reconhecer... – M. exprime uma dúvida sobre a compreensão dos espectadores. Será que, graças ao programa ou resumo (do qual ele transcreve trechos a seguir), eles iriam reconhecer a peça como sendo uma celebração musical (pela sonoridade dos versos) e também como um símbolo da vida (por seu caráter abstrato, pouco realista ou naturalista), atribuindo o seu mistério, o seu encanto, unicamente à interpretação dos atores ("linguagem") e aos seus gestos e movimentos ("evolução mímica"), em oposição a uma trama familiar e conhecida, tal como no teatro de costumes da época? Aparentemente, ele pensa que sim, que os espectadores a reconheceriam tal como ele a descreve e, supostamente, tal como a descreve o programa ou sumário, ainda que para sua surpresa.

Transcrever a folha – do programa. Na versão do *National Observer*, M. transcreve o resumo da peça com mais detalhes. Dorothy Knowles (1934, p. 103) faz algumas observações que ajudam a compreender os comentários que M. faz a seguir. Segundo ela, Dujardin, influenciado pela ideia do "drama ideal" de M., que deveria exprimir o universo, construiu sua trilogia de maneira a expressar a "tragédia eterna da humanidade" e não a "história particular de um indivíduo qualquer". As peças que a constituem em nada se assemelham, pois, ao teatro dos naturalistas: "À parte Antônia, que, de resto, é mais a amante, a cortesã, a mendiga, que 'o indivíduo Antônia', e alguns outros, cujos nomes servem apenas para esclarecer o símbolo, os personagens não têm nome, e chamam-se 'o amante', 'o jovem pastor', 'o avô'". Ainda segundo Knowles, "os seres, privados de tudo, exceto o essencial, não vivem senão nas suas ideias e seus sentimentos. Não pertencem a nenhum país e a nenhuma época. Não são ricos, nem pobres; não são mais que 'almas'; daí a dificuldade de encontrar roupas apropriadas quando se tratava de representar as peças [...]" (p. 108). Knowles comenta ainda que Dujardin faz amplo uso de longos períodos rimados e da assonância (p. 109). Essa "musicalidade" do texto de Dujardin talvez explique um comentário como esse de M.: "Muito melodicamente, com toda a suavidade; movidos pela orquestra íntima de sua dicção" (cf. dois parágrafos adiante).

Na primeira parte da lenda – da trilogia de Dujardin.

eles desenham uns relativamente aos outros, à sua revelia, numa espécie de dança, o passo... – além de aproximar, num parágrafo anterior, a peça de Dujardin da música, M. aproxima-a, aqui, também da dança, comparando-a a uma coreografia, ainda que abstrata e imaginária, que submete o ritmo do conjunto à relação entre os personagens-atores. M. dissera, a respeito de *Hamlet* (nesta mesma coletânea), algo semelhante: "na ideal pintura da cena tudo se move segundo uma reciprocidade simbólica dos tipos entre si".

Muito melodicamente... – novamente M. destaca a musicalidade dos versos de Dujardin. A modernidade acomoda-se a esses laços e torneios um pouco abstratos – os "laços" e "torneios" são os padrões e ritmos do desenho da dança imaginária que M. atribui à arte de Dujardin, ou seja, do seu estilo poético. Eles são um "pouco abstratos" porque seu estilo não se encaixa no padrão naturalista do drama da época, transcendendo tempo e lugar.

se já não soubesse o que de geral e de neutro prevalece – leia-se adiante: "se já não soubesse o que de geral e neutro... ou de apto a exprimir o estilo... prevalece... em nossa vestimenta inclusive no redingote". Para M., a sua época ("modernidade") aceita um tal estilo, o que seria surpreendente ("maneira inesperada") não fora o fato de que já se acostumara com essa narrativa atemporal e atópica ("de geral e de neutro"), sobretudo pela vestimenta usada pelos atores, supostamente também neutra e abstrata, nas representações das duas outras peças da trilogia. Tendo-se acostumado ao estilo de Dujardin nas duas primeiras partes da trilogia, os espectadores, supostamente, não tiveram problemas em aceitá-lo na última ("a terceira não exigiu essa reflexão").

inclusive no redingote – é possível que M. destaque essa peça do vestuário por ser mais característica de uma época e, consequentemente, mais difícil de torná-la "neutra".

Aqui o acordo... – na terceira parte da trilogia.

o acordo de uma arte ingênua se estabelecerá... – ler adiante: "o acorde de uma arte ingênua se estabelecerá [...] com as emoções e as verdades amplas, graves, primordiais". A terceira parte da trilogia, *O fim de Antônia*, passa-se num cenário rural, numa montanha ("o lugar e o vestuário tornados agrestes"), o que torna estreita a congruência entre uma arte ingênua (simples, sem grandes aparatos), como a de Dujardin, com os elementos universais e abstratos próprios do homem, em última análise, com a Ideia. A leitura que Cohn (1990, p. 204) faz dessa passagem é um pouco diferente: "Nas peças anteriores pode-se ter ficado surpreso em ver o estilo abstrato em harmonia com a vestimenta moderna exceto pelo fato de que aquela vestimenta é realmente 'geral e neutra' tal como Dujardin a apresentou. A harmonia é agora facilmente obtida na terceira peça entre a arte ingênua, arredores simples, naturais, e verdades simples".

Não me recuso por gosto a alguma simplificação... – M. declara colocar a simplificação, a abstração, a generalidade (tal como ocorre, em boa parte, na peça de Dujardin), a sugestão, em suma, no mesmo nível da complexidade, do detalhamento, da explicitação. Em resumo, ele estima tanto a síntese quanto a análise. Entretanto, a frase adversativa que se segue ("mas o teatro...") está dirigida à segunda parte daquela equação, ou seja, à complexidade, à análise. No fundo, é a sugestão e a "simplicidade" que ele prefere. Assim não é preciso recorrer diretamente à metafísica, à filosofia, ao raciocínio, tal como não é preciso sublinhar a presença do lustre. Basta o "grito elementar e obscuro da paixão". Sem essa estética ("regra"), chegar-se-ia ao ponto de nomear o absoluto, o que, pelos princípios estéticos de M., seria um absurdo. E segue, no parágrafo, desenvolvendo essa ideia, fornecendo exemplos da própria peça. Scherer (1977, p. 65) dá uma interpretação diferente à relação entre o lustre e a metafísica: "o teatro institui personagens que agem e em relevo precisamente para que eles negligenciem a metafísica, tal como o ator omite a presença do lustre". Para ele, "a posição elevada do lustre por sobre os atores é interpretada como a situação da ideia relativamente aos personagens; a ideia é elevada, e talvez, como o lustre, ela ilumine os personagens, mas eles devem atuar sem olhá-la".

a invocação, que lhe dirigem, na cena final, lenhadores... – trata-se dos lenhadores que socorrem a personagem central, Antonia, que se jogara do alto de uma montanha, e anunciam-lhe que ela está grávida. Dujardin descreve, então, uma espécie de Anunciação, em que os lenhadores fazem a seguinte invocação, justamente aquela aludida por M.: "Absoluto! Absoluto! / Tu o inalcançável! / Tu o desconhecido! / Absoluto, tu resides nos céus / E nossos olhos dirigem-se a teu fanal miraculoso" (PEARSON, 2004, p. 94, n. 39). Compreende-se, assim, a delicada reserva de M.: "a invocação... parece-me... proceder diretamente demais".

O cimo de uma sagrada montanha... – mais adiante, M. refere-se a um "um excesso trazido à decoração material". Aqui, ele indica que não era preciso mais do que uma nesga de céu para sugerir o absoluto ("além").

nos frisos – nos frisos da parede do fundo do cenário. Imagine-se uma montanha pintada nessa parede de fundo, atravessada por faixas de céu.

um além, bastava, invisível – leia-se "bastava um além invisível", isto é, um absoluto apenas sugerido.

multiplicado na pureza de almas... – refere-se ao absoluto "além): um absoluto "multiplicado na pureza almas, poderia jorrar...".

Para que serve o cenário se não sustenta a imagem – a imagem do absoluto, a ideia da peça.

o tradutor humano – o ator.

essa visão – do absoluto invisível.

Quero reservar – leia-se adiante: "Quero reservar [...] essa denominação." Observe-se, inicialmente, que a peça de Dujardin está composta em versos livres, ou seja, as estrofes não seguem nenhum padrão fixo e os versos individuais, em cada estrofe, não contêm um número igual de sílabas. Por outro lado, além de as rimas serem, em grande parte, mantidas, há uma utilização abundante de assonâncias. Nesse início de parágrafo, M. prepara o espírito do leitor para a inovação de Dujardin. Ele quer garantir ("reservar") que o texto de Dujardin, escrito em incomuns versos livres ("um emprego extraordinário da palavra"), possa ser qualificado como poesia, ainda que possa ser percebido como prosa ("se diluiria... em prosa") por um leitor acostumado ("ouvido inexperiente") aos padrões da poesia tradicional.

essa denominação – refere-se a "verso".

O verso, onde estará ele? – é a esse arranjo do texto, em versos livres, que se dirige a pergunta de M. Sua resposta é a de que, nesse caso, o verso, ou seja, o ritmo não deve ser buscado, como na versificação tradicional, em cada verso individual ("cada segmento"), mas no seu conjunto ("múltipla repetição de seu jogo"). Se na poesia tradicional, o verso é marcado pela divisão em linhas ("artifício dos espaços em branco", "como indica o libreto"), no caso do texto de Dujardin, o que conta é o jogo rítmico ("conjunto métrico necessário") da combinação dos versos individuais.

garante um – um verso.

Esse tecido transformável e ondulante... – leia-se adiante: "Esse tecido transformável e ondulante... preciosamente convém à expressão verbal...". Refere-se ao "tecido" do verso livre, maleável e variável, o que permite que os recursos próprios da poesia ("o luxo essencial"), tais como o ritmo, as rimas, as aliterações, as assonâncias, se estendam e se multipliquem no texto de Dujardin ("ele se espaça e se dissemina").

para tal ponto – para um determinado ponto.

ele **se espaça** – refere-se ao "luxo".

uma sorte, mais; roço algum instinto. – leia-se: "uma sorte; mais do que isso: roço algum instinto."

roço algum instinto – toco alguma capacidade profunda do poeta.

talos – segmentos de linha (da página). Dujardin mistura versos curtos, de poucas sílabas, com versos mais longos. Ao falar em "curtos talos", M. faz referência aos primeiros, como nessa passagem: "*Nuit / Luis / En circuits*".

dirigindo... – leia-se adiante: "dirigindo... a atenção...".

Os meios tradicionais notórios – os meios tradicionais da poesia; supostamente, a rima, as assonâncias, o ritmo, etc.

precipitam-se aqui, ali, desvanecidos por camadas, para se resumirem... – M. descreve, aqui, o jogo dialético entre os recursos da métrica tradicional e as inovações do verso livre. Aqueles recursos (rimas, assonâncias, número regular de sílabas, etc.) surgem ("precipitam-se") em certas passagens, desaparecem em bloco ("desvanecidos por camadas"), dando lugar, possivelmente, aos versos livres, para, finalmente, ressurgirem, sintetizados nalguma espécie de apoteose ("jorro, de altitude extrema"). Na versão do *National Observer*, M. citava, nessa altura do texto, algumas estrofes do final da peça de Dujardin, de evidente mediocridade. Transcrevo apenas o segmento inicial: "*Au temps des amours fatidiques, / Celui que j'ai aimé me dit de sa voix prophétique, / De sa voix de mourant, / De sa voix d'idéal amant: / Notre amour, / C'eût été que ne périsse pas notre jour; / Notre amour / C'eût été que ce que nous étions / Se perpétue parmi les générations; / Notre amour, que n'a-t-il donc été / La continuité / Des joies et des douleurs par où nous avons passé!*". Michel Murat (2005, p. 79) faz algumas observações a respeito dos versos de Dujardin, que, na falta do texto da peça, podem contribuir para uma melhor compreensão dos comentários de M. Ele afirma que, dentre os poetas citados por M. como os que se utilizam do verso livre, Dujardin é o único que emprega as rimas seguidas (ver acima: *fatidiques/prophétique*, etc.) e que faz uso, até à exaustão, da repetição (ver acima: *sa voix, notre amour*, etc.). "O verso", diz Murat, "é, pois, produzido pela rima, que constitui a única regularidade perceptível: pois as unidades curtas são distribuídas de maneira anárquica e as ocorrências de versos métricos [...] são raras. Dujardin pretendia, sem dúvida, tomar emprestada de Wagner [...] a ideia de modulação contínua [...]".

apelo ao feitio wagneriano... – Dujardin foi, em sua época, um dos mais ferventes admiradores de Wagner. Fundou e dirigiu a *Revue wagnérienne*, de curta duração (1885-1888). Sua *Lenda de Antônia*, inspirada no *Parsifal* de Wagner, tentava aplicar à literatura os princípios wagnerianos de uma "arte total" ou "integral". Atendendo um pedido de Dujardin, M. escreveu um artigo sobre Wagner, "*Richard Wagner. Rêverie d'un Poëte français*" ["Richard Wagner. Devaneio de um Poeta francês"), que foi publicado no nº 7 da revista, em 8 de agosto de 1885 e, depois, modificado, em *Divagações*. Em 8 de janeiro de 1886, aparece, no nº 12 da mesma revista, nova colaboração de M., o soneto "*Hommage à Wagner*" ["Homenagem a Wagner"]. Na presente crônica, M. "absolve" o amigo da "acusação" de que sua trilogia seria simplesmente um arremedo da obra de Wagner ("feitio wagneriano"), ao mesmo tempo que reconhece a necessidade de buscar inspiração em outras fontes que não as francesas ("mas não tudo pode se restringir ao nosso solo").

No intervalo... – tal como na crônica "O gênero ou os modernos", em que M. fala de "um interregno para a Arte, essa soberana, em que se retarda nossa época", também aqui M. vê o momento literário contemporâneo como um período de transição, em que os velhos modelos entram em crise, mas o novo ainda não se desenvolveu plenamente.

efeitos antigos e perfeitos – os recursos tradicionais da poesia, que M., evidentemente, reconhece como positivos.

pela ordem – um após o outro. Embora desmontados e postos de lado ("arredados"), os recursos da prosódia tradicional foram, depois, reaproveitados, de forma renovada ("retemperados"), por Dujardin, com o objetivo de criar um novo tipo de poesia ("improvisar algum estado ingênuo").

suas simpatias de origem – simpatias pelos "efeitos antigos e perfeitos".

Tudo, a polifonia magnífica instrumental... – o comentário de M. refere-se, a partir deste parágrafo, à estreia de *A Valquíria*, dirigida por Édouard Colonne, no Opéra, em 10 de maio de 1893.

triunfo do gênio – o triunfo do gênio é justamente a ópera em questão, *A Valquíria*.

ofuscados por uma certa coesão... – leia-se adiante: "ofuscados por uma certa coesão.. que hoje torna-se a poesia". Por "coesão", possivelmente M. quer significar a combinação wagneriana de várias artes (música, teatro, poesia), combinação que ele simplesmente identifica com *a* poesia. É interessante, para avaliar o grau de condensação da prosa de M., comparar a frase da presente versão com a do texto original do *National Observer*. Em francês, a frase que, aqui, traduzi por "ofuscados por uma certa coesão, ou uma arte, que hoje torna-se a poesia" é: "*éblouis par une telle cohésion, ou un art, qui aujourd'hui devient la poésie*". Na versão do *National Observer* era: "*éblouis par une telle cohésion des splendeurs en un art que aujourd'hui devient la poésie*" ["ofuscados por uma certa coesão dos esplendores em uma arte que hoje torna-se a poesia"]. Na versão final, M. utiliza a conjunção "ou" para simplesmente justapor "coesão" e "arte", numa síntese ou justaposição que está mais próxima da sintaxe poética que da prosa.

será possível... – como é frequente, em M., uma pergunta retórica é assinalada por ponto de exclamação em vez do ponto de interrogação.

o tradicional escritor de verso... – não se pode deixar de ver aqui, num gesto de falsa modéstia, uma referência a si próprio.

rivalizar – rivalizar com Wagner.

Sim, como ópera... – sim, responde M. afirmativamente a sua própria pergunta, iniciando uma sutil crítica a Wagner e uma explicitação de sua própria estética. À "obra total" de Wagner, M. opõe sua concepção do "livro". Livre da música e do canto, para não falar do drama, o livro, o texto poético escrito e interiormente representado ("entreabrir a cena interior") goza de uma autonomia que falta à ópera de Wagner. Nessa e nas frases que se seguem, M. explicita quais são os elementos e as vantagens dessa encenação interior.

entreabrir a cena interior – tal como a cortina de um teatro abre a cena propriamente dita.

e murmurar os seus ecos – os ecos, as ressonâncias da cena interior, do íntimo, do segredo, do mistério do homem. O verbo "murmurar" faz alusão à fala silenciosa desse teatro íntimo.

motivos de exaltação ou de sonho... – motivos de arrebatamento ou de devaneio, ligados à divindade do homem, podem, na poesia, ser facilmente interligados (por meio da rima, da metáfora, da justaposição, isto é, por um "ordenamento") ou permanecerem isolados (quando aqueles recursos não forem utilizados, isto é, por "sua individualidade").

Tal ou qual porção... – M. descreve, aqui, a complexidade de seu "teatro íntimo": sua musicalidade e mobilidade ("ritmo ou movimento"), sua variação ou ambiguidade ("tal ou qual desenho contraditório"), sua estrutura e arquitetura ("a folhagem e as ramagens de um arabesco").

ponto em que interviria mais que até à metade... – leia-se adiante: "ponto em que interviria mais que até à metade... a figura que a ideia continua sendo". A sereia é imagem recorrente em M., como símbolo ou metáfora do processo poético. Inteiramente submersa, confunde-se com a água: é a Ideia em sua virtualidade. Quando emerge, sua metade mulher inteiramente visível, sua metade peixe apenas parcialmente visível (sua cauda continua submersa), ou seja, visível "mais que até a metade", ela é o próprio poema, entendido como expressão da Ideia, como sugestão ("figura que a ideia continua sendo"), mas não como nomeação, da "coisa". Aqui, em vez de sereias marítimas, M. evoca sereias como figuras que integram um arabesco, mas a metáfora não se altera. No poema "*Salut*", que serve de epígrafe para a coletânea de poemas de M., é a cauda da sereia, na posição invertida (cauda voltada para cima), no movimento de submersão, que serve de metáfora para a ideia que o poema (equiparado à espuma do mar) sugere. Numa passagem do texto "*Solitude*" (em *Divagações*), a figura da sereia não aparece diretamente, mas não deixa de ser evocada por seu "rabo de peixe": "Quando um falante afirma, num sentido em vez do oposto, uma opinião de estética, geralmente além da eloquência, que seduz, dela se desprende uma estupidez, porque a ideia a golpes de cauda sinuosos e contraditórios não se importa, absolutamente, em terminar em rabo de peixe; mas ela recusa que se o desdobre e que se o exiba até o fim como um fenômeno público". Aqui, o centro é a bifurcação da cauda em nadadeiras voltadas para direções opostas que serve como imagem para a incerteza e a ambiguidade implicadas na linguagem. O caráter ambíguo é próprio da ideia ("não se importa... em terminar em rabo de peixe"), que se recusa a ser explicitada ("recusa que se o desdobre"). Como sempre, para M., o que importa é a sugestão: o rabo e sua bifurcação, a ideia e sua complexidade não devem ser, nunca, inteira e abertamente expostos ("como um fenômeno público") (cf. LUBECKER, 2003, p. 59 ; FREY, 1996, p. 11). O caráter sinuoso e móvel da ideia, associado a características similares da sereia, que impede que ela seja fixada pela escrita, é ressaltado noutro texto de M.: "[...] sinuosas e móveis variações da Ideia, que o escrito reivindica fixar [...]" ("A música e as letras", em *Divagações*). Ideia e sereia estão ambas associadas, em M., a movimento e sinuosidade e à impossibilidade de fixá-las: "[...] sinuosas e móveis variações da Ideia, que o escrito reivindica fixar [...]" (*ibid.*). A considerar, ainda, nessa mesma direção, a "sereia" do poema *"Un coup de dés"*, com suas "escamas bifurcadas", aí associada à indecisão hamletiana: *"en sa torsion de sirène* [...] */ par d'impatientes squames ultimes / bifurquées"*.

Um teatro, inerente ao espírito... – o "teatro da mente", caro a M. Leia-se: "quem quer que com um olhar preciso olhou a natureza carrega consigo um teatro, inerente ao espírito...".

olhou a natureza – referência ao "drama solar", aos ritmos cósmicos.

resumo de tipos e de acordos – é a noção de teatro de M.: síntese de tipos humanos universais e expressão das harmonias entre os ritmos da natureza e os ritmos da vida humana.

tal como os confronta o volume em que se abrem páginas paralelas. – leia-se: "tal como os [tipos e acordos] colocam frente a frente as páginas abertas do livro". M. enfatiza aqui a disposição visual oferecida por páginas dispostas lado a lado, vantagem que explorará na composição do poema *"Un coup de dès"*. Podemos também recordar, aqui, a analogia do movimento de abertura e passagem das páginas de um livro com o movimento das asas abertas de um anjo, símbolo, em M., do ato poético. Finalmente, pode-se ler aqui uma tríplice correspondência entre os ritmos da natureza, os ritmos das emoções humanas e o ritmo marcado pela passagem das páginas de um livro.

A precária compilação de inspiração diversa está terminada – "um conjunto versificado" (mencionado anteriormente), ou seja, o livro.

ou acaso – leia-se atrás: "a precária compilação [...] ou acaso". M. assimila, aqui, o livro ao acaso, como se o livro fosse, em sua impessoalidade, produto do acaso.

que não deve, e para subentender a parcialidade, nunca ser senão simulado – acaso que é apenas fingido, pois o livro é, na verdade, resultado de uma decisão a favor da ordem ou necessidade ("parcialidade"), ou seja, de um árduo trabalho de composição e depuração.

Simetria... – leia-se adiante: "Simetria... entre visão e sonhos". O livro é o resultado de um equilíbrio entre um estado de lucidez e um estado de delírio, entre necessidade e acaso.

O gozo vão... – leia-se adiante: "O gozo vão... ei-lo aqui [no verso, na poesia, no livro]". Aparentemente, Ludwig II, o "falecido Rei-sonhador da Baviera", pensava organizar encenações privadas, assistidas apenas por ele e por Wagner. Segundo Marchal (1988, p. 207, n. 112), "Mallarmé pode ter lido, no suplemento do *Figaro* de 10 de abril de 1887, cartas de Wagner a propósito de Ludwig II, especialmente a de 26 de setembro de 1865, em que ele evoca 'a primeira representação [de *Tristão e Isolda*], sem público, apenas para nós". O gozo dessas solitárias encenações seria "vão" porque, para M., a "encenação interior" substitui, com vantagem, a representação pública, como se pode ler adiante (cf. MARCHAL, 1988, p. 206-207).

Sonhador-rei da Baviera – Ludwig Friedrich Wilhelm, Ludwig II (1845-1886), rei da Baviera, protetor de Richard Wagner. Conhecido por suas excentricidades, construiu o teatro de Bayreuth, especialmente para a encenação das óperas de Wagner.

desenvolvimentos cênicos – os das óperas de Wagner.

menos que por sua vacância nas arquibancadas – leia-se: "obtido menos por sua vacância nas arquibancadas".

pelo meio – i. e., pelo livro.

ou restaurar o texto... – leia-se: "ou por aquilo que permite restaurar o texto", ou seja, pelo livro. Em suma, o gozo buscado por Ludwig II seria mais facilmente obtido pela leitura solitária ("longe da multidão barroca") do livro – que permite restaurar o texto puro ("nu") do espetáculo, livrando-o dos estorvos adicionados pela encenação – do que por um encenação privada ("vacância [da multidão barroca] nas arquibancadas").

Com duas páginas e seus versos – ler adiante: "Com duas páginas e seus versos, eu supro... o mundo! ou aí [nessas páginas] percebo...o drama". Em suma, com o livro e tendo a si próprio por acompanhamento, o poeta compensa a falta do mundo, ou seja, de tudo aquilo que constitui a encenação de uma peça e apreende, pelos versos, sem o auxílio da encenação, o drama que eles implicam, o drama latente.

depois... – leia-se: "e mais...", "além do...".

Essa moderna tendência subtrair – leia-se: "Essa moderna tendência que consiste em subtrair".

subtrair... – leia-se adiante: "subtrair... a obra por excelência ou poesia". M. reitera aqui o que dissera no final do parágrafo anterior: a superioridade do texto escrito frente às contingências da encenação, da representação.

Régnier – Henri-François-Joseph de Régnier (1864-1936), romancista e poeta. Amigo de M. e frequentador dos famosos encontros da terça-feira, em sua casa.

Instalar... – M. continua a falar dos *Poemas* de Régnier, como exemplo de "teatro íntimo", de prazer obtido pela simples leitura, mas, em seguida, acrescenta que não deixa de apreciar menos uma encenação como a provida pelo Sr. Herold.

designa a maneira – designa o estilo (de autores como Régnier).

Ferdinand Herold – André-Ferdinand Herold (1865-1940), escritor, também frequentador das terças-feiras de M.

a encenação em que insistiu o Sr. Ferdinand Herold – possivelmente uma encenação privada, em sua própria casa, de *Paphnutius* (da poetisa alemã Hrotsvita de Gandersheim, que viveu entre 930 e, aproximadamente, 973), a que M. teria comparecido.

ou o lugar – M. destaca vários pontos positivos da encenação de Herold, incluindo o local, possivelmente, tal como anteriormente observado, sua própria casa.

toda uma múltipla partitura com o íntegro discurso – ao se referir ao texto como "partitura", M. destaca o seu aspecto musical, que é sua propriedade exclusiva, sem o concurso de alguma música ("íntegro discurso").

Outra, a arte... – Diferente, a arte...

Maeterlinck – Maurice Maeterlinck (1862-1949), dramaturgo de nacionalidade belga.

Não isso sinfonicamente como acaba de ser dito – não dessa forma sinfônica (musical), como na encenação promovida por Ferdinand Herold. E nisso reside a diferença entre o texto encenado por Herold e o da peça de Maeterlinck (ver, sobre a peça, nota adiante).

com o deus – supostamente, Shakespeare.

exceto as necessárias – exceto aquelas relações tais como a mencionada ("rápida sucessão de cenas").

O Sr. Octave Mirbeau... – leia-se adiante: "O Sr. Octave Mirbeau... estava certo...". Octave Mirbeau (1848-1917) foi romancista, dramaturgo e jornalista.

com que ardor – trata-se, obviamente, de uma exclamação.

estava certo – ler adiante: "estava certo [...] em invocar Shakespeare [...]."

quando do surgimento – da peça de Maeterlinck.

Diferente considerei... – de maneira diferente considerei...

Princesa Maleine – peça de Maeterlinck, publicada em 1889, após ter aparecido, em série, no periódico belga *La societé nouvelle*. A crítica de Mirbeau apareceu no *Figaro* de 24 de agosto de 1890: "O Sr. Maurice Maeterlinck nos deu a obra mais genial deste tempo e a mais extraordinária e mais ingênua também, comparável e, ousarei dizê-lo?, superior em beleza ao que há de mais belo em Shakespeare. Essa obra chama-se *Princesa Maleine*" (*apud* McGuiness, 2000, p. 77). Foi o próprio M. quem, após ter recebido e lido uma cópia do livro enviado por Maeterlinck, estimulou Mirbeau a comentá-lo no *Figaro*. Embora tenha sido representada, informalmente, logo após sua publicação, por artistas de marionete, a peça não foi profissionalmente encenada durante a vida de Maeterlinck (McGuinnes, p. 89).

uma tarde de leitura – numa tarde de leitura. Como em outras ocasiões, M. se contenta apenas com a leitura de uma peça, montando seu próprio "teatro íntimo".

na qual dominou – refere-se, obviamente, à peça em questão.

dominou o abandono, ao contrário... – ao contrário do que ocorre nas peças de Shakespeare, na peça de Maeterlinck domina, por algum motivo ("por uma causa"), o abandono próprio de um ambiente ao qual nada de humano é adequado, um ambiente de irrealidade (fora do tempo e do espaço; ver nota adiante).

As paredes, um maciço bloqueio de toda realidade, trevas, basalto, no vazio de uma sala... – M. fornece sua própria percepção da atmosfera da peça de Maeterlinck, para concluir que se está distante dos personagens e das cenas de Shakespeare. Dada a irrealidade (fora to tempo e do espaço) dos locais e personagens, é, para o espectador comum, como se nada ali tivesse acontecido ("não teria existido ninguém nem nada teria se passado"). Para M., diz Patrick McGuiness (2000, p. 166), "o teatro de Maeterlinck e a paisagem de Bruges [no poema referido] pertencem ao mesmo reino imaterial – o da página e da imaginação –, e não ao do palco e do mundo material".

forrações – *tentures*, no original, tapeçarias que cobrem as paredes.

seus habitantes – as figuras nas forrações, nas tapeçarias das paredes.

antes de ali se tornarem os buracos – antes que as figuras representadas nos tapetes tivessem se transformado em buracos, pela deterioração causada pelo tempo.

Bruges, Gand – cidades belgas.

Pelléas et Mélisande – estreou no *Théâtre des Bouffes-Parisiennes*, em 13 de maio de 1893. Segundo Marchal, *La réligion de Mallarmé*, p. 233, essa encenação foi praticamente privada, pois foi feita nesse teatro, especialmente cedido para a ocasião, e sob a forma literária, comum na época, de assinaturas, para uma única sessão. Há tradução brasileira, com o título de *Peleás e Melisanda*, feita por Newton Belleza (Rio: Emebê, 1977).

das folhas – do livro, da leitura. M., novamente, limita-se à leitura e nela baseia seus comentários.

música no sentido próprio – no sentido de "acordo", "harmonia", que é o sentido que, para além de seu sentido comum, M. dá ao termo "música" (cf. TAKEUCHI, 1978).

caso convoque o público – para uma encenação.

Solenidade

"Solenidade" retoma a última parte das "Notas sobre o teatro" do n° 4 da *Revue indépendante*, de fevereiro de 1887, evocando a reprise de *Lion amoureux* [*Leão apaixonado*], de François Ponsard (1814-1867), bem como a maior parte das "Notas" do número 8, de junho de 1887, consagradas a *Forgeron*, poema de Théodore de Banville, publicado pelo editor Maurice Dreyfous, em 1887.

Teatro Odéon – construção iniciada em 1779 e concluída em 1782, com o nome de Teatro Francês; em 1790 tomou o nome de Teatro da Nação e, a partir de 1794, de Teatro Odéon, tendo sido posteriormente renomeado várias vezes. Chama-se hoje Teatro da Europa Odéon. Sofreu dois incêndios: em 18 de março de 1799, com destruição completa; com destruição apenas da parte interna, em 20 de março de 1818. Foi reconstruído nas duas ocasiões e reformado várias vezes desde então.

Mas onde desponta... – leia-se adiante: "Mas onde desponta... minha incompetência...". Com ironia e simulação ("minha incompetência") M. refere-se veladamente ao teatro comercial ("um intruso, trazendo sua mercadoria") representado pelo Odéon e aos dramaturgos medíocres ("o sacerdote vão") que tinham suas peças aí encenadas.

o absoluto – M. utiliza a nomenclatura da religião (cristã) para se referir a elementos correspondentes de sua própria versão secular da religião. Aqui, o absoluto, normalmente referido à figura divina, remete à divindade presente no homem, aquela divindade que cada homem carrega dentro de si e constituída de suas melhores capacidades espirituais, intelectuais e estéticas, sem nada de transcendental.

diferente do êxtase e do fasto – diferente do sentimento de elevação e do ritual que M. associa à arte e, particularmente ao teatro e à poesia, vistos como atos sagrados devotados à "paixão do homem".

ou o sacerdote... – no caso, François Ponsard, mais adiante nomeado, representante do chamado teatro neoclássico. M. continua utilizando-se de metáforas associadas ao sagrado para se referir a elementos do teatro e da poesia. Lembre-se que M. frequentemente associa o ato artístico a um ritual sagrado tal como a missa, em que o oficiante (sacerdote) seria o artista. Saliente-se também a conexão dessa nomenclatura do sagrado com os ritmos e ciclos do "drama solar".

um nada de insígnias – na mesma linha das metáforas ligadas aos atos sagrados; neste caso, referência aos paramentos utilizados pelos oficiantes de rituais sagrados. Ou seja, Ponsard não tem as credenciais mínimas exigidas pelo ofício.

Com a impudência... – excluir a Poesia (como no teatro comercial) não é diferente de apresentá-la de forma medíocre (como no teatro neoclássico de Ponsard). A frase após o ponto-e-vírgula ("ou instaurar...") diz a mesma coisa em outras palavras. Leia-se "é talvez meritório tanto quanto" como "vale tanto quanto". A frase de M. parece aqui, como em outros locais, ter sido escrita pelo professor de inglês que ele era: "*it is worth*".

Com a impudência de *faits divers* **em** *trompe-l'œil* – com a falta de pudor própria da seção de notícias banais de um jornal que se pretende passar por algo superior.

trompe-l'œil – pintura que dá uma forte ilusão de realidade, como a de uma porta pela qual se pensa que se pode realmente passar.

inflar o teatro – exagerar o aspecto teatral.

a Poesia, seus jogos sublimidades – leia-se: "a Poesia, cujos jogos são sublimidades". Na primeira versão desse texto, havia uma vírgula entre "jogos" e "sublimidades".

essa deidade – a Poesia.

O questionamento... – leia-se adiante: "O questionamento, o único que oponho... [é o] de recorrer...".

não é que ele se incline por uma alternativa em vez da outra... – as alternativas são as apresentadas no primeiro parágrafo: o teatro comercial costumeiro ou o teatro neoclássico de um Ponsard. Essa alternativa é parafraseada no segundo parágrafo como uma (falsa) opção entre, de um lado, o engodo (*"faits divers* em *trompe-l'œil"*) de um espetáculo que exagera o aspecto teatral (no sentido de mero divertimento) em detrimento da poesia e, de outro, a peça de um Ponsard que pretende ser poesia, mas que não passa de algo enfadonho ("mostrá-la como não sei o quê de especial para bocejo"). Ou, ainda em outros termos, entre, de um lado, pretender que a peça vulgar de Ponsard ("aparato vulgar e grosseiro") seja poesia ("instaurar essa deidade") e, de outro, simplesmente deixar a poesia de fora ("omiti-la"), como no teatro comercial. Por três vezes, M. repete que as duas alternativas se equivalem.

a dele abrange suas pseudoatribuições e depende de uma arquitetura – a opção ("alternativa") tomada pelo Odéon está definida pelos objetivos que lhe foram oficialmente atribuídos ("suas pseudoatribuições") e pela própria arquitetura (neoclássica).

mas frontão – "frontão" parece ser utilizado aqui num sentido figurado, assim como a "vestal" que ele sustenta. Não parece que o Teatro Odéon (o original ou suas restaurações) tivesse um tal frontão, ornamentado por uma vestal.

factício – falso, artificial.

sustentando uma vestal... – como se sabe, as vestais tinham como obrigação manter acesa a chama do fogo do templo.

alimentar... – leia-se adiante: "alimentar... *a grande arte apesar de tudo!*".

num tripé com farmacêutica chama – alusão ao aparato farmacêutico utilizado para o aquecimento de diversas substâncias.

de recorrer – leia-se atrás: "O questionamento, o único... [é] o de recorrer...".

qualquer *Ponsard* – leia-se: "a inscrição qualquer [banal]: *Ponsard*".

mistura que conserva a inscrição qualquer *Ponsard* – continuando a metáfora farmacêutica, M. alude às obras de Ponsard como se fossem misturas farmacêuticas cujos frascos trazem o rótulo "Ponsard". Em suma, a objeção que M. faz ao Odéon não é que ele, nesse caso, simplesmente exiba a peça de Ponsard, em vez do costumeiro teatro comercial, mas que tendo sido oficialmente destinado ao culto da grande arte, ainda que se dedique à apresentação do pior teatro comercial, encene-a com todo o zelo ("meticulosamente") e certeza ("sem se enganar"), como se fosse artigo genuíno ("algo de fundamental e de verdadeiro").

Ponsard – François Ponsard (1814-1867), "foi o líder da chamada 'Escola do bom senso', que buscava resgatar o teatro francês daquilo que seus aderentes viam como excessos do Romantismo e como a perniciosa influência da literatura estrangeira, restabelecendo o verso como o meio preferido do drama e utilizando temas derivados da literatura clássica da antiguidade" (PEARSON, 2004, p. 75, nota).

denegação de justiça – *déni de justice*, no original. Termo jurídico: recusa por parte de um juiz em executar um ato próprio de sua função, mesmo após sucessivos apelos das partes interessadas. No caso, para M., o ano que passou ou o ano que começa não recebeu, teatralmente, a justiça merecida.

para o ano que se vai ou que começa – essa passagem da crônica foi inicialmente publicada em fevereiro de 1887, na *Revue indépendante*. A peça estreou provavelmente nos últimos meses de 1886, continuando no ano seguinte.

como a constatação... – leia-se adiante: "como a constatação... de que o presente...".

uma chancela nacional – por meio do Teatro Odéon, de propriedade do estado.

produtos idênticos – produtos idênticos ao *Lion Amoureux*, de Ponsard.

de que o presente é infecundo em produtos idênticos – o Odéon, ao encenar, em 1886-7, a peça de Ponsard, publicada em 1866 (Ponsard morreria no ano seguinte), parece dizer que faltam peças desse tipo, produtos idênticos ao de Ponsard ("o presente é infecundo em produtos idênticos"), igualmente privados de amplitude ("alcance") e vigor ("virtude"), o que justificaria a sua reapresentação, visando preencher o vazio ("o vazio daquilo que não há") com o falso ("aquilo que simula existir").

Ao contrário... estamos em grisalha... – grisalha: pintura monocromática, especialmente em tons de cinza. "Ao contrário", quer dizer, contrariamente ao templo (Odéon) iluminado pela chama da vestal (ver início do parágrafo), o crítico-poeta está no escuro, privado das cores rubras do pôr do sol que caracterizam o "drama solar" e, por extensão, o teatro ideal.

sacerdotisa de uma cripta fria – a tal vestal mencionada no início do parágrafo. A "cripta fria" é, obviamente, o próprio teatro Odéon, ao qual M. se dirige diretamente ("vós não tivestes").

frascos com rótulos de alerta – com alertas do tipo "cuidado, contém veneno, etc.". M. retorna aqui à metáfora farmacêutica (a palavra traduzida por "frasco" é, no original, *fiole*, garrafinha de gargalo estreito utilizada em farmácia).

vós não tivestes... – apesar da chancela oficial à peça de Ponsard, a vestal que mantém acesa a chama do templo (Odéon) não se envolve diretamente, permanecendo fria, à distância, sem tocar o frasco com aviso de veneno. O poeta-crítico, ao contrário, não teve como evitar a poção venenosa.

que se cobrem ao nascerem, de uma vez por todas por economia... – que não tiveram que esperar a passagem do tempo para se cobrirem de poeira: já surgem empoeirados. Em outras palavras, uma peça neoclássica, como a de Ponsard, já nasce velha.

meu fel – meu desgosto, minha ira.

ele pagou com atrevimento... – ele pagou a glória com atrevimento, etc.

que ele representava – leia-se adiante: "de que ele representava...no teatro a Poesia...".

na falta de qualquer brilho – na falta de qualquer dramaturgo brilhante, além, é claro, do próprio Hugo.

seu deus – do teatro.

quando seu deus resplandecia – quando Victor Hugo ainda brilhava no teatro (sua última peça, *Les Burgraves*, é de 1843).

Admiro-o por isso – óbvia ironia de M.

ter subentendido Hugo – ter pretendido incorporar – e superar – Hugo.

nascido humilde, enfermo e sem recursos – leia-se: "nascido humilde e, no fim da vida, enfermo e sem recursos". A peça de Ponsard, *Le Lion Amoureux*, foi concluída em 1866, com o autor já bastante enfermo, tendo estreado em 18 de janeiro daquele ano (Ponsard morreria no ano seguinte), no *Théâtre-Français*. O comentário de M., no presente texto, baseia-se nas encenações de sua época, mais precisamente nos anos 1886-1887. É incompreensível que M. lhe atribua um nascimento "humilde", uma vez que o pai de Ponsard tinha sido advogado e, depois, juiz.

na falta de alguém – na falta de qualquer outro.

a esforços que são de um forte papelão – a esforços que são *feitos* de um forte papelão (forte, mas ainda assim papelão, isto é, falso).

Malícia um tanto ampla, e divertida! – a de pretender substituir Hugo. "Malícia" deve ser lida aqui no sentido de "brincadeira".

cuja comemoração – cuja memória.

para cuja comemoração não é importante repentinamente convocar a geração nova – não é preciso, para recordar a ausência do Poeta (Hugo), convocar a nova geração de espectadores para ver ou ler peças das do tipo que foram escritas por Ponsard, pois já se as têm demais (ver acima, "o presente é infecundo, etc.").

ao contrário – ao contrário da "geração nova" (v. parágrafo anterior).

nutro predileção – evidente ironia de M.

pelos substitutos autênticos do Poeta – pelos que se julgam como tais (por isso "suscitam nosso sorriso"), como Ponsard, por exemplo. O Poeta é, obviamente, Victor Hugo.

sem desejar que se os ressuscite em detrimento de algum contemporâneo – essa passagem duplica o tom irônico da "predileção" de M. pelos pretensos substitutos de Hugo, tal como Ponsard. Além de *não* nutrir predileção pelos pretensos substitutos de Hugo, que é o verdadeiro sentido dessa frase, descontada a ironia, ele não deseja que eles sejam trazidos de volta, "que se os ressuscite" (lembre-se que Ponsard havia morrido em 1866), em detrimento da publicação e encenação de novos autores.

ou o seu talvez se eles fingem um, com o único fim pudicamente de negar, no lapso de extinção total do lirismo... essa vacância nefasta – com sorriso fingido e falsa modéstia ("pudicamente"), os Ponsards negam-se a reconhecer, neste período de ausência de teatro genuíno, a ausência do Poeta, isto é, Hugo ("essa vacância nefasta")

de negar – leia-se adiante: "de negar [...] essa vacância nefasta [...]."

no lapso – no período.

como os Luces de Lancival, Campistrons ou outras sombras – da mesma maneira que, em sua época (séculos XVII, XVIII), autores como Luce de Lancival e Campistron, considerados imitadores medíocres de Racine, pretenderam-se substitutos de dramaturgos clássicos.

Luce de Lansival – Jean-Charle-Julien Luce de Lansival (1764-1810), poeta e dramaturgo.

Campistron – Jean Galbert de Campistron (1656-1723), dramaturgo.

eles, no que era sua alma adaptaram vestimenta um trapo gasto até à confecção e ao fio em vez de admitir o véu da Deusa desaparecido num rasgo imenso ou o luto – em vez de simplesmente admitir o fim de uma fase da Poesia ("o véu da Deusa desaparecido"), com a morte de Victor Hugo, contentaram-se com uma contrafação envelhecida, um trapo tão gasto que deixava transparecer as marcas de sua confecção e os fios de que era feito. A alusão é ao véu (cortina de linho) do templo de Jerusalém que teria se partido em dois no momento da morte de Cristo (Mt 27:51, Mc 15:38, Lc 23:45). O véu separava o Santo dos Santos – habitação do divino na terra – do resto do templo. O luto é, obviamente, o luto pela morte de Victor Hugo. Observe-se a utilização que M. faz, aqui, de metáforas têxteis (vestimenta, trapo, véu).

ou o luto – leia-se: "em vez de admitir o luto". Para resumir esse parágrafo, M., utilizando-se da ironia, não aprova que se tragam de volta à cena artística pretensos substitutos do grande poeta, Victor Hugo, tal como, nesse caso, François Ponsard, em detrimento de novos autores, com o único propósito de negar que o desaparecimento de Victor Hugo deixara realmente um vácuo. Tal como ocorreu com Luce de Lancival e Campistron, nos séculos XVIV e XVIII, relativamente a Racine, em vez de simplesmente admitir que a morte de Hugo deixara uma vacância insubstituível, tentaram, em vez disso, preenchê-la com produtos de qualidade duvidosa.

Essas larvas – "larvas", no sentido, mais próximo da etimologia, de "fantasmas". Refere-se, evidentemente, aos dramaturgos da classe de Ponsard.

continuarão tocantes – continuarão a comover, a fazer sucesso.

resumidos no desespero... – que se revelam no desespero...

como pessoas que guardariam a honra de altares resumidos no desespero de seus punhos cerrados também pela sonolência. – M. manifesta preocupação com as gerações futuras que, com seus punhos cerrados, em sinal de desespero, teriam que, inutilmente, guardar a honra de teatros ("altares"), também cerrados, por falta de espectadores, os quais teriam deixado de frequentá-los, vencidos pelo enfado ("sonolência") causado por peças como a de Ponsard.

imitadores – como Ponsard.

precursores – como Campistron.

a um outro – a um outro século.

vazia de magnificência ou de alegria – vazia de algum espetáculo pelo qual valesse a pena sair de casa.

Le Forgeron – *Le Forgeron, scènes héroiques* [*O Ferreiro, cenas heroicas*] (1887), peça, composta em dísticos alexandrinos, de Théodore de Banville (1823-1891), poeta, dramaturgo e crítico.

Que todo poema... – é uma das solitárias verdades anunciadas no parágrafo anterior.

Pôde-se... – leia-se adiante: "pôde-se... possuir e estabelecer uma noção do conceito...".

aqui extraordinária – "aqui": no poema de Banville.

essa fulgurante causa de delícia – a rima. Embora em referência aos versos de Banville, M. descreve aqui seus próprios procedimentos poéticos, em particular, o jogo de rimas internas, de ecos e assonâncias, que abrange até mesmo a sílaba inicial de um verso.

bater de asa – *heurt d'aile*, no original. Usualmente, M. utiliza *coup d'aile* (bater, batida de asa). Em M., a asa (*aile*) é a inspiração criadora, o voo (*vol*) é o poema que resulta de um *coup d'aile* (AUSTIN e BOWIE, 1995, p. 57). A expressão aparece, notavelmente, no poema "*Le vierge, le vivace et le bel*". Ver também, a respeito, passagem do texto "Sinfonia literária", transcrita e traduzida em nota, adiante.

antes do bater de asa brusco e do arrebatamento... – antes da inspiração poética propriamente dita, há o conceito, o pensamento, que é, depois, esquecido, para dar lugar apenas à poesia em seus componentes rítmicos e sonoros.

Ele – o Verso.

como rival ciumento – do conceito.

o sonhador – o poeta.

não passaria – o conceito.

na sua ausência – na ausência do Verso.

mais belos discursos – mas ainda não Verso.

alguma boca – qualquer boca.

Através de um novo estado – o estado poético, o estado do Verso.

recomeço das condições... – os materiais do pensamento (o conceito) que, num trabalho em prosa, se combinariam facilmente, sofrem uma transformação ("recomeço") em sua passagem ao Verso.

assim como os vocábulos... – tal como os materiais do pensamento, também os da linguagem ("os vocábulos") passam por uma transformação ("essa diferença") para chegar ao Verso.

voo para além – o voo, como vimos, é o próprio Verso.

sua virtude – sua qualidade própria, sua essência.

o fenômeno poético maravilhou – maravilhou a humanidade.

que não o entusiasmo... ou que não o delírio comum aos líricos – há uma teoria do entusiasmo e do delírio lírico que é muito anterior à época de Mallarmé, que utiliza termos que ainda eram correntes na discussão sobre poesia do seu tempo. A doutrina do entusiasmo ou do delírio lírico está ligada aos poetas da *Pléiade* (século XVII), sobretudo Ronsard. Nessa concepção, "a poesia é essencialmente divina (a divindade é, aqui, a pagã, parte da natureza). O poeta é aquele que faz ressoar essas vozes profundas, telúricas, divinas, mas naturais. O delírio (em latim, *mania, furor*) toma conta dele, tornando-o intérprete de vozes vindas de outro lugar. Essa função sacerdotal, profética da poesia, que faz do poeta um sacerdote ou o médium de uma palavra sagrada, impede que ele seja perturbado por qualquer constrangimento [...] e supõe, portanto, a espontaneidade, o surgimento não controlado do discurso" (LOPEZ, 1997, p. 90). Etimologicamente, entusiasmo significa "transporte divino" (Houaiss), do grego *enthousia*, inspiração de origem divina. Houve, no século XVII, um forte questionamento à teoria do entusiasmo por parte daqueles que, como Malherbe, preferem o cultivo da técnica e da maestria (DENIS LOPEZ, p. 91). M., nisso fiel discípulo de Poe, prefere, apesar de toda sua linguagem "religiosa", o caminho do trabalho rigoroso e minucioso do verso a qualquer tipo de inspiração de origem transcendental, trabalho aliás que M. contrapõe ao entusiasmo nessa mesma frase: "a justaposição entre elas de palavras aparelhadas de acordo com uma métrica absoluta". Num breve texto sobre Poe, M. escreve: "O canto jorra de fonte inata: anterior a um conceito, tão puramente quanto refletir, no exterior, mil ritmos de imagens" (*Œuvres*, 1945, p. 872). A crítica que M. faz do entusiasmo ou do delírio lírico, tal como aqui, não é, entretanto, consistente. Em outra passagem em que fala do prazer que lhe dá a leitura da poesia de Banville, ele parece manifestar, a respeito do delírio lírico, justamente a opinião contrária: "[...] meu poeta é o divino Théodore de Banville, que não é um homem, mas a voz mesma da lira. Com ele, sinto a poesia me inebriar [...] e, sorrindo, bebo o néctar no Olimpo do lirismo" (*Œuvres*, 1945, p. 264). A respeito dessa ambiguidade, ver DRAGONETTI, 1992, p. 34-34.

sopro – inspiração, ou seja, o "entusiasmo" ou "o delírio lírico", anteriormente mencionados.

virtualmente a justaposição entre elas de palavras aparelhadas... – ele, Banville, utiliza a justaposição, o que exige de cada leitor (poeta dissimulado), para poder cantar (dizer os versos de Banville), uma voz que varia (doçura ou estalo) proporcionalmente à métrica exata ("absoluta") do poeta.

Assim lançado desde si – a expressão descreve um bater de asas, um voo, ou seja, o nascimento de um poema. Compreenderemos melhor essa passagem se lermos mais adiante: "os versos não vão senão aos pares, etc.". Isto é, aos pares como as asas de um pássaro. No original, "*Ainsi lancé de soi*". "*De soi*" pode ser lido, ambiguamente, como se referindo ao Verso ou então ao poeta.

o princípio... – leia-se adiante: "o princípio... atrai não menos...". O "princípio", que M. faz equivaler à própria poesia ("o Verso") é o da rima, do ritmo, das similaridades fonéticas que dão ao poema sua peculiar textura e estrutura. O parágrafo que inicia com a metáfora do voo, continua com a da flor e do florescimento. É à medida mesma que se desenvolve ("por seu desabrochamento") que o poema adquire uma dinâmica própria, fonte de beleza, que aí se concentra ("atrai") e se espalha ("libera").

em que aí brilham... – leia-se adiante: "os mil elementos de beleza...".

no instante em que aí brilham e morrem... – M. formula, aqui, de maneira extremamente concentrada, toda a sua estética da sugestão: algo de vida breve, que mal aparece e logo se desvanece contra um fundo etéreo, vago, imaterial, que pode, talvez, ser lido como o fundo virgem de uma página em branco.

no seu valor essencial – segundo seu valor essencial, ou seja, os versos fluem em direção ao poema e aí se organizam de acordo com a natureza própria ("essencial") de cada um.

Signo! – Verso, palavra.

voragem – *gouffre*, no original. A palavra está associada, em M., ao nada, ao não-ser, como, por exemplo, nos versos 26 e 28 do poema *"Toast funèbre"*. Aqui, entretanto, parece, antes, servir de metáfora para a sensação de vertigem e de arrebatamento de que somos tomados pela constatação assombrosa de que no universo, tal como no verso, tudo está em relação (ver nota adiante).

uma espiritual impossibilidade de que nada seja com a exclusão de tudo – impossibilidade teórica, intelectual de que cada elemento do todo não esteja relacionado com cada um dos outros: nada é sem que o resto também o seja (cf. RICHARD, 1961, p. 432). Na primeira versão desse parágrafo, M. havia escrito: *"d'une spirituelle impossibilité que quelque chose soit divin exclusivement à tout"* ["de uma espiritual impossibilidade de que algo seja divino com exclusão de tudo"]. Nessa versão, é o "divino" que faz a conexão entre tudo. Pode-se especular que esse "princípio" aplica-se tanto ao mundo das coisas quanto ao das palavras, embora aqui esteja explicitamente ligado ao último pelo que precede essa afirmação: "Signo!". Ou, melhor, se há algo (divindade, ideia) que sustenta a relação universal, apaga-se a distinção entre os dois mundos: a relação que liga as coisas entre si ou as palavras entre si é a mesma que liga coisas e palavras. É significativo que, na versão definitiva, M. tenha suprimido *"chose"* ["coisa"].

numerador divino – tal como o numerador de uma fração, signo da parte (em oposição, ao denominador, signo do todo). Na primeira versão, o adjetivo era *"sacré"* ["sagrado"] em vez de *"divin"* ["divino"], o que explica por que M. suprimiu o adjetivo "divino" da passagem anterior (ver nota acima).

de nossa apoteose – podemos ler "apoteose" no sentido etimológico de "divinização", de "elevação à divindade".

algum supremo molde não se fazendo segundo algum objeto que existe – a ideia, a noção ("supremo molde") não é a simples representação de algum objeto real, específico.

toma emprestado – o Verso toma emprestado. E leia-se adiante: "toma emprestado [...] todas as jazidas [...]."

para aí avivar um sinete – cada elemento do todo carrega a marca ("sinete") da divindade, da ideia, da noção, que é justamente o que mantém a relação das partes entre si e das partes com o todo. O Verso aviva essa marca.

todas as jazidas espalhadas, ignoradas e flutuantes segundo alguma riqueza, e forjá-las. – complementa o pensamento iniciado em "não se fazendo segundo algum objeto que existe". Isto é, a ideia, o verso não se faz de acordo com algum objeto real determinado, mas utiliza-se de *todos* os recursos ("jazidas") que tenham potencial artístico ("alguma riqueza"), forjando-os em poesia, em verso. "Forjá-las" é, no original, "*les forger*", ecoando o título da peça de Banville, *Le Forgeron* [O Ferreiro] e também possível alusão a Vulcano, o deus do fogo, frequentemente representado como um ferreiro (explicitamente nomeado adiante).

um usurpe – um verso usurpe.

se retarde peremptoriamente – permaneça isolado, desconectado, impondo-se sozinho.

em qual pensamento fabricado – em qual pensamento foi fabricado.

aquele! – aquele último, o "usurpador" ("usurpe"), o que se "retardou peremptoriamente".

à maneira do voo – isto é, à maneira do voo de um pássaro, com suas *duas* asas abertas, metáfora também do livro aberto (em forma de "V"). Reforça a noção de equilíbrio, de harmonia, de acordo que deve haver entre os versos e cada um dos elementos do poema.

identidade de dois fragmentos constitutivos... – a identidade semântica manifesta-se numa semelhança fonética.

que enchiam de uma vez por todas... [na nota de rodapé de M.] – a comparação de M. é entre um processo uniforme, estático (os versos antigos) e um processo por etapas (os dísticos), dinâmico ("tomam-no, rejeitam-no, mudam").

Metal [na nota de rodapé de M.] – alusão a Vulcano.

enquanto eles [na nota de rodapé de M.] – os modernos.

estância [na nota de rodapé de M.] – estrofe.

brochura – o livro de Banville, *Le Forgeron*.

extraído da fabulação ou o pretexto – "fabulação" refere-se à narrativa mitológica, explicitada no parágrafo seguinte; "pretexto": possivelmente por servir de base temática para a versificação.

Vênus, do sangue do Amor surgida... – numa das versões da lenda, Vênus teria nascido da fecundação da espuma do mar pelo sangue dos órgãos sexuais de Urano, que, após a castração por seu filho Saturno, tinham sido jogados ao mar. O "Amor" é, pois, essa união.

Vênus – Deusa da beleza e do amor. Ao nascer (ver nota anterior), foi conduzida pelo vento Zéfiro para o Olimpo, onde todos os deuses ficaram impressionados com sua beleza, principalmente Júpiter que quis tornar-se seu amante; Vênus recusou. Para puni-la, Júpiter fez com que se casasse com Vulcano (para os gregos, Hefesto), o mais feio dos imortais. Segundo o mito, quando, após seu nascimento, foi apresentada aos deuses, todos queriam desposá-la ("logo cobiçada pelos Olímpicos e por Júpiter").

a fim de reduzir suas devastações será submetida à corrente do hímen com Vulcano – Júpiter (Zeus), temendo que, cobiçada pelos deuses, por sua extraordinária beleza, Vênus (para os gregos, Afrodite), fosse causa de discórdia ("devastações") entre eles, fez com que ela se casasse com Vulcano (não sendo destinada a todos – "virgem não para todos"), que, por sua feiura, não era visto como uma ameaça. Vênus, entretanto, era-lhe extremamente infiel, tendo filhos com Hermes, Ares, Adônis, entre outros. Na versão de Banville, entretanto, é a própria Vênus quem, tendo, a princípio, aceitado a corte de cada um dos deuses, acaba por rejeitá-los todos, exceto Vulcano, o Ferreiro, o Forjador, a quem escolhe como esposo. E é dessa união entre o Amor e a Força criadora que deverá reflorescer, contra os deuses condenados, a raça humana (cf. MARCHAL, 1988, p. 240, notas 104 e 105). M. parece, contraditoriamente, reunir as duas versões: aqui, ele diz que ela "será submetida à corrente do hímen com Vulcano"; mais adiante, ele fala na "sua escolha", em acordo com o roteiro de Banville, mas não com a narrativa mitológica.

corrente – de metal, em acordo com o deus ferreiro, Vulcano.

corrente do hímen – corrente da união conjugal.

obreiro latente das obras-primas – Vulcano é tido como o artífice de várias e finas obras em metal.

sintetizando-as – a mulher é vista, aqui, como síntese das obras-primas.

recompensa com sua escolha – a escolha, por Vênus, do feio Vulcano, é recompensada por sua habilidade em produzir finas joias que realçam a beleza da deusa. O comentário deste parágrafo reforça a alusão negativa anteriormente feita ao "simples entusiasmo". Ao fazer alusão à união ("corrente do hímen") da beleza com o artesão, M. ressalta o controle e as restrições (rima, prosódia, etc.) a que está submetida a poesia.

é preciso o mínimo de palavras à margem, [...] para dizer o argumento – M. desculpa-se por ter de utilizar a prosa para resumir ("palavras à margem") o tema (o "argumento") da peça de Banville, *Le Forgeron;* mas, justifica-se ele, as palavras são exatamente a matéria-prima da obra de arte (no caso, a peça de Banville). A observação de M. é curiosa, porque, obviamente, ele fez a mesma coisa, isto é, utilizou a prosa, para comentar o libreto de um espetáculo de mímica e espetáculos de balé, gêneros que não empregam a "substância mesma" utilizada na peça de Banville (a palavra). M. está consciente de que a perfeita união entre a trama narrativa e a trama textual que caracteriza os versos de Banville não pode ser reproduzida nesse resumo superficial da narrativa.

Que representação! o mundo está aí contido... – M., mais uma vez, manifesta sua preferência pelo livro, pelo texto, em detrimento da encenação.

raio – *foudre*, no original: "raio" no sentido de descarga elétrica na atmosfera.

O céu metafórico que se propaga em torno do raio do verso... – segundo Lübecker (2002, p. 62), "os textos de Mallarmé são ricos em raios e relâmpagos. Os relâmpagos marcam, sempre, momentos de importância capital, em que se produz uma abertura para um mundo intimamente ligado à poesia e que supera o mundo da razão e da universal reportagem [...]. [O raio] pontua instantes em que o sujeito parece adquirir uma consciência extraordinária do fundamento de sua condição [...]." Nesse caso, o "raio do verso" sinaliza a capacidade que tem o poema de criar um "céu metafórico", ou seja, um espaço de divindade que não é outra que aquela que cada homem carrega dentro de si. O "céu metafórico" do verso está em correspondência com o espetáculo da cena interior.

artifício – criação, ficção. Refere-se, obviamente, ao verso, ao poema.

sua presença – dos heróis que, nessa forma apenas gradualmente sugerida, encarnam os "tipos universais" de M.

na justa medida do que é preciso perceber... – em outras palavras, o verso apenas sugere, na justa medida, a presença dos heróis: não passa de um traço, um rastro.

esse espiritualmente e magnificamente iluminado fundo de êxtase... – esse nível ("fundo") feito de profunda e intensa experiência ("êxtase") que é o "céu metafórico", essa aura que se "propaga em torno do raio do verso", é parte do próprio verso, do próprio poema, que é a expressão da divindade que cada homem carrega dentro de si ("o puro de nós mesmos por nós carregado") e que estará presente ("pronto a jorrar") quando o sagrado ou o divino estiverem em falta na própria existência.

Música certamente... – o verso, o poema é Música certamente...

Admirem... – leia-se adiante: "Admirem... a elocução, depois a métrica...".

meio vulgar e superior – a linguagem (as palavras), cotidiana, ordinária, vulgar, mas que se eleva ("superior") quando empregada no Verso por poetas como Banville.

elocução – maneira de se exprimir, estilo.

um espírito – uma mente, uma pessoa qualquer.

tenham lugar – *aient lieu*, no original. Considerado galicismo quando traduzido, como aqui, ao pé da letra. *Avoir lieu* seria, assim, traduzido por "realizar-se", "acontecer". O suposto galicismo justifica-se, nesse caso, pela conexão com as referências espaciais que se seguem (a "Sala", a "Cena").

refugiado no número de muitas folhas – na falta da "Sala prodigiosa" e da "Cena" (adiante), o espírito refugia-se no livro ou no "teatro da mente".

seu sonho – refere-se ao sonho, às formas de transcendência, da civilização. Em suma, a peça de Banville é de uma qualidade tal que é possível apenas pela sua simples leitura ("refugiado no número de muitas folhas") pôr em questão uma sociedade que não se preocupa em construir locais apropriados para sua encenação ("a Sala prodigiosa e a Cena").

O mímico ausente – M. continua descrevendo a situação de um leitor, só, com o livro, sem mímico ou música, alguém capaz de se apagar, desaparecer, por detrás de seus jogos gestuais expressivos, da brancura de seu rosto, tal como o poeta (v. frase seguinte), alguém que passou pela "depuração, pelos anos, de sua individualidade no verso" (ver sexto parágrafo).

finais ou prelúdios também pelas madeiras, pelos metais e pelas cordas – ausentes também a parte inicial e final da peça, usualmente preenchidas, ao menos na época de M., pela orquestra.

esse espírito – o espírito mencionado na frase anterior ("um espírito"), ou seja, uma pessoa, no fundo o próprio M., envolvido na leitura silenciosa do poema de Banville.

colocado para além das circunstâncias – das circunstâncias de uma sala de espetáculo teatral, ou seja, sozinho com sua leitura.

espera o acompanhamento obrigatório das artes... – espera que as outras artes (as citadas: mímica, música) acompanhem a do Verso, o que ocorrerá obrigatoriamente, mas, enquanto isso, passa sem elas.

porque a hora é incessante tanto quanto nunca, à maneira de um mensageiro – porque é sempre hora para esse tipo de Verso.

à maneira de um mensageiro – tal como um mensageiro, que se limita à tarefa que lhe foi designada, a de entregar a mensagem.

com o gesto traz o livro ou sobre os lábios – traz o livro ou recita-o ("sobre os lábios").

aquele que reteve o ofuscamento geral – aquele que causou o deslumbramento geral por seu "radioso escrito" e por seu verso "fulgurante" (ver passagens anteriores do ensaio), por sua luz, enfim, agora multiplica-a, distribui-a (tal como o celebrado "lustre" de M.).

surgindo condições que autorizem seu desdobramento visível e sua interpretação – tendo baseado seu comentário, até aqui, apenas na leitura do poema de Banville, M. agora contempla a possibilidade de sua encenação ("seu desdobramento visível e sua interpretação").

inicialmente ele se prestará a isso... – em primeiro lugar, ele se adaptará à encenação num teatro e, depois, porque, no teatro, preencherá uma lacuna.

o motivo para se reunir... – leia-se adiante: "o motivo para se reunir... não será o teatro... mas.. a Ode...".

de vago e de brutal – respectivamente, a música e o teatro.

essas cenas heroicas uma ode para muitas vozes. – as cenas heroicas de *Le Forgeron* são uma ode para muitas vozes.

o culto prometido a cerimoniais – o culto prestado a cerimoniais como os concertos dominicais ("Concertos Lamoureux").

o antigo – o cerimonial antigo. Refere-se ao drama em versos, ao cerimonial das palavras, em oposição à musica apresentada nos concertos ("sinfonia recente dos concertos").

em vez de liberá-lo, instalado mal nos tablados e fazer com que aí reine. – em vez de liberar o antigo cerimonial do drama em versos, agora mal apresentado nos palcos, fazer com que ele se torne aí dominante.

Em Wagner, inclusive... – M. resume, nesse parágrafo, suas objeções à obra de Wagner. Em última análise, com sua pretensão à "obra total", ela é muito pouco teatral, no sentido atribuído por M. a "teatro" ("não percebo, na acepção estrita, o teatro"). Na primeira versão dessa passagem, M. tinha sido bem mais enfático, afirmando, a respeito de Wagner, que "não se trata tampouco, na acepção correta, de teatro". O que subsiste é uma mistura de mitologia e lenda – justamente o que M. critica em *Os deuses antigos* – com música ("véu das sonoridades"). E, assim, como não é teatro puro, tampouco é música pura ("sozinha, a música").

um poeta – Banville. M. louva-o por não se inspirar em Wagner, contrariamente a Dujardin, em *A lenda de Antônia*.

Algo de especial e de complexo produz-se – em Wagner. M. admite, afinal, que o resultado final das experiências de Wagner é, sobretudo, Ficção ou Poesia ou, ainda mais amplamente, literatura. Esse comentário de M. a respeito do caráter literário da obra de Wagner, se comparado com o comentário da frase anterior (relativo ao teatro e à música), apenas aparentemente é positivo. Muito sutilmente, o que M. faz aqui é também uma restrição. Note-se que é apenas como *resultado* que ele considera a obra de Wagner como sendo Ficção ou Poesia. A restrição esclarece-se no parágrafo seguinte: ela não é "literária na essência", como a obra de Banville.

mas não se dobra inteira ao jogo do mental instrumento por excelência, o livro! – ainda é drama, teatro, e pede atores (e M. diz o que deles se espera na frase que se segue).

Que o ator... – essa cláusula introduz uma série de condições necessárias a uma encenação ou recitação que, se preenchidas, "encantarão, instruirão e maravilharão o Povo". Leia-se, pois: "Desde que, o ator a elas adapte seu verso, etc., afirmo... que essa recitação... encantará, instruirá... e... maravilhará o Povo...".

insinuado – introduzido.

evidência das atitudes prosódicas – arte da métrica e da rima; da poesia, em suma.

aos repousos da suntuosidade orquestral – nas pausas da orquestra, da música.

as raras linhas em prosa precedendo pedrarias e tecidos – as poucas linhas em prosa de indicações cênicas (instruções para os atores, didascália) que antecedem o aparecimento dos atores ("pedrarias e tecidos").

mais bem apresentadas que ao olhar – mais bem apresentadas ao ouvido, pela música ("suntuosidade orquestral"), do que ao olhar, pelo aparato visual ("pedrarias e tecidos").

seu tratamento – do ator.

objeto o mais soberbo – o da escolha do feio Vulcano por Vênus.

objeto o mais soberbo e como que uma culminação da era moderna, estética e industrial – esta expressão e a que vem mais adiante ("desenvolvimento grandioso e persuasivo!") referem-se, antecipadamente, a "essa recitação" (adiante). Na inversão, teríamos: "essa recitação, objeto o mais digno...; e... desenvolvimento grandioso..."

com toda a força necessariamente pela Renascença limitado à descoberta técnica – "essa recitação" ou "o Verso", fortemente limitado pela Renascença às invenções técnicas (os alexandrinos rimados, utilizados, no caso por Banville em *Le Forgeron*).

origem clássica – referência à história de Vênus e Vulcano, tema da peça de Banville.

dissipada por seu tipo de deuses – na versão da Revue indépendante, M. escreveu: *"malgré l'origine classique mais* *envolée en leurs types des vieux dieux...*": "malgrado a origem clássica mas dissipada em seus tipos de velhos deuses...". Quer dizer, os antigos deuses personificados da antiga mitologia são, aqui, como quer M. em sua "nova religião", transformados em simples tipos, impessoais, da divindade humana, como puros tipos de humanidade. (ver MARCHAL, 1988, p. 205). Na versão definitiva, a passagem "dissipada por seu tipo de deuses" deve ser lida como: "dissipada por sua tipificação, por sua impessoalização dos deuses". Ou: "dissipada por seus deuses-tipo". A observação entre parênteses, em forma de questão, reforça a ideia de que M. está fazendo alusão a à sua conhecida crítica da mitologia antiga, desenvolvida na sua tradução extremamente livre do livro de Cox sobre mitologia, a que deu o título *Os deuses antigos*, perguntando-se se "avançamos nisso", se fomos além da antiga mitologia.

caráter de texto para regozijos... – de texto apropriado para regozijos, etc.

tal como a Abertura de um Jubileu – leia-se: "regozijos ou fastos oficiais... tal como a Abertura de um Jubileu. "Jubileu" deve ser entendido aqui no seu sentido mais geral, de celebração de uma data marcante, do que no sentido mais estrito, de período de cinquenta anos (tradição judaica) ou de vinte e cinco anos (tradição católica). M. pode estar fazendo referência ao centenário da Revolução Francesa (o presente texto foi publicado em junho de 1887) ou ao final do século, como início ("Abertura", "*Ouverture*", no original, que deve ser lido também no seu sentido musical) de uma nova era.

daquele no sentido figurativo que, para concluir um ciclo da História, parece-me exigir o ministério do Poeta. – leia-se: "daquele jubileu no sentido figurativo, que serve para concluir um ciclo da História, e que parece-me exigir o ministério do Poeta".

ciclo da história – pode-se ler, em "ciclo", ecos dos ciclos da natureza ("drama solar").

Referências

ALMEIDA, Lúcia Fabrini de. *O espelho interior. O mito solar nos contos indianos de Mallarmé*. São Paulo: Annablume, 1993.

ANTOINE, André. *Le Théâtre Libre*. Paris, 1890.

AUSTIN, Lloyd James e BOWIE, Malcom. *Essais sur Mallarmé*. Manchester: Manchester University Press, 1995.

BAILEY, Helen Phelps. *Hamlet in France. From Voltaire to Laforgue*. Genebra: Droz, 1964.

BENCHETTRIT, Paul. "*Hamlet* at the Comédie Française: 1769-1896". *Shakespeare Survey*, n° 9, 1966: 59-68.

BENOIT, Éric. *Néant sonore: Mallarmé, ou, La traversée des paradoxes*, Paris: Droz, 2007.

COHN, Robert Greer. *Mallarmé's* Divagations. *A Guide and Commentary*. Nova York: Peter Lang, 1990.

DELEUZE, Gilles. *A dobra. Leibniz e o barroco*. Campinas: Papirus, 1991. Trad. Luiz. B. L. Orlandi.

DERRIDA, Jacques."La double séance". *La dissémination*, Paris: Seuil, 1972: 215-347.

DRAGONETTI, Roger. *Études sur Mallarmé*. Gent: Romanica Gandensia, 1992. Org.: Wilfried Smekens.

FREY, Hans-Jost. *Studies in Poetic Discourse*. Stanford: Stanford University Press, 1996.

FUCHS, Elinor. *The death of the character: perspectives on theater after modernism*. Bloomington: Indiana University Press, 1996.

KERMOD, Frank. "Poet and dancer before Diaghilev". In COPELAND, Roger e COHEN, Marsahll (org.). *What is dance?: readings in theory and criticism*. Oxford: Oxford University Press, 1983: 145-160.

KNOWLES, Dorothy. *La réaction idéaliste au théâtre depuis 1890*. Paris: Droz, 1934.

KRAVIS, Judy. *The prose of Mallarmé*. Cambridge: Cambridge University Press, 1976.

LAMONT, Rosette. "The Hamlet Myth", *Yale French Studies*, 33, 1964: 80-91.

LOMBARDI, Carmela. *La ballerina immaginaria*. Nápoles: Liguori, 2007.

LOPEZ, Denis. *"Entre nature et culture, la poésie en question au XVII siècle"*. In Christian Delmas e Françoise Gevrey. *Nature et culture à l'âge classique*. Toulouse: Presses Universitaires du Mirail, 1997.

LUBECKER, Nikolaj d'Origny. *Le sacrifice de la sirène. Le coup de dès et la poètique de Stéphane Mallarmé*. Copenhagen: Museum Tusculanum Press, 2003.

MALLARMÉ, Stéphane. *Correspondance. Lettres sur la poésie*. Paris: Gallimard, 1995.

MALLARMÉ, Stéphane. *Divagations*. Cambridge: Belknap Press of Harvard University Press, 2007. Trad. Barbara Johnson.

MALLARMÉ, Stéphane. *Igitur. Divagations. Un coup de dés*. Paris: Gallimard, 2003. Org.: Bertrand Marchal.

MALLARMÉ, Stéphane. *Œuvres*. Paris: Gallimard, 1945. Org. : Henri Mondor e G. Jean-Aubry.

MALLARMÉ, Stéphane. *Œuvres*. Paris: Gallimard, 1998. 2 v. Org.: Bertrand Marchal.

MARCHAL, Bertrand. *La réligion de Mallarmé*. Paris: José Corti, 1988.

McGUINESS, Patrick. *Maurice Maeterlinck and the making of modern theatre*. Oxford: Oxford University Press, 2000.

MILLAN, Gordon. *Les "mardis" de Stéphane Mallarmé. Mythes et réalités*. Paris: Nizet, 2008.

MURAT, Michel. *Le* Coup de dès *de Mallarmé. Un recommencement de la poésie*, Paris: Belin, 2005.

PAXTON, Norman. *The Development of Mallarmé's Prose Style*. Genebra: Droz, 1968.

PEARSON, Roger. *Mallarmé and Circumstance. The Translations of Silence*. Oxford: Oxford University Press, 2004.

RICHARD, Jean-Pierre. *L'univers imaginaire de Mallarmé*. Paris: Seuil, 1961.

SCHERER, Jacques. *L'expression littéraire dans l'œuvre de Mallarmé*. Paris: Droz, 1947.

SCHERER, Jacques. *Le "livre" de Mallarmé*. Paris: Gallimard, 1977.

SILVA-SANTISTEBAN, Ricardo. *Stéphane Mallarmé en castellano*. Lima: Pontificia Universidad Catolica del Peru, 1998. 3 v.

STEINMETZ, Jean-Luc. *Stéphane Mallarmé. L'absolu au jour le jour*. Paris: Fayard, 1998.

TAKEUCHI, Nobuo. "De la notion de divinité chez Mallarmé". *Études de Langue et Littérature Françaises*, 1978, n° 32: 46-77.